PENSE DUAS VEZES

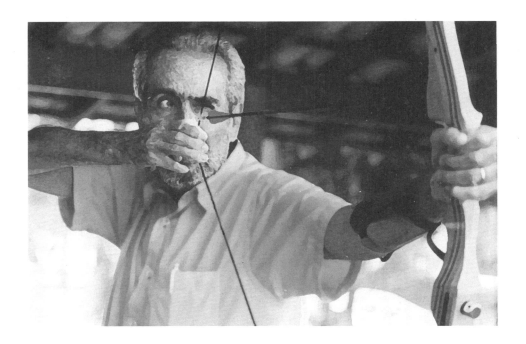

O Arqueiro

GERALDO JORDÃO PEREIRA (1938-2008) começou sua carreira aos 17 anos, quando foi trabalhar com seu pai, o célebre editor José Olympio, publicando obras marcantes como *O menino do dedo verde*, de Maurice Druon, e *Minha vida*, de Charles Chaplin.

Em 1976, fundou a Editora Salamandra com o propósito de formar uma nova geração de leitores e acabou criando um dos catálogos infantis mais premiados do Brasil. Em 1992, fugindo de sua linha editorial, lançou *Muitas vidas, muitos mestres*, de Brian Weiss, livro que deu origem à Editora Sextante.

Fã de histórias de suspense, Geraldo descobriu *O Código Da Vinci* antes mesmo de ele ser lançado nos Estados Unidos. A aposta em ficção, que não era o foco da Sextante, foi certeira: o título se transformou em um dos maiores fenômenos editoriais de todos os tempos.

Mas não foi só aos livros que se dedicou. Com seu desejo de ajudar o próximo, Geraldo desenvolveu diversos projetos sociais que se tornaram sua grande paixão.

Com a missão de publicar histórias empolgantes, tornar os livros cada vez mais acessíveis e despertar o amor pela leitura, a Editora Arqueiro é uma homenagem a esta figura extraordinária, capaz de enxergar mais além, mirar nas coisas verdadeiramente importantes e não perder o idealismo e a esperança diante dos desafios e contratempos da vida.

PENSE DUAS VEZES
HARLAN COBEN

Título original: *Think Twice*
Copyright © 2024 por Harlan Coben
Copyright da tradução © 2025 por Editora Arqueiro Ltda.

Todos os direitos reservados. Nenhuma parte deste livro pode ser
utilizada ou reproduzida sob quaisquer meios existentes
sem autorização por escrito dos editores.

coordenação editorial: Gabriel Machado

produção editorial: Guilherme Bernardo

tradução: Leonardo Alves

preparo de originais: Melissa Lopes Leite

revisão: Laura Andrade e Midori Hatai

diagramação: Abreu's System

capa: Elmo Rosa

impressão e acabamento: Associação Religiosa Imprensa da Fé

CIP-BRASIL. CATALOGAÇÃO NA PUBLICAÇÃO
SINDICATO NACIONAL DOS EDITORES DE LIVROS, RJ

C586p
    Coben, Harlan, 1962-
       Pense duas vezes / Harlan Coben ; tradução Leonardo Alves. - 1. ed.
- São Paulo : Arqueiro, 2025.
       304 p. ; 23 cm.

       Tradução de: Think twice
       ISBN 978-65-5565-834-7

       1. Ficção americana. I. Alves, Leonardo. II. Título.

25-97504.0   CDD: 813
                              CDU: 82-3(73)

Gabriela Faray Ferreira Lopes - Bibliotecária - CRB-7/6643

Todos os direitos reservados, no Brasil, por
Editora Arqueiro Ltda.
Rua Artur de Azevedo, 1.767 – Conj. 177 – Pinheiros
05404-014 – São Paulo – SP
Tel.: (11) 2894-4987
E-mail: atendimento@editoraarqueiro.com.br
www.editoraarqueiro.com.br

Em memória de Juan "Johnny" Irizarry.
Sinto falta do seu sorriso e de nossos cumprimentos com soquinhos.

prólogo

É assim que se destrói uma vida.

Você para na frente da cama dele e fica olhando o sujeito dormir. Ele tem sono pesado. Você sabe disso porque já faz seis semanas que o observa. Você não se arrisca. Você se prepara. Esse é o segredo. Não há motivo para se apressar. A expectativa é uma parte essencial da vida. "O importante é a jornada, não o destino." Você lembra que o orador disse isso na formatura da faculdade. É uma frase feita, um clichê, mas ficou na sua cabeça. E não é totalmente verdade, nem de longe, mas, para aquelas longas e solitárias noites, é um bom lembrete de que é possível e necessário encontrar alegria tanto na espera quanto no tédio.

Como você se planejou, sabe que ele gosta de tomar conhaque antes de ir para a cama. Nem toda noite, mas quase sempre. Se ele não tivesse tomado uma dose hoje, você teria adiado. Não se apresse. Não se arrisque. Se tiver paciência, vai chegar ao seu alvo quase sem perigo.

É uma questão de preparação e paciência.

Você já o vem observando, então sabe que ele guarda uma chave reserva numa daquelas pedras cinzentas falsas. Foi assim que você entrou na casa de manhã para batizar o conhaque. Foi assim que você entrou de novo à noite.

O sujeito não vai acordar tão cedo.

Ele mantém uma pistola, uma Glock 19, numa maleta na primeira gaveta da mesinha de cabeceira. A maleta não tem tranca com senha. É biométrica e abre com um sensor de impressão digital. Ele está totalmente apagado, então você ergue a mão dele, segura o polegar e o pressiona no sensor. O mecanismo emite um barulhinho e se abre.

Você retira a pistola.

Está de luva. Ele, é claro, não está. Você coloca a mão dele em volta da Glock, de modo que as impressões digitais fiquem no lugar certo. Então, guarda cuidadosamente a arma na sua mochila. Você trouxe lenços e sacos plásticos. Sempre anda com essas coisas. Só por via das dúvidas. Você passa o lenço na boca dele, para pegar a saliva. Depois, coloca o lenço dentro de um saco plástico e o enfia na mochila junto com a pistola. Pode ser que você não precise disso. Pode ser exagero de sua parte. Mas parece que exagerar dá certo.

Ele continua roncando.

Você não consegue conter um sorriso.

Você gosta desta parte. Gosta muito mais desta parte do que da morte propriamente dita. Mortes podem ser relativamente simples e rápidas.

Mas isto, a preparação, é uma obra de arte.

O celular dele está na mesinha de cabeceira. Você o coloca no silencioso e, em seguida, o guarda na mochila. Sai do quarto. A chave do Audi dele está num gancho perto da porta dos fundos. Ele é meticuloso com isso. Chega em casa e pendura o chaveiro no gancho. Sempre. Você pega a chave. Para garantir, pega um dos bonés que ele deixa no cabideiro. Coloca na própria cabeça. O encaixe é quase perfeito. Você põe os óculos escuros. Sabe que seu disfarce precisa ser o melhor.

Você sai dirigindo o Audi até ela.

Ela está hospedada num Airbnb situado num lago tranquilo em Marshfield. Ele não sabe que ela está lá. Você sabe, porque, afinal, vem se preparando. Quando viu que ela tinha ido para lá – que pretendia se esconder dele e não falar para ninguém –, você soube que havia chegado a hora. Você pega o celular dele e digita o endereço do Airbnb, para que fique registrado na busca do GPS.

O Airbnb que ela alugou é uma casa pequena de estilo Cape Cod. Já faz uma semana que está lá. Você entende por que ela adotou essa medida, mas não tinha como ser nada mais que uma solução temporária. Você estaciona na rua. É tarde. Duas da madrugada. Mas você sabe que ela ainda está acordada. Então você estaciona depois do endereço, em frente a uma casa de veraneio desocupada.

Você tira a pistola da mochila.

A luz da cozinha está acesa. É lá que ela vai estar.

Você vai na direção da luz e olha pelo vidro da porta dos fundos.

Lá está ela.

Sentada sozinha à mesa, com uma xícara de chá e um livro. É uma mulher bonita. O cabelo louro-escuro está preso de qualquer jeito. Ela está sentada com as pernas dobradas debaixo de si mesma. Parece magra demais, mas deve ser por causa do estresse. Está completamente concentrada no livro. Usa uma camisa social masculina grande. Você se pergunta se é dele. Seria bizarro e perturbador, mas a maior parte da vida também é.

Ainda observando pela janela, você tenta, devagar, com cuidado, girar a maçaneta.

Não quer fazer barulho. Não quer assustá-la.

A porta está trancada.

Você olha a maçaneta. É velha. A fechadura parece frágil. Se você tivesse as ferramentas, poderia abri-la num piscar de olhos. Mas talvez seja melhor assim. Você olha de novo para ela pela janela. E nesse instante ela ergue o rosto e vê você.

Os olhos dela se arregalam de surpresa.

Ela está prestes a gritar. Você não quer que isso aconteça.

Um descuido. De novo. Apesar de todo o planejamento, você cometeu um erro na última vez. Não pode cometer outro.

Então você não hesita.

Você mira o chute no ponto logo abaixo da maçaneta. A porta velha cede facilmente. Você entra na casa.

– Por favor. – Ela fica de pé e ergue as mãos, com o livro em uma delas. – Por favor, não me machuque.

Você dá dois tiros no peito dela.

Ela cai no chão. Você corre até ela e confere.

Está morta.

Você tira o lenço do saco plástico na mochila. Deixa-o no chão. Jurados adoram DNA. Todos cresceram assistindo a seriados de TV que exageram os milagres da tecnologia. Eles esperam ver isso em julgamentos de homicídio. Se não há indícios de DNA, o júri não tem certeza da culpabilidade.

Você entra e sai da casa em menos de quinze segundos.

A pistola fez barulho. Não há dúvida. Mas a maioria das pessoas pensa em fogos de artifício, escapamento de carro ou qualquer outra explicação inocente. Mesmo assim, não tem por que se demorar. Você volta depressa para o carro. Não se preocupa que alguém veja alguma coisa. Se isso acontecer – na pior das hipóteses –, a pessoa vai ver um homem de boné correndo para um Audi registrado no nome dele, não no seu.

No mínimo, vai ajudar.

Você liga o carro e dá a partida. Fica com uma sensação estranha em relação à morte. A parte de matar é emocionante, mais para a pessoa que você ama do que para você, mas é comum sentir um vazio esquisito logo depois. É um pouco como o sexo, não é? Sem querer exagerar na frieza da coisa, mas a baixa depois do clímax, o momento que os franceses chamam de *la petite morte*, a pequena morte... é assim que você se sente agora. É assim que se sente nos primeiros 2 ou 3 quilômetros dirigindo, repassando os tiros na mente, a forma como o corpo dela caiu no chão. É empolgante, mas ao mesmo tempo um pouco...

Vazio?

Você confere o relógio. Ele deve continuar apagado por mais umas três horas. É tempo de sobra. Você volta para a casa dele. Estaciona o Audi no mesmo lugar onde o encontrou.

Você sorri: a parte que vem agora é onde está a verdadeira emoção.

Esse Audi tem algum sistema de rastreamento, então a polícia vai ver por onde o carro andou esta noite. Você entra na casa dele. Pendura o chaveiro. Fica com o boné – talvez agora tenha alguns fios do seu cabelo nele. Não há necessidade de correr o risco. Se a polícia der falta do boné, vai achar que ele jogou fora depois de cometer o crime.

Você sobe para o quarto dele. Coloca o celular de volta na mesinha de cabeceira. Até conecta no carregador. A polícia vai arranjar um mandado para saber a localização do celular, que vai "provar" que ele foi até aquele Airbnb no horário do assassinato.

Você usa o polegar dele para abrir a maleta. Coloca a pistola no lugar. Pensa em deixar logo a arma ao lado da cama dele, mas parece forçação de barra. Tem um galpão no quintal. Você leva a maleta com a arma e a esconde embaixo de sacos de substrato. Vão saber que tem uma Glock 19 registrada no nome dele. Vão revistar a propriedade toda e encontrar a arma no galpão.

O exame de balística vai confirmar que a arma do crime foi a Glock 19 dele.

O Audi. O celular. O DNA. A pistola. Só dois indícios já seriam suficientes para condená-lo.

Para ela, o terror acabou.

Para ele, está só começando.

capítulo um

MYRON BOLITAR ESTAVA AO TELEFONE com o pai, de 80 anos, quando os dois agentes do FBI chegaram para perguntar sobre o assassinato.

– Sua mãe e eu descobrimos os comestíveis – disse o pai dele de sua casa em um condomínio para aposentados em Boca Raton.

Myron pestanejou.

– Como é que é?

Ele estava em seu novo escritório na cobertura do arranha-céu de Win, na esquina da 47th Street com a Park Avenue. Ele girou a cadeira para olhar pelo janelão que ia do chão ao teto. A vista que tinha da Big Apple era espetacular.

– Balinhas de cannabis, Myron. A tia Miriam e o tio Irv falaram mil maravilhas... Irv disse que é bom para artrite, então sua mãe e eu pensamos "Ora, por que não? Vamos experimentar". Mal não faz, né? Você já experimentou comestíveis?

– Não.

– Esse é o problema dele! – Era a mãe de Myron, gritando ao fundo. Era assim que eles faziam sempre: um ao telefone, o outro tecendo comentários aos berros. – Me passa o telefone, Al. Myron?

– Oi, mãe.

– Você deveria ficar chapado.

– Se você está dizendo...

– Experimente a cepa estévia.

– Sativa – cortou o pai.

– Quê?

– O nome é sativa. Estévia é um adoçante.

– Uuh, olhe só seu pai, todo hippie... Do nada virou especialista em maconha. – E voltando para Myron: – Foi sativa que eu quis dizer. Experimente.

– Tudo bem – disse Myron.

– A cepa indica dá sono.

– Vou me lembrar disso.

– Sabe como distinguir uma da outra? – perguntou a mãe.

– Aposto que você vai me dizer.

– Indica, "indo-à-cama". É a que dá sono. Sacou?

– Saquei.

11

– Não seja tão careta. Seu pai e eu gostamos. Deixa a gente se sentindo mais, sei lá, risonhos, eu acho. Alertas. Até zen. E... Myron?

– Diga, mãe.

– Nem queira saber o efeito que teve na nossa vida sexual.

– Nem quero saber mesmo – declarou Myron. – Jamais.

– Eu fico alegrinha. Mas seu pai fica assanhado que só.

– Não quero saber, lembra? – Myron já estava vendo os dois agentes do FBI fazendo cara feia para ele por trás da parede de vidro. – Tenho que desligar, mãe.

– Assim... o homem não me dá sossego.

– Continuo não querendo saber. Tchau.

Myron desligou enquanto Big Cyndi, sua recepcionista de longa data, conduzia em silêncio os agentes federais para a sala de reuniões. Os dois tiveram que erguer bastante a cabeça para fazer contato visual com Big Cyndi. Ela já estava acostumada. Myron já estava acostumado. Big Cyndi chamava atenção logo de cara. Os agentes mostraram os distintivos e se apresentaram rapidamente. A agente especial Monica Hawes, a líder, era uma mulher negra de 50 e poucos anos. O parceiro taciturno e menos experiente era um rapaz pálido com uma testa tão grande que parecia uma beluga. Ele disse como se chamava, mas Myron estava distraído demais pela testa para memorizar o nome.

– Por favor – disse Myron, indicando com um gesto que eles se sentassem nas cadeiras de frente para os janelões e a vista espetacular.

Os agentes se sentaram, mas não pareceram contentes.

Big Cyndi fingiu um sotaque britânico e perguntou:

– Algo mais, Sr. Bolitar? Um pouco de chá, talvez?

Myron resistiu ao impulso de revirar os olhos.

– Não, acho que estamos bem, obrigado.

Big Cyndi fez uma reverência e saiu.

Myron também se sentou e esperou os agentes falarem. A única coisa que ele sabia sobre a visita era que o FBI queria conversar com ele e Win sobre os assassinatos da família Callister, crimes de grande repercussão. Ele não tinha a menor ideia do motivo – tanto ele quanto Win não sabiam nada sobre os Callisters nem sobre o caso além do que tinham visto no noticiário –, mas o FBI garantiu que eles não estavam sendo considerados suspeitos nem alvos da investigação.

– Onde está o Sr. Lockwood? – indagou a agente Hawes.

– Presente – disse Win com a entonação prepotente de escola de rico, entrando no recinto como se estivesse num iate.

Win, também conhecido pelo já citado nome de Sr. Lockwood, era a personificação da elegância ao contornar a mesa de reuniões nova de Myron e se sentar ao lado dele.

Myron abriu os braços e ofereceu seu sorriso mais solícito.

– Disseram que vocês queriam fazer algumas perguntas.

– Queremos – confirmou Hawes, e foi logo soltando a bomba: – Onde está Greg Downing?

A pergunta era atordoante. Não tinha outra palavra. Atordoante. Myron ficou de queixo caído. Ele se virou para Win. O rosto do amigo, como sempre, não revelava nada. Win era bom nisso, em não demonstrar nada.

O motivo da surpresa de Myron era simples: fazia três anos que Greg Downing havia morrido.

– Achei que tivessem vindo falar dos assassinatos da família Callister – declarou Myron.

– Viemos – retrucou Hawes. E então ela repetiu a pergunta: – Onde está Greg Downing?

– Está brincando, né? – retrucou Myron.

– Pareço estar?

Não parecia. Na verdade, parecia que ela *nunca* brincava.

Myron deu uma olhada em Win para avaliar a reação dele. Win parecia um pouco entediado.

– Greg Downing está morto – declarou Myron.

– É isso que você alega?

Myron franziu a testa.

– Eu *alego*?

O agente testudo inclinou um pouco o corpo para a frente e encarou Win. Ele falou pela primeira vez, com uma voz mais grave do que Myron esperava. Ou talvez Myron tivesse imaginado que seria um guincho agudo de beluga.

– É isso que você alega também?

Win quase bocejou.

– Nada a declarar.

– Você é o consultor financeiro de Greg Downing – continuou o Jovem Beluga, ainda tentando intimidar Win; seria mais fácil ele intimidar um edredom com aquele olhar. – É verdade?

– Nada a declarar.

– Podemos obter um mandado judicial para ver seus arquivos.

– Minha nossa, agora fiquei com medo. Deixe-me pensar um pouco. – Win juntou as pontas dos dedos e baixou a cabeça como se estivesse refletindo profundamente. Depois de um tempo, continuou: – Repitam comigo desta vez: nada a declarar.

Hawes e Jovem Beluga exibiram uma expressão ainda mais carrancuda.

– E você? – Hawes se virou de novo para Myron, bufando. Myron imaginou que Hawes fosse cuidar dele e o Jovem Beluga, de Win. – Você é o quê? O agente de Downing? O empresário?

– Corrigindo: eu *era* o agente e empresário dele – afirmou Myron.

– Quando deixou de ser?

– Três anos atrás. Quando Greg *morreu*.

– Vocês dois foram ao velório dele.

Win continuou calado, então Myron respondeu:

– Fomos.

– Você até fez o elogio fúnebre, Sr. Bolitar. Apesar de toda a hostilidade entre vocês dois, eu soube que foi um belo discurso.

Myron lançou mais um olhar para Win.

– Ah, valeu.

– E vai continuar alegando a mesma coisa?

De novo isso de alegação. Myron ergueu as mãos.

– Que história é essa de "alegação"?

O Jovem Beluga balançou a cabeçorra branca como se estivesse profundamente decepcionado com a resposta de Myron, e este imaginou que devia estar mesmo.

– Onde você acha que ele está agora? – quis saber Hawes.

– Greg?

– Chega de enrolação, idiota – esbravejou o Jovem Beluga. – Cadê ele?

Myron estava perdendo um pouco a paciência.

– Em um mausoléu do cemitério Cedar Lawn, em Paterson.

– É mentira – retrucou Hawes. – Vocês o ajudaram?

Myron se recostou na cadeira. O tom deles estava ficando cada vez mais hostil e havia também o inconfundível indício de desespero, ou seja, de verdade no ar. Myron não sabia o que estava acontecendo e, nessas situações, tinha o costume de falar demais. Era melhor respirar fundo antes de continuar.

– Não entendi – começou Myron. – O que Greg Downing tem a ver com os assassinatos da família Callister? A polícia já não prendeu o marido?

Agora foram os dois agentes que se entreolharam.

– O Sr. Himble foi liberado hoje de manhã.

– Por quê?

Nenhuma resposta.

O que Myron sabia dos assassinatos era o seguinte: Cecelia Callister, 52 anos, supermodelo dos anos 1990, e o filho Clay, de 30 anos, foram encontrados mortos na mansão onde moravam com Lou Himble, o quarto marido de Cecelia. Himble tinha sido acusado de fraude envolvendo sua startup de criptomoedas.

– Achei que fosse um caso simples – continuou Myron. – O marido estava tendo um caso, ela descobriu, ia fazer uma delação premiada contra ele sobre a fraude, ele tinha que silenciá-la, o filho o surpreendeu. Algo assim.

Hawes e o Jovem Beluga trocaram mais um olhar. Em seguida, ela repetiu com cautela:

– Algo assim.

– E o que mais?

Myron esperou. Win esperou.

– Temos motivos para crer – declarou Hawes, ainda com cautela – que Greg Downing está vivo. Temos motivos para crer que seu antigo cliente está envolvido nos assassinatos.

Os dois agentes se empertigaram para avaliar a reação. Myron não decepcionou. Mesmo que a essa altura a acusação já devesse parecer inevitável, Myron ficou boquiaberto ao ouvi-la ser dita em voz alta.

Greg. Vivo.

Como processar aquilo? Depois de tantos anos... a rivalidade nas quadras, Greg roubando o primeiro amor de Myron, o troco horrível que Myron lhe deu, a retaliação ainda pior de Greg, os anos de reconciliação... e Jeremy, o querido, o maravilhoso Jeremy...

Não fazia sentido. A mais absoluta confusão estava estampada em cada milímetro do rosto dele.

E a reação de Win? Ele estava consultando a hora em seu relógio Blancpain vintage.

– Se me dão licença – disse Win –, tenho um compromisso urgente. Puxa, foi um prazer enorme conhecer vocês dois.

Win se levantou.

– Sente-se – exigiu Hawes.

– Acho que não.

– Nós ainda não terminamos.

– Não? – Win ofereceu aos dois seu sorriso mais encantador. Era um bom sorriso, melhor ainda do que o solícito de Myron. – Mas eu sim. Uma excelente tarde para vocês.

Sem nem se virar, Win saiu da sala cheio de confiança. Todo mundo, inclusive Myron, ficou olhando para a porta enquanto Win sumia de vista.

O nome completo de Win era Windsor *Horne Lock*wood III. O arranha-céu em que eles estavam se chamava Edifício *Lock-Horne*. O itálico aqui é para destacar que o prédio levava o nome da família de Win e que, portanto, havia uma fortuna envolvida ali. Por muitos anos, a agência esportiva de Myron, a MB Representações (M de Myron, B de Bolitar, e Representações porque eles representavam pessoas – Myron pensou sozinho no nome, mas não perdeu a humildade), teve sua sede no quarto andar do prédio. Alguns anos antes, Myron fez a estupidez de vender a agência e liberar o espaço, e agora o lugar abrigava um escritório de advocacia. Quando Myron decidiu voltar, dois meses antes, o último andar era o único espaço disponível.

Não que Myron fosse reclamar. A vista espetacular impressionava os clientes, ainda que não exercesse o mesmo efeito sobre os agentes do FBI.

Ao longo dos últimos dois meses, Myron vinha trabalhando bastante para reconquistar alguns de seus antigos clientes. Ele havia ignorado Greg Downing pelo simples motivo de... bom... ele estar morto. Clientes mortos não faturam muito. São ruins para os negócios.

Os dois agentes ainda tinham o olhar fixo na porta. Quando finalmente se tocaram de que Win não ia retornar, Hawes voltou a se concentrar em Myron.

– Ouviu o que eu falei, Sr. Bolitar?

Myron assentiu e tentou se situar.

– Estão dizendo que um homem que morreu de ataque cardíaco, um homem que teve um obituário e um velório, sobre quem eu fiz um elogio fúnebre, na verdade está vivo.

– Isso mesmo.

Myron olhou de novo para a porta por onde Win tinha ido embora sem mais nem menos. É, Win adorava bancar o esnobe indiferente e superior da elite porque era isso que ele era, mas ainda assim Myron achava difícil acreditar que Win iria cair fora sem motivo. Isso fez Myron se deter e traçar uma rota mais cautelosa.

– Querem conversar sobre isso? – perguntou Myron.

O Jovem Beluga não gostou.

– Você é o quê, terapeuta?

– Boa.

– O quê?

– Essa do terapeuta – disse Myron. – Muito engraçada.

Os olhos estreitos do Jovem Beluga se estreitaram ainda mais.

– Está bancando o palhaço comigo?

Myron não respondeu logo de cara. Sua cabeça estava girando com pensamentos sobre a família de Greg. Ele se esforçava muito para evitá-los. Emily, a esposa de Greg. Caramba, era difícil até pensar nisso... o filho de Greg, Jeremy. Tantas histórias. Tanta tristeza e alegria. Tem gente que entra na nossa vida e muda as coisas para sempre. Algumas são óbvias – familiares, parceiros –, mas, no fundo, quando Myron avaliava a jornada e a trajetória da própria vida, ninguém tinha alterado mais as dele do que Greg Downing.

Para o bem ou para o mal?

– Ouviu o que eu disse, palhaço?

– Em alto e bom som – respondeu Myron, lutando para manter o foco. – Vocês têm como provar que isso é verdade?

– Isso o quê?

– Que Greg está vivo. Vocês têm provas?

Os dois agentes hesitaram e trocaram mais um olhar. Depois, Hawes respondeu:

– Encontraram o DNA de Greg Downing na cena do crime dos Callisters.

– Que tipo de DNA?

O Jovem Beluga se refestelou com essa e tomou a palavra:

– Células epiteliais. Sabe seu cliente "morto"? O DNA dele foi encontrado embaixo das unhas da vítima. – Ele se empertigou um pouco mais na cadeira e baixou a voz para imitar um cochicho de conspiração: – Sabe quando uma vítima indefesa luta desesperadamente com unhas e dentes pela própria vida? Tipo isso.

Myron estava desnorteado. Não fazia o menor sentido. O Jovem Beluga sorriu com dentes pequenos demais para aquela boca, contribuindo ainda mais para a aparência geral de beluga.

– Embaixo das unhas de qual vítima? – indagou Myron.

– Não é da sua conta – cortou Hawes. – Você e Greg Downing se conhecem há bastante tempo, não é? Rivais no basquete. Ensino médio. Universidade. Os dois foram recrutados na primeira rodada de seleção da NBA. Downing teve uma longa carreira profissional. Tornou-se um técnico querido depois que se aposentou. – Hawes fez um beicinho sarcástico de pena. – Já você...

– ... tem um escritório irado com uma vista espetacular?

Para contextualizar: pouco depois das rodadas de seleção, durante o primeiro jogo de pré-temporada de Myron como novato de 21 anos no Boston Celtics, um jogador chamado Big Burt Wesson, do time adversário, atropelou Myron, fazendo com que torcesse o joelho de um jeito que nenhuma articulação deveria ser torcida.

Adeus, basquete.

Hawes e Beluga achavam que Myron ainda se incomodava com isso, que seria uma boa forma de cutucá-lo e deixá-lo irritado.

Estavam duas décadas atrasados.

O olhar de Hawes se fixou no de Myron.

– Vamos parar com os joguinhos, Sr. Bolitar. Onde está Greg Downing?

– Vou ter que pedir para vocês irem embora.

– Não quer colaborar?

– Se vocês estão falando a verdade...

– Estamos.

– Se vocês estão falando a verdade – recomeçou Myron –, se Greg está vivo... não posso dizer nada.

– Por que não?

– Sigilo profissional entre advogado e cliente.

– Achei que você fosse agente dele.

– Também sou.

– Não estou entendendo.

Quando o jovem Myron percebeu que o joelho jamais se recuperaria totalmente, quando percebeu que seus dias de atleta tinham acabado, ele "seguiu a vida" pra valer. Tinha sido um bom aluno na Universidade Duke. Canalizou seu foco no basquete para os estudos na faculdade de direito, gabaritou o exame de seleção, entrou em Harvard, formou-se com honras. Depois de passar na prova da Ordem, abriu a MB Representações (na época, chamava-se MB Representações *Esportivas* porque – tente entender com a ajuda do itálico – a princípio ele só representava atletas ou pessoas envolvidas com *esportes*). Como advogado formado e licenciado, Myron podia oferecer aos clientes o máximo de proteção que a lei permitia.

Isso ajudava, especialmente quando um cliente tinha algum problema jurídico.

Como agora, ele pensou.

– Disseram que ia colaborar, Sr. Bolitar.

– Isso foi antes de eu saber do que se tratava – argumentou Myron. – Por favor, retirem-se. Imediatamente.

Os dois se levantaram sem a menor pressa.

– Outra coisa – disse Myron. – Se acharem o Sr. Downing, não quero que ele seja interrogado sem a minha presença.

O Jovem Beluga respondeu com um bufo de desdém. Hawes ficou quieta.

Myron continuou sentado enquanto eles contornavam a mesa. *Greg. Vivo. Esqueça os assassinatos por um instante. Como é possível que Greg esteja vivo?*

O Jovem Beluga se deteve e se curvou na frente de Myron.

– Isso não acaba aqui, babaca.

O sujeito nem imaginava quanta verdade havia nisso.

capítulo dois

O ESCRITÓRIO DE WIN FICAVA um andar abaixo do de Myron.

Quando saiu do elevador, Myron ainda tinha a mania de esperar ouvir o frenesi e o volume ensurdecedor da gritaria dos corretores comprando e vendendo ações, títulos e investimentos e, bem, essas coisas de finanças. Myron não era bom com instrumentos monetários e tal, e por ele tudo bem. Win cuidava de todos os assuntos relacionados a dinheiro para seus clientes. Myron cuidava do agenciamento: negociações com proprietários e executivos, acordos de patrocínio, incrementos de renda das redes sociais dos clientes, posicionamento de marca, aumento de cachê, soluções para as trivialidades do dia a dia, o que fosse necessário.

Em suma, ele maximizava o potencial de faturamento.

O trabalho de Myron tinha a ver com fazer o dinheiro entrar; o trabalho de Win era investi-lo e fazê-lo crescer.

Não havia mais cacofonia no local porque as operações agora eram feitas pela internet ou por computador. Ainda se ouvia um ou outro grito no escritório, mas, de modo geral, todas as cabeças estavam abaixadas, todos os olhos focados em alguma tela. Era esquisitíssimo.

A sala particular de Win, de esquina, era, para a surpresa de ninguém, a maior. Dava tanto para a Park Avenue quanto para a área norte da cidade. Tinha vista espetacular, painéis de madeira escura nas paredes, arte de época e um ar de clube masculino londrino do século XVIII.

– Você sabe de alguma coisa – disse Myron.

– Eu sei de muitas coisas.

– Está sendo reticente. Você nunca é reticente.

– Às vezes sou reticente com as damas – contestou Win. – Não, espere, eu quis dizer indecente.

– Você sabia que Greg está vivo?

Win fez uma pausa para pensar. Ele se virou para as janelas e contemplou a vista. Outra coisa que ele quase nunca fazia. Depois, disse:

– Columbário.

– Oi?

– Você falou para os agentes que Greg Downing estava num mausoléu.

– Falei.

– Mausoléus servem para abrigar um corpo – afirmou Win. – Columbários abrigam restos mortais cremados.

– Erro meu. Obrigado pela aula.

Win abriu os braços.

– Não me canso de ser generoso.

– É mesmo. O que você quer dizer é que Greg foi cremado.

– Correto.

– E daí? Assim é mais fácil forjar uma morte?

– Que tal a gente repassar a cronologia dos acontecimentos?

Myron sinalizou com a cabeça que Win continuasse.

– Cinco anos atrás, Greg Downing foi demitido do cargo de técnico principal do Milwaukee Bucks. Na época, tinha uma popularidade incrível, com um histórico de vitórias em três franquias da NBA. Faria sentido dizer que ele ainda estava bastante cotado, certo?

Myron assentiu e completou:

– Tanto o Knicks quanto o Heat queriam conversar com ele.

– Mas, em vez de considerar essas ofertas, Greg, que ainda era jovem...

– Da nossa idade – acrescentou Myron.

– Muito jovem, então. – Win deu um sorrisinho. – Ele alegou sofrer de burnout e disse que queria pendurar as chuteiras. Você caiu nessa?

Myron deu de ombros.

– Já vi acontecer.

– Quem está sendo reticente agora?

– Foi atípico – admitiu Myron. – Greg sempre tinha sido hipercompetitivo.

– Um jogador reconhece o outro – disse Win.

– Como assim?

– Vocês foram rivais por tanto tempo porque os dois eram hipercompetitivos. Isso levou a grandes batalhas dentro de quadra. E a grandes catástrofes fora dela.

Myron não tinha réplica para isso.

– Você e Greg conversaram sobre essa decisão? – perguntou Win.

– Não. Você sabe disso.

– Só estou repassando os fatos. Greg simplesmente foi embora. Sumiu. Desapareceu. Ele mandou um e-mail para você.

– Mandou.

– Lembra o que o e-mail dizia?

– Posso procurar a mensagem, se você quiser, mas era só algo na linha de precisar de uma mudança na vida, de querer iniciar o próximo capítulo. Ele disse que queria viajar sozinho e se encontrar.

– E se encontrar – repetiu Win, balançando a cabeça com asco. – Nossa, espero que ele não tenha usado essas palavras.

– Usou – afirmou Myron. – Enfim, ele foi para um mosteiro no Laos.

– E como a gente sabe disso?

– Ele me falou. – Myron parou para refletir. – Por que ele mentiria?

Win não respondeu.

– Depois disso, quando foi que você teve notícia de novo de Greg?

– Não sei. Achei que ele precisava recarregar as energias. Que voltaria logo. Mas uma semana virou um mês, e depois dois meses. Ele mandava uma mensagem de texto de vez em quando. Dizia que estava no Laos, ou na Tailândia, ou no Nepal, não lembro exatamente. Depois...

– Passaram-se dois anos, e ficamos sabendo que ele tinha morrido.

– É – disse Myron. – O que é que você não está me contando, Win?

Win ignorou a pergunta de novo.

– Que dificuldade ele teria em forjar a própria morte? Digamos que você seja Greg. Você escreve seu próprio obituário e o publica num jornal. Declara que morreu de ataque cardíaco. Despacha uma urna com cinzas, que, na verdade, podem ser de qualquer coisa. Acontece um velório. Nós comparecemos. – Win ergueu as mãos ao céu. – *Voilà*, você morreu.

Myron franziu a testa e indagou:

– E depois acontece o quê? Você volta clandestinamente para o país e mata Cecelia Callister e o filho dela?

Win olhou de novo pela janela. Foi aí que Myron entendeu.

– Greg teria precisado de dinheiro – observou Myron.

Win continuou olhando pela janela.

– Todos esses anos longe. Por mais que estivesse vivendo de maneira frugal. Ele ia precisar de acesso às contas bancárias. Você se encontrou com ele?

Ainda olhando.

– Win?

– Temos um dilema.

– Que é?

– Sigilo profissional.

– Você não é advogado.

– Então minha palavra não vale nada? – Win deu as costas para a janela.

– Se um cliente pede sigilo, mesmo assim eu deveria falar abertamente?

– Não – disse Myron, tentando pensar em um jeito de contornar o impasse –, mas, no caso específico de Greg Downing, sou o agente, empresário e advogado dele. O que quer que ele tenha compartilhado com você eu posso saber também.

– A menos que – rebateu Win, erguendo o indicador – o cliente tenha me pedido para não contar para ninguém, incluindo especificamente você.

Myron deu um passo para trás.

– Uau.

– Pois é.

– Quer dizer que você sabia que Greg está vivo?

– Não estou dizendo nada disso.

– Senti um "mas".

– *Mas*, se eu fosse analisar as decisões financeiras dele sob essa nova perspectiva, talvez pudesse concluir que isso não é uma surpresa tão grande para mim quanto é para você.

Win não precisava dar os detalhes; Myron captou a ideia.

– Então, hipoteticamente – sugeriu Myron –, antes de Greg dar o fora do país para, digamos, se encontrar, pode ser que ele tenha feito umas movimentações de dinheiro. Contas abertas no exterior, recursos transferidos para instrumentos menos rastreáveis, esse tipo de coisa.

– Se ele tiver feito isso – disse Win –, é o tipo de coisa que continuaria sendo confidencial.

– Então Greg planejou isso.

– Talvez.

Silêncio.

Por fim, Myron declarou:

– Greg não chegou a demitir a gente.

Win fechou os olhos.

– Se ele estiver vivo, ainda é nosso cliente.

Win esfregou os olhos fechados.

– Sabe aonde eu quero chegar com isso? – perguntou Myron.

– Seria difícil não adivinhar sem ter sofrido algum trauma cerebral recente – retrucou Win. – Você quer ajudá-lo.

– "Querer" é o de menos. Se Greg estiver vivo, nós temos a *obrigação* de ajudá-lo.

– Agora vem a parte em que eu digo: "Mesmo se ele for um assassino?"

– E aí eu assinto com ar de sabedoria e respondo: "Mesmo assim." Ou talvez: "Vamos pensar nessa questão quando chegar a hora."

– "Mesmo assim" é a opção menos clichê – disse Win, suspirando. – Eu preciso lembrar a você que isso vai reabrir um monte de velhas feridas emocionais?

– Nem tanto.

– Ou que você não é bom em lidar com velhas feridas emocionais?

– Estou ciente.

– Sua ex destrutiva. A lesão que acabou com sua carreira. Seu filho biológico.

– Já entendi, Win.

– Não, meu caro amigo, não entendeu. Você nunca entende. – Win suspirou, deu de ombros, bateu as mãos na mesa. – Certo, beleza, vamos nessa. Tonto e Cavaleiro Solitário numa nova aventura.

– Está mais para Batman e Robin.

– Sherlock e Watson.

– Besouro Verde e Kato.

– Starsky e Hutch.

– Cagney e Lacey.

– Turner e Hooch.

Win arquejou.

– Não seria o máximo? – Ele estalou os dedos. – Tango e Cash.

– Opa, boa. – Depois: – Michael Knight e KITT.

– KITT, o carro falante?

– É – disse Myron. – Mas tem que ser o Michael do Hasselhoff. Não aqueles novos toscos.

– Michael e KITT – repetiu Win. – Quem é quem?

– Faz diferença?

– Não – respondeu Win. – Então... quais são os primeiros passos?

– Seguir o rastro do dinheiro a partir das contas no exterior.

– Negativo – discordou Win.

– Por que não?

– Não vamos conseguir rastrear o dinheiro. Eu sou bom *nesse nível*.

– Então quem sabe dar uma investigada nas mortes dos Callisters?

– Já estou trabalhando nisso. E você? Para onde vai?

Myron pensou.

– Ver minha ex destrutiva.

capítulo três

EMILY DOWNING, A EX destrutiva, abriu a porta do apartamento na Quinta Avenida com um largo sorriso.

– Ora, ora, ora, se não é o partidão que deixei escapar.

– Você fala isso toda vez que me vê.

– É o que sempre me vem à mente. Faz quanto tempo, Myron?

– Três anos. No velório de Greg.

Emily sabia disso, é claro. Eles ficaram um instante parados ali, deixando o passado envolvê-los. Não tentaram impedir nem fingiram que não estava acontecendo. Eles tinham se conhecido na Biblioteca Perkins da Universidade Duke no primeiro mês de aula. Seus olhares se cruzaram por cima da mesa de estudos e Emily deu um sorrisinho torto. *Cataplof*, Myron já era. Ambos com 18 anos, ambos morando longe de casa pela primeira vez, ambos inexperientes do jeito que os adolescentes fingem que não são.

Eles se apaixonaram.

Ou pelo menos *ele* se apaixonou.

Parada ali diante dele agora, tantos anos depois, Emily disse:

– Você não acha mesmo que Greg está vivo, né?

– Você acha?

Ela mordeu o lábio inferior, e *cataplof* de novo, Myron estava de volta àquelas noites frias de outono no quarto do alojamento dela, no escurinho, com a lua na janela que dava vista para o pátio. Depois de quase quatro anos de namoro, Myron tocou no assunto de casamento lá para o final do último ano de faculdade.

A reação de Emily?

Ela tomou as mãos de Myron, olhou bem nos olhos dele e declarou: "Não sei se eu te amo."

E *cataplof* de novo. Um *cataplof* bem diferente.

– Greg vivo – disse Emily, aturdida. Uma mecha de cabelo caiu sobre seu olho. Myron quase ergueu a mão para afastá-la. – É esquisito demais.

– Jura?

Ela deu aquele sorrisinho torto de novo. Nada de *cataplof* agora. No máximo uma pontada de nostalgia.

– O mesmo palhaço sarcástico de sempre.

– É o meu jeitinho.

– E eu não sei? Mas tudo nessa história é esquisito. Começando pelo fato de Greg ter virado seu cliente.

– Greg era uma fonte de renda sólida.

– Mais sarcasmo?

– Não.

– Eu nunca entendi – disse Emily. – Por que você trabalhou com ele? E não vem me dizer que era só pelo dinheiro.

Myron decidiu falar a verdade.

– Greg me magoou. Eu o magoei.

– Então vocês estavam quites?

– Digamos apenas que nós dois queríamos virar a página.

– Greg gostava de você, Myron. – Ele não se manifestou. – Foi justamente por isso que pedi para você fazer o elogio fúnebre. Acho que é o que Greg ia querer.

A rivalidade entre Myron e Greg no basquete começou no sexto ano, seguiu na liga de atletas amadores quando eles tinham 13 anos, no ensino médio e depois nas ligas universitárias, quando a Duke de Myron enfrentou a Universidade da Carolina do Norte de Greg. Havia boatos de que os dois astros não se bicavam, mas era só exagero. Nas quadras, os dois combatiam com o empenho que só os hipercompetitivos poderiam entender. Fora da quadra, eles mal se conheciam.

Até Emily entrar na jogada.

– Você contou – Myron respirou fundo – ao Jeremy? – Um silêncio tomou conta da sala. – Quer dizer, sobre Greg estar vivo...

– Não faça isso – pediu ela.

– O quê?

– Jeremy ainda está em missão no exterior.

– Eu sei.

– Não tem motivo para contar a ele.

– Não acha que ele tem o direito de saber que... – Myron não sabia que termo usar, então escolheu o que Jeremy teria usado – ... que o pai dele talvez ainda esteja vivo?

– O trabalho de Jeremy é perigoso. Ele precisa se concentrar. É melhor esperar até termos certeza.

Era justo. E, na verdade, não era da conta de Myron. Jeremy tinha deixado isso bem claro. Aquilo era uma distração, e não era das boas. Myron insistia em cometer o erro de tomar a direção errada. Win havia avisado. Tinha história demais ali.

– A propósito – continuou Emily, trazendo-o de volta ao presente –, não contei para a polícia, mas Greg conhecia Cecelia Callister.

Isso fez Myron parar com os devaneios.

– Como é que é?

– Não muito bem, digo. Ele deve ter encontrado Cecelia umas duas vezes, talvez três. Teve uma época em que andávamos juntas, Cecelia e eu. Nós ficamos amigas quando passamos o verão nos Hamptons logo depois dos nossos casamentos. Sei que saímos os quatro juntos uma vez: Greg e eu, Cecelia e o primeiro marido dela, um cara legal chamado Ben Staples. Ou talvez Ben fosse o segundo. Não lembro agora. Enfim, já faz um milhão de anos.

Myron tentou assimilar a informação e entender o que ela significava de verdade.

– É possível que eles tenham sido algo mais?

– Tipo amantes?

– Tipo qualquer coisa.

– Greg e Cecelia... – murmurou Emily. – Vai saber.

Myron tentou outra abordagem.

– Quando foi a última vez que você teve notícia de Greg?

– Quando ele se mandou para o Camboja ou sei lá onde.

– Laos. Foi há cinco anos.

– Por aí.

– E mais nada desde então?

– Nada – respondeu ela em voz baixa. – Mais nada.

Ele não sabia dizer se isso a incomodava.

– Veja bem, Myron, Greg e eu... nossa relação era estranha. A gente se divorciou há anos depois de... Bom... – Ela gesticulou com a mão na direção de Myron. – Você sabe.

Ele sabia.

– Mas Jeremy ainda estava doente, mesmo depois do transplante, e mesmo que Greg tivesse problemas... *tenha* problemas?... Droga, qual dos dois? Enfim, ele amava o garoto, mesmo depois...

E lá estava.

Depois do pedido de casamento atrapalhado de Myron no ano da formatura, Emily trocou Myron por, isso mesmo, Greg Downing. Para elevar a mágoa dele à décima potência, ela e Greg ficaram tão apaixonados um pelo outro que noivaram quatro meses depois.

Foi aí que a situação se complicou.

Para resumir: na véspera do casamento, Emily pediu que Myron fosse até sua casa. Ele foi. Os dois transaram. O resultado disso – ainda que Myron só fosse descobrir 14 anos depois – foi um filho, Jeremy, que Greg criou como se fosse seu sem saber.

Pois é, uma grande confusão.

Myron culpara Emily. Ela que havia ligado para ele naquela noite, bem quando ele tinha começado a superar a dor de perdê-la. Ela lhe ofereceu uma bebida, instigou-o a tomar e deu o primeiro passo. Ela tinha algum tipo de plano, para lá de destrutivo, e ele era só uma peça nesse tabuleiro. Foi isso que ele passou anos dizendo para si mesmo. Mas, agora, com mais distanciamento e uma visão em retrospecto mais objetiva, Myron entendia que essa ideia era antiquada. Ele quisera se colocar como o mocinho da história, a vítima. Um caso clássico de racionalização.

Com um pouco de esforço, os homens são capazes de justificar qualquer coisa.

– Myron?

Emily o chamava. A Emily do presente. Caramba, Win tinha mesmo avisado do perigo de trazer um trauma antigo de volta, não tinha?

– Vocês se divorciaram – afirmou Myron, afastando o passado. – Aí, anos depois, vocês voltaram, certo? Até se casaram de novo.

Emily não respondeu.

– E então, do nada, Greg resolveu se mandar para fora do país sem explicação?

– Não foi tão simples assim.

– Sou todo ouvidos, Emily.

Ela deu a mordiscada no lábio de novo.

– Eu não contei para a polícia. Só para deixar claro, não foi para esconder nada. É que não é da conta deles. Nada disso é.

– Tudo bem.

– Também não é da sua conta.

– Tudo bem.

– Greg e eu tínhamos um acordo.

Myron esperou que ela falasse mais. Como ficou quieta, ele perguntou:

– Que tipo de acordo?

– Uma troca.

Como a maioria dos acordos, Myron pensou, mas, em vez de falar isso, ele repetiu:

– Tudo bem.

– Greg era rico.

– Certo.

– Você sabe disso melhor que ninguém.

– Tudo bem.

– Para de falar "tudo bem" – retrucou ela. – Enfim, ele prometeu cuidar de mim.

– Financeiramente?

– Sim. É por isso que tenho condições de morar aqui. Greg fez um fundo de rendimento generoso para mim. Para Jeremy também, é lógico. Win ajudou a organizar tudo.

– Parece normal – comentou Myron.

– Não era. Quer dizer, nossa relação...

Emily se deteve.

– Quer dizer que vocês não eram casados de verdade?

– Sim. Bom, não. A gente era casado oficialmente. Mas o que é um casamento? Greg vivia viajando por causa do basquete. Sempre foi assim. Durante os intervalos das temporadas, ele passava a maior parte do tempo em South Beach. Só ficava comigo quando vinha para Nova York, que era, sei lá, por um mês, seis semanas, a cada ano.

– E quando ele ficava aqui, vocês dois...

Myron fez um gesto de união com as mãos, como um acordeão, e se perguntou por que raios faria uma pergunta dessas. Tinha relevância?

– A gente dormia em quartos separados – explicou Emily –, mas às vezes se pegava. Sabe como é. A gente ia para um jantar chique ou um baile beneficente. Vestia umas roupas chiques, bebia um pouco, voltava para casa, lembrava como eram as coisas antigamente e que agora é tarde e é muito difícil achar outra pessoa...

Ela olhou nos olhos de Myron.

– Entendi. Pode continuar – disse Myron.

– O que mais quer que eu fale?

– Por exemplo, por que você quis esse acordo?

– Eu queria estabilidade financeira.

– E Greg?

Emily virou o rosto e se dirigiu a um carrinho de vidro com bebidas.

– Quer beber alguma coisa?

– Não, obrigado. – Eles estavam chegando ao cerne da coisa. – Esse acordo foi ideia de quem?

– De Greg – respondeu ela, pegando um copo com uma das mãos e uma garrafa de gim Asbury Park com a outra. – Essa parte é um pouco mais difícil de explicar.

– Não tenho pressa.

– Não sei também se é relevante.

– Seu marido "morto" está sendo acusado de duplo homicídio – enfatizou Myron. – É relevante. Por que o acordo, Emily?

Ela ficou olhando a garrafa, mas não se serviu.

– A princípio, eu também não sabia direito. Greg e eu ainda tínhamos algo em comum: Jeremy. Mesmo depois que ele cresceu e entrou para as Forças Armadas. Jeremy é muito forte, corajoso, heroico e tal, mas ele também... Existe uma fragilidade no nosso filho.

Ela se virou e encarou Myron. *Nosso filho.* Foi isso que ela disse. Nosso filho. E havia duas maneiras de interpretar isso. Emily começou a se servir.

– A verdade é que Greg e eu não tínhamos nenhum interesse de verdade um pelo outro. Fazia muito tempo que não existia mais nada entre nós. Mas, depois que a raiva dele se dissipou, sabe, por causa do que a gente fez... – Myron sentiu o aperto no peito – ... sobrou alguma outra coisa. Não sei como nomear isso. Não é exatamente amizade. Ele e eu não conversávamos muito nem tínhamos tanta coisa para compartilhar. Mas a gente tinha confiança. E um vínculo.

Ela tomou um gole. Myron concluiu o raciocínio para ela.

– Jeremy.

– É, acho que sim. Enfim, não estou contando direito. Um dia Greg veio me ver e disse que queria que a gente se casasse de novo. Ele ofereceu um pacote financeiro generoso. Eu aceitei.

– E ele nunca explicou o motivo?

– Ele falou alguma coisa sobre manter as aparências. Que ele queria parecer comprometido com uma única mulher e que seria bom para Jeremy.

Myron refletiu sobre isso.

– Você achou que fazia sentido?

– Não. Achei que Greg tinha se metido em alguma encrenca.

– Que tipo de encrenca?

– O tipo em que seria bom se a pessoa fosse casada e tivesse família. Não sei exatamente o que foi, mas Greg não conseguia controlar bem os impulsos. Achei que ele tivesse conhecido uma menina menor de idade numa boate. Ou que talvez tivesse transado com alguma mulher casada de novo. Pois é, irônico, né? Greg curtia isso. Dormir com mulheres casadas. Várias. Conversei com meu terapeuta sobre isso. Ele tem certeza de que o trauma de Greg era um subproduto do que a gente fez com ele.

Myron ficou quieto.

– Nenhum comentário? – perguntou ela.

– Não – disse Myron. – Nenhum.

– Enfim, Greg só falou que precisava estar casado. A gente podia ir juntos a eventos, bancar o casal feliz para a mídia, apresentar a grande história de redenção. Em troca disso, ele montaria os fundos de investimentos. Eu gostei disso por vários motivos. Pelo dinheiro, é óbvio. Mas também pelo lado social. Os amigos não chamam gente solteira para os eventos. Ainda mais eu. Você me falou uma vez que eu transmito uma energia sexual.

– Emily, eu era jovem e...

– Ah, eu não me sinto ofendida. Nossa. As pessoas são tão estranhas com tudo hoje em dia. Eu transmito mesmo essa energia. Sempre transmiti. Eu sei. Enfim, pessoas casadas... bom, as mulheres, pelo menos, não querem isso perto de seus maridos. Não quando se é uma mulher solteira, mesmo que, aff, não exista o menor interesse da minha parte. De qualquer maneira, deu certo. *Greg e Eu, Parte Dois*. Ele tinha a vida dele e eu, a minha.

Emily olhava para todo canto, menos nos olhos dele. Ela não era disso.

– Tem alguma coisa que você não está me contando – insinuou Myron.

– Estou criando coragem. Era um assunto pessoal de Greg. Não estou a fim de explanar.

– Não é explanar. Você só vai contar para mim.

– Isso não melhora as coisas. Você sabe disso, né? Mas, se Greg estiver morto, que diferença faz agora? E, se ele não tiver morrido, se de alguma forma ele estiver vivo... – Emily matutou um pouco sobre isso. Myron deu espaço para ela. – Vou te mostrar um negócio.

Emily pegou o celular, e seus dedos deslizaram pela tela.

– Conforme Greg envelhecia, foi ficando mais esquisito. Não sei outro jeito de descrever. Mais recluso. Passando mais tempo na internet.

– Greg?

– Pois é. Nada a ver com ele, né? Enfim... um dia ele deixou o celular na bancada da cozinha. Ele tinha passado a manhã toda grudado naquilo, e eu sabia a senha... ele sempre usava a mesma para tudo. Então você já imagina o que eu fiz.

– Invadiu a privacidade dele.

– Exatamente. Enfim, descobri que ele tem uma conta no Instagram. Achei muito estranho. Consegue imaginar Greg com uma conta no Instagram?

– A gente criou uma para ele – revelou Myron. – Ajuda com patrocínios e posicionamento da marca.

– Não estou falando dessa. Eu sei da conta pública. Ele nunca entra nessa. É Esperanza que cuida dessa para você, né?

Myron não falou nada.

– Era outra conta. Greg tinha um pseudônimo. Aqui. Dá uma olhada.

Como Emily não lhe passou o celular, Myron se posicionou atrás dela e olhou por cima de seu ombro. É estranho como os sentidos têm uma memória afetiva, especialmente o olfato. Ele se perguntou se ela ainda usava o mesmo xampu, porque, por um instante, voltou àquele alojamento de calouros, ela se enxugando depois de tomar banho, vestindo aquele roupão velho esfarrapado que ele tinha trazido de casa. Não significava nada. A lembrança não o inspirava a fazer nada. Mas estava ali e era inevitável.

A imagem de perfil do Instagram tinha uma logo de calcanhar preto da Universidade da Carolina do Norte. A *alma mater* de Greg. O nome da conta era UNCHoopsterFan7. Seguia 390 perfis e tinha doze seguidores.

– Deve ser um perfil falso – supôs Myron.

– Como assim?

– Tipo um pseudônimo mesmo. Gente que finge ser outra pessoa. Às vezes as pessoas fazem isso por causa de marketing. Como um dono de restaurante que finge ser um cliente e faz um monte de elogio. Ou um mané que faz publicações políticas como "Ah, eu sou totalmente independente" e depois defende qualquer ilegalidade que o candidato preferido dele pratica.

– Não é o caso dessa conta. Greg nunca publicava nem comentava.

– Tudo bem. Então vai ver é só um jeito de espiar outras contas sem que ninguém saiba.

– Ele estava trocando mensagens com alguém, Myron.

Emily tocou a tela com o polegar e abriu a conta de um homem muito definido, muito musculoso, todo besuntado de óleo que se descrevia como "Figura Pública" e "Modelo Fitness" e se chamava Bo Storm.

Myron estreitou os olhos.

Bo Storm tinha seis mil seguidores e seguia novecentos perfis. Emily olhou de relance por cima do ombro para Myron. Queria ver sua reação. Bo estava sem camisa em quase todas as publicações fazendo pose de gostosão. Ele tinha um abdômen trincado e uma pele lisa que só seria possível com uma rotina rigorosa de depilação com cera. A barba por fazer era cuidadosamente aparada. Ele tinha luzes em tons frios no cabelo comprido. No primeiro post fixado, Bo Storm estava dançando só de tanga no que parecia ser um palco de casa noturna.

A frase de perfil dele dizia: Vivendo o sonho de arco-íris em Las Vegas. Pessoal, assine minha conta no OnlyFans para ver mais.

Myron não fazia ideia do que pensar daquilo.

– Quantos anos acha que ele tem? – perguntou Emily.

– Uns 25?

– É. Bem mais novo que Greg.

Myron assentiu, tentando processar o que Emily estava tentando dizer.

– Então esse Bo estava trocando mensagens com Greg?

– Isso.

– Você leu as mensagens?

– Greg voltou para a cozinha, mas cheguei a ver o bastante. Emojis de coração. Planos para o futuro. Coisa íntima.

Myron não falou nada.

– Está surpreso? – perguntou Emily.

– Que diferença faz?

– Acho que não devia fazer, né? Quer dizer, eu entendo. Ou tento entender. É um mundo novo, e nossa geração ainda está tentando se situar. E talvez a galinhagem constante de Greg fosse uma forma de compensação ou válvula de escape, ou talvez ele fosse bi, pan, omni ou sei lá. Não sei mesmo.

– Não importa – disse Myron.

– É, nós dois podemos ficar repetindo isso, mas ainda é chocante, né?

Myron não falou nada.

– E você tem razão. Não importa. Não nesse sentido. Mas tem uma coisa mais esquisita. Olha a última data que esse menino... eu sei que esse Bo Storm não é um menino, mas, caramba, como ele é jovem... olha a data da última publicação dele.

Dessa vez, Myron pegou o celular dela e rolou a tela. A foto mais recente era de Bo de pé em uma praia com um calção de banho justo e um paletó de smoking preto sem camisa por baixo. A legenda dizia Black-tie praiano pro casamento de Larry e Craig, seguida por diversos emojis de coração, foguinho e arco-íris.

Myron verificou a data.

– Ele não posta nada há cinco anos.

– Parou duas semanas antes de Greg se mandar para a Ásia. E olha antes disso. Esse tal de Bo nunca passava mais de dois ou três dias sem postar. Junte as peças. Greg está flertando com esse gostosão no Instagram. De repente, Greg decide ir embora. O gostosão para de publicar. Explica isso.

A implicação parecia óbvia.

– Depois de ler as mensagens – começou Myron –, você confrontou Greg?

– Não. Na época... como posso dizer? Fiquei surpresa, é claro. E uma parte de mim ficou abalada. Porém, outra parte... Eu amava Greg. De verdade. Mas imagina como a vida dele deve ter sido difícil, Myron... esconder quem ele era de verdade só para poder manter a vida no esporte.

– Estamos em 2024 – disse Myron.

– É sério? Quantos técnicos no esporte profissional saíram do armário?

Myron assentiu.

– Tem razão. Então Greg fugiu com esse tal de Bo?

– A que outra conclusão você chegaria nessas circunstâncias? Você realmente acreditou naquele papo de mosteiro no Laos?

– Acho que não.

– E, de certa forma, eu fiquei feliz por ele. Greg nunca se sentiu em paz. Durante a vida inteira. Sempre havia alguma coisa que o afligia. Eu morava com ele e o conhecia melhor do que ninguém, e mesmo assim sempre senti essa distância. Então deixei para lá. Eu tinha dinheiro. Tinha os benefícios do casamento e já estava acostumada a não ter a companhia dele. Estava tudo bem. Até que ele morreu. Jeremy ficou arrasado.

Myron se lembrava. Tinha sido a última vez que Myron viu o filho biológico – no velório de Greg, chorando a morte do pai "verdadeiro" dele.

– Ainda estão faltando umas peças grandes nesse quebra-cabeça – declarou Myron.

– Eu sei.

– Digamos que Greg sentia atração por Bo. Digamos que eles dois fugiram juntos. Como passamos disso para o fato de Greg forjar a própria morte?

– Não sei.

– E depois... o quê? Ele esperou alguns anos e matou Cecelia Callister e o filho dela?

– Bom – disse Emily –, Cecelia fazia o tipo dele: bonita e casada. Pelo menos era o que eu *achava*. Mas não sei mais em que pensar. Greg era gay? Era chegado a mulheres casadas? As duas coisas? Nenhuma das duas? E agora o FBI acha que ele está vivo e que matou duas pessoas. Eu não entendo, mas as pessoas são cheias de segredos, Myron. Você sabe disso.

capítulo quatro

LOGO QUE MYRON VOLTOU a trabalhar no edifício Lock-Horne depois do longo hiato, ele entrava no elevador e, por hábito, apertava o botão do seu antigo andar. Dessa vez, apertou o quarto andar de propósito. O espaço abrigava agora a FFD – Fisher, Friedman & Diaz, um escritório de advocacia hiperagressivo gerido por mulheres e especializado em direitos das vítimas. Criada pela carismática e midiática Sadie Fisher, a FFD defendia pessoas que sofriam maus-tratos, bullying e violência, enfrentando a nova era digital e tentando promover a atualização das leis e a proteção das vítimas.

A página inicial do site delas dizia:

> Nós ajudamos você a acertar uma joelhada bem no saco dos agressores, perseguidores, cretinos, trolls, pervertidos e psicopatas.

Infelizmente, a nova firma arrasadora vivia cheia de trabalho porque homens inseguros e violentos estavam em alta (é um fato, não sexismo ou uma tentativa de ser politicamente correto: a imensa maioria das perseguições e agressões é cometida por homens e a imensa maioria desses ataques tem mulheres como alvo). Como Win disse quando investiu na FFD: "Homens inseguros e raivosos são uma indústria em crescimento."

A recepcionista não estava à mesa dela, então Myron bateu à porta do escritório.

– Pode entrar – disse uma voz conhecida.

Myron abriu a porta. Esperanza Diaz estava de costas para ele. Ela estava ao telefone, olhando pela mesma janela na mesma sala que ela usava quando aquele espaço era da MB Representações. Esperanza tinha começado como recepcionista e assistente de Myron, mas, quando eles venderam a agência, já havia terminado a faculdade de direito, passado na prova da Ordem e virado sócia plena dele. Oito meses antes – não muito antes de Myron decidir que era hora de concretizar seu retorno como agente de esportes e entretenimento –, Win apresentou Esperanza a Sadie Fisher. As duas se entrosaram, e Fisher e Friedman incluíram Diaz na sociedade. Agora, Esperanza, talvez a pessoa mais durona que Myron conhecia, tinha um ringue novinho em folha onde podia dar outras surras.

Ela encerrou a ligação e se virou para ele.

– Oi, Myron.

– Oi.

Esperanza foi na direção dele. Usava joias de pérolas e roupas de cores vivas. A blusa e a saia eram superjustas. Todas as sócias da FFD se vestiam do mesmo jeito. Tinha sido ideia de Sadie Fisher. Quando Sadie começou a representar mulheres que tinham sofrido assédio ou agressão sexual, falaram que ela deveria "pegar leve" no vestuário, usar roupas discretas e sem graça. Sadie odiou a ideia. Isso seria mais uma atitude no sentido de culpabilização da vítima, e ela não admitia isso.

Agora as advogadas daquele andar faziam o contrário.

– Trabalhando em algum caso? – perguntou Myron.

– Nossa cliente está no segundo ano do curso de direito em Stanford.

– Ótima faculdade.

– É. O perseguidor dela, um cara horrendo que já ameaçou matá-la mais de uma vez, passou para o mesmo curso e insiste em frequentar a faculdade. Estou tentando fazer o juiz conceder uma medida protetiva.

– Acha que vai conseguir?

Ela deu de ombros.

– É coisa corriqueira na FFD. Aliás, não tão corriqueiro assim, Greg Downing está mesmo vivo?

– Talvez.

– Nunca gostei dele – disse Esperanza.

– Eu sei.

– Você o perdoou. Eu nunca.

– Olha, eu o magoei...

– E ele magoou você. Eu sei. Já ouvi você falar isso. É balela. Você o aceitou como cliente porque queria mostrar sua magnanimidade para todo mundo.

– Não suavize, Esperanza. Fale o que você pensa.

– Greg destruiu seu sonho...

– Ele não sabia que a lesão seria tão grave.

– ... e agora ele forjou a própria morte e matou alguém.

– Talvez você esteja colocando a carroça na frente dos bois.

– Que seja. Não quero tomar parte nisso.

– Ah – disse Myron. – Tudo bem.

– Não faça essa cara. Odeio quando faz essa cara.

– Que cara?

– Cara de Bambi indefeso.

Myron piscou e fez beicinho, reforçando a imagem.

– Argh. Olha, eu vi seu recado e dei uma investigada nesse Bo Storm para você – contou Esperanza. Ela se sentou à mesa e começou a digitar no notebook. – A propósito, como foi rever Emily?

– O que você acha?

– Não tão ruim quanto costumava ser, imagino. Você agora é um homem casado e feliz. Ficou tudo no passado.

– É verdade. Tirando...

– Jeremy. Eu entendo. – Esperanza continuava digitando. – Para começar, Bo Storm não é o nome verdadeiro dele.

Myron pôs a mão no peito.

– Minha nossa. Que surpresa.

– É, comecei pelo óbvio porque, depois disso, fica tudo bem esquisito, sabia?

– Como assim?

– Bo Storm desapareceu há cinco anos. Tipo, totalmente.

– Desde que Greg supostamente saiu do país.

– Pois é. Ele fechou tudo. Não só a conta no Instagram. Bo tinha uma quantidade de seguidores bem razoável no OnlyFans. Uma boa base de assinantes, talvez porque ele cobrava barato.

– Quando você fala de OnlyFans e base de assinantes...

Ela encarou Myron.

– Você não sabe do que estou falando?

– Não.

– As pessoas pagam para vê-lo pelado.

– Ah.

– E em cenas de sexo com outros homens.

– Ah.

– Você não conhecia mesmo isso?

Myron balançou a cabeça.

– E quando você fala que "ele cobrava barato"...

– A assinatura mensal dele custava apenas 2 dólares... mas acho que ele usava o OnlyFans só para anunciar seus produtos.

– Produtos?

– Prostituição. Não é algo só para nós, mulheres. Pelo que consegui investigar, Bo trabalhava num bar gay de esportes chamado... – ela ergueu os olhos e encarou Myron – Man United.

Myron olhou para ela. Ela continuou encarando.

– Esse nome é engraçado – comentou Myron.

– Combina bem.

– Você sabe o nome verdadeiro de Bo?

– Ainda não, mas escute só: estou usando um mecanismo avançado de busca de imagem por reconhecimento facial. Sabe o que é isso?

– Finja que eu não sei.

– Eu entro com a foto do rosto de alguém. O sistema vasculha a internet toda e encontra outras fotos em que a pessoa aparece.

– Eita. Parece o Grande Irmão de George Orwell.

– Não é uma tecnologia nova, Myron. Já existe há anos.

– Beleza, e o que você achou?

– Bo aparece num monte de fotos de casas noturnas. Festas, gringos, esse tipo de coisa. Até o momento, descobri duas coisas que podem ser relevantes para você. Uma é que não tem nenhuma foto recente dele. Nem umazinha sequer nos últimos cinco anos.

– Então – disse Myron –, desde que ele parou de postar...

– Ninguém publicou uma foto dele em lugar nenhum. Pois é. E isso é raro. A pessoa precisa se esforçar bastante para se manter fora do radar.

Myron assimilou a informação.

– E a outra coisa?

– Tem uma foto de galera com Bo que você vai achar muito intrigante.

– Foto de galera?

– Tipo, ele com uma galera. Tipo, num evento esportivo. Tipo, seu amigo Bo foi a um jogo de basquete da NBA.

Myron ficou paralisado.

– Tipo, um jogo do técnico Greg Downing?

Esperanza assentiu.

– O Milwaukee Bucks de Greg, em Phoenix, contra o Suns. Há seis anos. Dei zoom na imagem e imprimi para você.

Ela lhe entregou uma fotografia. É, foto de galera. Bo estava atrás do banco do Bucks, ao lado de uma mulher ultrabronzeada e ultraloura com uma regata justa.

– Não pode ser coincidência – comentou Myron.

– Você é bom mesmo.

Myron sorriu. Ele ficava feliz por Esperanza estar tão satisfeita com aquele emprego novo, mas sentia falta de trabalhar com ela. A MB Representações sem Esperanza não era a MB Representações.

– Então como vamos encontrar Bo Storm depois desse tempo todo? – perguntou Myron. – Será que o Man United tinha o nome verdadeiro dele na folha de pagamento?

– Já tentei esse caminho. Eles mudaram de dono e jogaram fora todos os registros antigos.

Myron teve uma ideia.

– Explique essa busca que você fez por reconhecimento facial.

– É bem autoexplicativa.

– Então, se você tivesse uma foto minha...

– Eu poderia jogar no mecanismo de busca e, em tese, encontrar todas as fotos em que você aparece na internet.

– Abra o perfil inativo de Bo no Instagram um instante.

Esperanza abriu. Myron começou a rolar a tela. Ele parou e apontou.

– Este cara – disse Myron. – Ele aparece em pelo menos umas dez fotos de Bo.

Ela leu as legendas em voz alta:

– "Eu e Jord curtindo", "Jord e eu na balada". Hum, os dois caras são gostosões. Várias fotos deles sem camisa nas noitadas.

– É, mas não é isso. – Myron rolou mais um pouco. – Aqui está uma de Bo e Jord num churrasco de quintal.

– Também sem camisa.

– E veja só: "Recebendo os rapazes em casa pra ver o Super Bowl."

– Também sem camisa – repetiu Esperanza, fazendo uma careta. – Quem é que vê o Super Bowl sem camisa?

– Dá para jogar esse Jord no seu mecanismo de busca?

Esperanza assentiu.

– Não é má ideia.

– De vez em quando eu me supero.

– Me dê uma hora, pode ser?

– Beleza.

Myron se sentou e ficou olhando para ela.

– Tem alguma coisa no meu dente? – perguntou Esperanza.

– Não.

– O que foi, então?

– Sinto falta disso. Você não?

Ela não falou nada.

Ele se curvou para a frente.

– Volte para a MB Representações.

Ela continuou em silêncio.

– Eu até incluo suas iniciais no nome.

Esperanza arqueou uma sobrancelha.

– MBED Representações?

– Aham.

– Que nome horrível – comentou ela. – Por outro lado, MB Representações também é.

– Justo.

– Estou fazendo um bom trabalho aqui.

– Eu sei.

– Sadie é incrível.

– Também sei disso. Então faça as duas coisas. Meio período aqui com Sadie, meio período lá comigo.

– Fazer o bem e o mal.

– O que quer que a deixe feliz.

Ela balançou a cabeça.

– O quê?

– Eu te amo – declarou ela. – Você sabe.

– Também te amo.

– Você é meu melhor amigo. Sempre vai ser meu melhor amigo.

– Igualmente.

– Com Win. Eu entendo.

– O que está querendo dizer?

– Você não gosta de mudança, Myron.

Dessa vez foi Myron que ficou calado.

– Por onde anda Terese? – indagou Esperanza.

Era a esposa de Myron.

– Está em Atlanta.

– Onde ela trabalha.

– Sim.

– Enquanto você está em Nova York.

– Ela vem me visitar.

Silêncio.

– Vai ficar tudo bem – afirmou Myron.

– Vai?

– Eu amo Terese – disse Myron.

– Eu sei que ama – assegurou Esperanza, mas havia uma nota de tristeza na voz dela. – Vamos achar Greg, pode ser? Depois conversamos mais sobre essas coisas.

Uma hora depois, Esperanza ligou para Myron.

– Achei um negócio sobre Jord, o amigo nos posts de Bo – informou ela.

– O quê?

– Estou indo aí mostrar para você.

Dois minutos depois, Myron ouviu Big Cyndi gritar, um ruído capaz de fazer crianças se arrepiarem e gatos se esconderem embaixo do sofá. Mas ele sabia que era um grito de alegria. Deduziu que Esperanza tinha chegado. Myron saiu para a sala de espera enquanto Big Cyndi envolvia Esperanza com seus braços enormes. Seria profundamente inadequado chamar de "abraço" aquilo que Big Cyndi dava nas pessoas que ela amava. Seus apertos engoliam tudo, consumiam tudo, era como se o corpo inteiro da pessoa fosse embrulhado por um edredom.

Myron ficou assistindo e sorriu. Anos antes, Big Cyndi e Esperanza tinham sido parte de um time muito popular e campeão de luta livre profissional da famosa liga ANIL, que significava Associação Nossas Incríveis Lutadoras. A alcunha delas era Grande Chefe-mãe (Big Cyndi) e Pequena Pocahontas, a Princesa Indígena (Esperanza). As duas eram latino-americanas, não indígenas dos Estados Unidos, mas pelo visto ninguém ligava. Eram outros tempos. A diferença de tamanho entre as parceiras – Big Cyndi tinha 2 metros de altura e mais de 130 quilos, ao passo que Esperanza media no máximo 1,57 metro e trajava um biquíni de camurça minúsculo com franjas – dava um ar cômico e dramático.

O circuito profissional de luta livre nunca fica só na luta. É uma questão de enredo e personagens. É teatro de moralidade, com uma narrativa quase bíblica. Pequena Pocahontas sempre começava vencendo a luta com técnica e honestidade, quando então as adversárias ardilosas faziam algo proibido ou sórdido – o temido uso de objetos incomuns, areia nos olhos, o que fosse –, e a plateia gritava, vaiava e se preocupava, porque de repente Pequena Pocahontas se via em grandes apuros, levando uma surra impiedosa, até que Grande Chefe-mãe retornava ao ringue, dava um chilique, arrancava as vilãs de cima dela, e aí, de novo com criatividade e perícia, as duas voltavam à luta até conseguir a vitória milagrosa.

Por algum motivo, isso era incrivelmente divertido.

Após um tempo, Esperanza decidiu se aposentar da luta livre. Ela foi trabalhar como assistente de Myron na MB Representações Esportivas até, como já foi dito, chegar ao nível de sócia. Quando eles precisaram de uma terceira pessoa no escritório para assumir a recepção, Big Cyndi foi contratada.

Ainda com Esperanza nos braços, Big Cyndi começou a chorar. Ela usava uma quantidade imensa de maquiagem espalhafatosa e, quando chorava desse jeito, o rosto ficava todo borrado, parecendo uma caixa de giz de cera largada no concreto debaixo de sol quente. Ela era assim. Vivia intensamente e estava pronta para tudo. Atraía olhares, é claro, mas Myron lembrava que, anos antes, quando ele ainda não a compreendia direito, Big Cyndi tinha explicado: "Prefiro ver choque em seus rostos a ver piedade. E que me achem atrevida ou escandalosa, não retraída ou assustada."

– Calma – disse Esperanza, em um tom tranquilizador, acariciando as costas de Big Cyndi. – A gente se encontrou hoje cedo, lembra?

– Mas foi *lá* embaixo – respondeu Big Cyndi. Ela disse a palavra "lá" como se fosse uma maldição. – Agora você está *aqui*, com a gente, de volta ao seu lugar...

Myron se deu conta de que era verdade. Aquela era a primeira vez que Esperanza subia para ver o espaço novo deles. Provavelmente tinha mantido distância de propósito.

– É bom ver você *aqui* – acrescentou Myron.

Esperanza fez uma careta. Em seguida, disse:

– Sabe Jord, o amigo de Bo? O nome verdadeiro dele é Jordan Kravat.

– Então você o encontrou.

– De certa forma. Ele morreu.

– Eita.

– Assassinado.

– Eita de novo. – Myron tentou assimilar a informação. – Quando?

– Adivinhe.

– Cinco anos atrás.

– Você é bom.

– Antes ou depois de Bo sumir?

– Mais ou menos na mesma época.

– Então Jord, o amigo de Bo, é assassinado...

– Acho que Bo e Jordan eram mais que amigos.

– Ah. Tudo bem. Enfim, Jordan é assassinado, e Bo desaparece.

– E Greg decide sumir do mapa – acrescentou Esperanza.

– Pergunta óbvia: Bo foi considerado suspeito?

– Outra pessoa foi condenada. Prenderam um chefão do crime organizado local.

Myron refletiu.

– Ainda assim... O momento dos acontecimentos. Não pode ser coincidência.

– Mais um detalhe.

– Sou todo ouvidos.

– Lembra que Bo trabalhava num bar gay de esportes?

– Man United – disse Myron.

– Isso. O bar pertencia a Donna Kravat. É a mãe de Jordan Kravat.

Myron sentiu aquela vibração de quando as peças do quebra-cabeça começam a cair na mesa. Ele não fazia ideia de como elas se encaixavam. Ainda. Mas as peças estavam se assentando, eram importantes, e isso era um começo. Balance a caixa. Jogue as peças e as espalhe na mesa. Só aí poderá começar a encaixá-las.

– Temos o endereço da mãe?

– Temos. Ela continua em Las Vegas.

– Então acho que é melhor eu ir até lá.

– Topei com Win quando estava subindo.

– Você mencionou Las Vegas?

– Sim. Ele já mandou abastecerem o jatinho e deixar tudo pronto para partirem.

capítulo cinco

DUAS HORAS DEPOIS, MYRON e Win estavam no jatinho particular de Win, taxiando pela pista no aeroporto Teterboro do norte de Nova Jersey. A comissária de bordo, uma mulher chamada Mee, entregou para Win um conhaque e, para Myron, uma lata de uma substância achocolatada chamada Yoo-Hoo. Myron tinha passado parte da vida bebendo Yoo-Hoo, mas, nos últimos anos, o desejo por refrigerante com gosto de achocolatado se fora. Ainda assim, Mee sempre lhe trazia uma lata, e ele bebia porque não tinha coragem de confessar a ela ou a si mesmo que talvez tivesse superado a bebida que antes tinha sido sua preferida.

– Acabei de ler um artigo – declarou Win – sobre um drinque novo da moda que mistura Yoo-Hoo com absinto.

– Eca – disse Myron.

– Absinto muito.

Myron olhou para Win. Win olhou para Myron.

– Estou com o arquivo – disse Win, finalmente –, mas poderia me atualizar?

Myron começou a explicar. Win ouviu em silêncio. Quando ele acabou, Win indagou:

– Você se lembra da banda Huey Lewis and the News?

O comentário aleatório não deveria ter pegado Myron desprevenido, mas, por algum motivo, pegou.

– É lógico. Você a odeia.

– Ódio é tão *démodé*, Myron. As pessoas odeiam bandas para parecerem descoladas. Tipo quem odeia Creed ou Nickelback. Deixe o povo gostar do que quiser.

– Já vi você apontar uma arma para uma banda de casamento que começou a tocar "The Heart of Rock and Roll".

– Qual é. Quando eles rimam "beating" com "Cleveland"...

– Aham, é, sei.

– E, sejamos justos – disse Win –, quem é que contrata uma banda iídiche de tributo a Huey Lewis?

– Com uma vocalista mulher – completou Myron.

– Como era mesmo o nome da banda?

– Judy Lewis and the Jews. – E acrescentou: – Esta conversa tem algum propósito?

– É só que descobri recentemente que o nome original da banda era Huey Lewis and the American Express. Eles mudaram o nome para News porque ficaram com medo de serem processados pela empresa de cartão de crédito.

Myron assentiu.

– Ou seja, não tem propósito.

– Nenhum. Então... vamos tratar do assunto em pauta, pode ser?

Win tinha comprado o jatinho de luxo de um rapper que também era egresso da Duke. Havia cabines para dormir e um chuveiro a bordo. O carpete era um gramado de campo de golfe, com uma área com buraco para a bolinha no canto direito dos fundos.

– Pode – respondeu Myron.

Win colocou os óculos de leitura. Parecia mais velho quando os usava. Suas adoradas madeixas louras e privilegiadas agora tinham fios grisalhos, especialmente perto das têmporas. A parte inferior das bochechas estava um pouquinho mais caída do que alguns anos antes. Myron se deu conta de que estavam envelhecendo. Melhor que muita gente. Mas ninguém escapa incólume.

– Greg Downing conhece o bonitão Bo Storm, dançarino e também profissional do sexo que é jovem demais para ele. Achamos que foi pela internet ou pessoalmente?

– Não temos certeza – retrucou Myron. – O que a gente sabe é que Bo foi a um jogo em Phoenix do time da NBA em que Greg atuava como técnico.

– E que ele se sentou atrás do banco.

– Correto.

– E sabemos que Greg e Bo estavam trocando mensagens pelo Instagram.

– Isso.

– A certa altura, um homem chamado Jordan Kravat, o namorado de Bo... estamos presumindo que existia um envolvimento romântico, certo?

– Pode ser.

– Seja como for, Jordan Kravat é assassinado. Depois disso, Bo desaparece, Greg se declara ermitão e sai do país... E, durante algum tempo, não há qualquer sinal de nenhum deles. Dois anos mais tarde, Greg supostamente morre, e nós sepultamos suas cinzas. E, agora, bem recentemente, o DNA de Greg aparece num caso de homicídio. Isso mais ou menos resume tudo?

– Mais ou menos.

Win franziu a testa.

– Ainda não estou vendo grande coisa nisso.

– Como assim?

– O que você acha que aconteceu? Greg e Bo se apaixonaram e, o quê, mataram Jordan Kravat antes de fugir... só para depois forjarem a morte de Greg, voltarem escondidos para o país e matarem uma supermodelo relativamente famosa?

– Uma coisa de cada vez – disse Myron. – Prenderam uma pessoa pela morte de Jordan Kravat.

– Um chefão da máfia chamado Joseph Turant. – Win pegou uma folha de papel. – Todo mundo o chama de Joey Dedinho.

Myron franziu a testa.

– Joey Dedinho?

– É um apelido ruim – concordou Win.

– Se é para escolher um apelido, por que não alguma coisa mais intimidante?

– Pois é. Joe Dedão.

– Acho que soa muito melhor – observou Myron. – E que história é essa de Dedinho, aliás? De onde tiraram isso?

– Joey gosta de decepar dedos dos pés – explicou Win.

– Ah. Então o nome até que faz sentido.

– Faz.

– Talvez um pouco literal demais.

– Concordo. E é só o dedo mínimo. Joey os coleciona. Acharam dezesseis no freezer dele quando cumpriram o mandado de busca e apreensão.

– Dezesseis mindinhos?

– É.

– Isso deve ser ótimo para quebrar o gelo em festas – disse Myron.

– Três dos dedos eram de mulheres; treze, de homens.

– Um deles era de Jordan Kravat?

– Sim.

– Esse caso... – Myron se limitou a balançar a cabeça. – O que mais a gente sabe do nosso amigo podólatra Joey Dedinho?

– Podólatra – repetiu Win. – Bela palavra.

– Não é só você que tem um vocabulário rico.

Win suspirou.

– Que tal a gente continuar? Joey Dedinho comandava a família criminosa

Turant. De acordo com isto aqui, ele tem uma ficha corrida bem extensa...
a mistura típica de extorsão, corrupção, homicídio, agressão, agiotagem e
associação criminosa.

– Associação criminosa é uma boa expressão genérica – comentou
Myron.

– Não é? Enfim, Joey Dedinho foi preso e condenado pelo homicídio de
Jordan Kravat. Ele está cumprindo prisão perpétua na Penitenciária Estadual
Ely, em Nevada.

– Interessante.

– Não sei bem o que poderíamos descobrir com a mãe da vítima.

– Você sabe como a coisa funciona, Win. A gente bate a algumas portas,
dá uma agitada nas coisas, joga uma lenha na fogueira e torce para ver se
alguma coisa vem à tona.

– Nosso plano meticulosamente elaborado de sempre, então.

– Correto.

– Parece perda de tempo.

– Eu podia ter vindo sozinho.

– Para Las Vegas? – Win arqueou a sobrancelha. – Você sabe que eu nunca
perco a oportunidade de vir a Las Vegas.

– A programação vai ser boa, Win?

– Sim. Golfe e libertinagem.

– Achei que você não fosse mais disso.

– De quê, golfe?

– Rá, rá. Achei que tivesse parado com as prostitutas.

– Parei. Mais ou menos. E você precisa parar de julgar profissionais do
sexo. Para mim, "apoio aos profissionais do sexo" não é só um bordão pro-
gressista vazio.

– É, você é muito esclarecido.

– Dito isso, tenho muito mais cuidado hoje.

– Em que sentido?

– Eu confiro se não tem maus-tratos, coação ou tráfico humano.

– Como faz isso?

– Não precisamos entrar nos detalhes. Mas eu sei. – Ele juntou a ponta dos
dedos. – Sempre é uma dicotomia para mim: eu não quero nenhum vínculo
emocional no ato do sexo porque acho que interfere no prazer físico... mas
também não quero que seja algo frio e impessoal. Uma transação estrita-
mente financeira não serve para mim. Preciso sentir que a participante...

a sortuda participante, eu diria... sente alguma atração por mim. Preciso acreditar que sou desejado.

Win ergueu o olhar e esperou.

– Uau – disse Myron.

– Eu sou complexo.

– Você entende que se contradiz bastante, né?

– Todos somos cheios de contradições, Myron. Todos somos hipócritas. Queremos preto no branco. Mas é tudo cinza.

Mee, a comissária de bordo, apareceu.

– Temos uns lanchinhos, se alguém estiver com fome.

– Obrigado, Mee. Aceito o caviar.

Ela olhou para Myron.

– Eu também, por favor.

Quando ela saiu, Win sentiu que Myron o observava.

– Com funcionárias, nunca mais – declarou Win. – Em hipótese alguma. Acho que foi por isso que Yu pediu demissão.

– Porque você dormiu com ela?

– Quê? Não. O contrário.

Nos velhos tempos, Win transava com as comissárias de bordo Yu e Mee.

– Quer dizer que Yu pediu demissão porque você não queria transar com ela?

– Talvez.

– Achei que fosse porque ela abriu uma corretora imobiliária de sucesso em Santa Fé.

– Deixe eu ter minhas ilusões, Myron. – Win se ajeitou na poltrona. – E então, como foi lá com sua ex?

Myron contou da conversa com Emily. No final, acrescentou:

– Ah, e uma coisa que achei interessante: Emily foi amiga de Cecelia Callister.

– Eu também – disse Win.

– Como é que é? Quando?

– Há muito tempo. A gente teve um fim de semana.

Myron se limitou a balançar a cabeça.

– Foi glorioso, se quer saber.

– Não, não quero.

– Ela foi um pouquinho teatral, talvez. Acho que mulheres bonitas tendem a ser teatrais. Você também acha, Myron?

– Não.

– Elas precisam estar apaixonadas para se soltarem de verdade.

– Isso vale para a maioria das mulheres. E dos homens também.

Win inclinou a cabeça.

– Você não acredita nisso de verdade.

– Você nunca me contou sobre sua história com Cecelia Callister.

– Cavalheiros são discretos.

– Você nunca é discreto.

– Bom, eu não sou cavalheiro.

capítulo seis

ALGUMAS HORAS DEPOIS, A visão familiar da Las Vegas Strip apareceu quando o jatinho de Win pousou no que agora se chama Aeroporto Internacional Harry Reid. O pouso foi suave. Eles taxiaram até parar. Myron e Win desceram do avião. Havia dois SUVs Mercedes-Maybach GLS à espera na pista. Um levaria Win e seus tacos de golfe para o campo Shadow Creek. Win era um jogador de nível *Scratch*, de handicap zero, e era sócio no Merion, Pine Valley, Seminole, Winged Foot e Adiona Island. Quem sabe sabe. Win pertencia a uma longa linhagem de golfistas. Seus antepassados desembarcaram do navio *Mayflower* com tacos de golfe de primeira linha e horários privilegiados no campo.

O outro SUV levaria Myron para a residência de Donna Kravat.

– Onde estamos hospedados? – perguntou Myron.

– No Wynn. Sabe por quê?

– Porque é um bom hotel no coração da Strip?

– É, mas também por causa da aliteração. Win no Wynn.

– Nossa.

O traslado de Myron até o conjunto habitacional em Kyle Canyon levou meia hora. Ele não tinha ligado para avisar da visita, mas Win despachara um investigador particular da área para garantir que Donna, a mãe de Jord Kravat, estaria em casa. Segundo o investigador, Donna agora estava na piscina do condomínio, em uma espreguiçadeira perto da parte funda, com um biquíni em um tom chamativo de rosa. De acordo com a burrice preconceituosa de Myron, qualquer pessoa que tivesse um filho adulto tinha que aparentar certa idade. Sim, bem sexista da parte dele. Donna Kravat devia ser da mesma idade de Myron, talvez alguns anos mais velha, e tinha uma aparência incrível. Com certeza tinha passado pelo que a mãe de Myron chamava de "retoques", mas e daí? Isso era comum hoje em dia, e especialmente no entorno daquela piscina. Metade da turma do ensino médio de Myron em Livingstone havia feito plástica no nariz. Algumas pessoas tingem o cabelo. Algumas pessoas fazem outras coisas. Que cada um faça o que bem entender. O próprio Myron havia colocado facetas nos dentes alguns anos antes. Quem era ele para julgar?

Dito isso, os "retoques" ali tinham sido bem feitos. Donna Kravat tinha umas curvas um pouquinho artificiais, mas, de novo, e daí?

– Donna Kravat?

Ela abaixou os óculos escuros.

– Eu conheço você.

– Acho que não fomos apresentados. Meu nome é...

– Myron Bolitar – completou ela. – Você jogava basquete na Duke.

Era raro as pessoas ainda se lembrarem dele por sua época como jogador.

– Alguém avisou que eu estava vindo?

– Não – disse Donna. – Mas eu estava no último ano na Wake Forest quando você era calouro da Duke. Eu era reserva do time feminino na época. – Ela abriu um sorriso largo. É, ela também tinha facetas. – Você jogava muito.

– Obrigado.

O sorriso dela se desfez.

– Quando você machucou o joelho, poxa, tão cedo na carreira...

– Faz muito tempo já – disse Myron.

– Mesmo assim. – Donna Kravat tirou os óculos e se sentou mais ereta. – Então, estou supercuriosa. Por que Myron Bolitar quer falar comigo?

E agora? Myron tinha ensaiado várias maneiras de começar a conversa, mas como se faz para chegar do nada e perguntar para uma mãe sobre o assassinato do filho dela?

Donna Kravat percebeu e assentiu.

– Tem a ver com Jordan.

– É. Se você preferir ir a um lugar mais reservado...

– Ah, eu adoraria ir a um lugar reservado – declarou ela, forçando uma insinuação de duplo sentido para mascarar algo impossível de mascarar. – Mas a gente pode conversar aqui. Meu filho nunca sai do meu lado, sabe? Nem por um segundo. O assassinato dele é uma companhia constante para mim. Se eu tento afastá-lo, ele fica só esperando para dar o bote quando estou desprevenida. Então Jordan fica sempre bem aqui, pertinho de mim.

– Sinto muito – disse Myron.

Ela pegou o celular. Talvez para responder a alguma mensagem. Talvez para se dar um tempo. Digitou com calma. Myron ficou calado. Ainda olhando o celular, Donna Kravat parou e perguntou:

– Você conheceu meu filho?

– Não. Quero falar sobre um amigo dele.

Ela assentiu de novo.

– Bo.

– Isso. Como você sabe?

– Não foi nenhuma dedução genial da minha parte. Ele foi o único amigo que sumiu depois do assassinato de Jordan. Sabe onde ele está?

– Eu tinha esperança de que você pudesse me contar.

– Não o vejo desde que ele depôs contra o assassino de Jordan. Por que está procurando por ele?

Myron pensou em como responder e se decidiu por:

– É uma longa história.

– É agora que eu falo que tenho todo o tempo do mundo?

– Depois da minha lesão, virei advogado e agente esportivo.

– Acho que li alguma coisa a respeito. Você apareceu na capa da *Sports Illustrated* depois de se machucar. Com o joelho engessado ou algo assim. Achavam que tinha chance de você voltar.

– Não deu certo. Enfim, a questão tem a ver com um cliente meu, então preciso manter o sigilo.

– Sigilo profissional entre advogado e cliente – completou ela.

– É. Se não tiver problema. – Myron tentou retomar a conversa. – Bo e seu filho eram próximos?

– Eles eram um casal, se é isso que quer saber. Fui eu que os apresentei, na verdade. Eu tinha um bar.

– Era o Man United?

– Um bom nome, né?

– Muito.

– No meu penúltimo ano na Wake Forest, passei um semestre na Inglaterra. Virei torcedora roxa do Manchester United. Foi daí que eu tirei a inspiração. Você fez isso na Duke?

– Um semestre de intercâmbio?

– Isso.

– Não dava, por causa do basquete.

– Ah, é claro. Como eu disse, eu só esquentava o banco. Enfim, meu filho me contou que era gay aos 15 anos, mas não foi nenhuma grande surpresa. Eu queria apoiar as decisões dele e achei que daria para tirar um dinheiro na boate. Mas errei nas duas coisas.

– Como?

– A gente começou muito bem. Quer dizer, a Man United fez muito sucesso. E era divertido. De verdade. E eu tentava manter tudo na linha. É claro que alguns dos dançarinos faziam negócios particulares. Ganhavam dinheiro por fora. Isso acontece.

– Está falando de prostituição?

– Tipo isso. Mas aí a máfia apareceu. Eles pegaram pesado. Queriam uma porcentagem de tudo. Começaram a pressionar os rapazes para fazerem mais. A gente tentou resistir, mas...

– E Joey Turant era um desses mafiosos?

– Ele e a família, sim. – Ela balançou a cabeça e virou o rosto. – Jordan não entendia como os Turants eram perigosos. Falei para ele ficar quieto. Mas não era do feitio dele.

– Sinto muito.

Ela assentiu, refletiu, permitiu-se um instante.

– Quer saber onde eu acho que Bo está?

– Quero, claro.

– Acho que ele está enterrado em algum lugar no deserto. Acho que o mataram também.

Myron pensou nisso. Donna examinou seu rosto.

– Você não concorda – presumiu ela.

– Não sei.

– Por quê?

– Acho que Bo está vivo.

– Por quê?

Myron não falou nada.

– Sigilo profissional também?

– Você sabe o nome verdadeiro de Bo? – perguntou Myron.

Agora foi Donna Kravat quem ficou quieta.

– Donna?

– Você parece ser gente boa – disse ela. – Mas eu não o conheço de verdade. Não sei por que está aqui.

– Já falei.

– Você descobriu alguma coisa sobre Bo e agora está procurando por ele. Como eu disse, acho que está enterrado em algum lugar no deserto. Mas, se não estiver, se estiver fugindo, talvez alguém como você seja um dos motivos para isso.

– Não sou. Eu quero ajudar.

Ela fechou a cara. Colocou os óculos escuros de novo e se recostou. Myron precisava dar um jeito de fazê-la voltar a falar.

– Você gosta de basquete – afirmou ele.

Ela não respondeu.

– Então você se lembra de Greg Downing, né?

Isso chamou sua atenção. Ela abaixou os óculos e olhou para ele por cima da armação.

– Claro. Eu vi vocês dois se enfrentarem na faculdade. Fiquei triste por ele ter morrido tão jovem. Eu era fã do cara.

– Chegou a conhecê-lo pessoalmente?

– Greg Downing? Não.

– Seu filho falou dele alguma vez?

– Não, nunca. – Ela agora estava ereta novamente. – Que relação Jordan poderia ter com Greg Downing?

– É possível que Bo tenha sido amigo de Greg.

– O quê? Quando?

Ela olhou nos olhos de Myron. Myron só acenou com a cabeça.

– Não entendi. Você acha que Bo e Greg Downing...

– Não sei. É por isso que vim aqui. Preciso encontrar Bo. Por favor, Donna. Qual é o nome verdadeiro de Bo?

– Não, desculpe, não é assim que a banda toca – disse ela. – Você chega aqui sem avisar. Pergunta sobre meu filho assassinado. O que não está me contando?

– Não tem nada para contar por enquanto – assegurou Myron. – Se eu descobrir alguma coisa, prometo que conto. Por favor.

Ela se levantou e vestiu uma saída de banho. Pôs as mãos no quadril e deu um suspiro profundo.

– Ele dizia que se chamava Brian Connors.

– Dizia?

– Ele não quis me dar um número de identidade nem nada do tipo. Foi tudo por baixo dos panos. Então não sei se é verdade.

– Ele falou de onde era?

– De algum lugar de Oklahoma.

– Sabe se ele tem algum parente?

– Era próximo da mãe. O nome dela é Grace.

– Pai? Irmãos?

– Os pais tinham se divorciado fazia tempo. O pai já morreu. Talvez tenha um irmão, não sei ao certo. Bo era muito reservado em relação ao passado. Não sei por quê. – Ela se aproximou de Myron. – Quanto tempo vai ficar aqui na cidade?

– Provavelmente só esta noite.

– Quer jantar comigo?

Myron hesitou. Ela ficou olhando para ele e, caramba, parecia uma cantada, mas ele não tinha certeza. Então levantou timidamente a mão esquerda, apontou para a aliança e, constrangido, declarou:

– Sou casado.

– Eu também.

E aí, sedutor que só, Myron replicou:

– Ah.

– Mas é como dizem: o que acontece em Vegas fica em Vegas.

– É – disse Myron. – Isso não é muito a minha praia.

– Então que tal como dois ex-atletas universitários? Acho que temos mais assunto para conversar. Mas agora eu não posso. Onde você está hospedado?

– No Wynn.

– Me encontre no Mizumi. Hoje à noite. Às oito.

capítulo sete

MYRON LIGOU PARA ESPERANZA enquanto estava voltando para o SUV Mercedes.

– Vai ter um monte de Brian Connors – avisou ela.

– O nome da mãe é Grace. – Myron se acomodou no banco traseiro do carro com o celular no ouvido. O motorista engrenou o carro e começou a dirigir. – Talvez seja de Oklahoma.

– Vou procurar.

– Valeu.

Myron desligou e se recostou.

Eles tinham avançado duas quadras quando Myron se deu conta de que havia algo errado.

– Com licença – disse ele para o motorista. – Cadê o Harold?

– Ele teve que ir embora. Sou o substituto.

– Qual é o seu nome?

– Sal.

– Sal, eu sou Myron.

– Prazer, Myron.

– Igualmente. Harold comentou que a esposa dele estava doente.

– É, foi por isso que ele teve que ir embora. Peço desculpas pelo transtorno.

– Sem problema – disse Myron.

Myron tentou abrir discretamente a porta do carro. Trancada. Nenhuma surpresa. Ele conferiu o celular para ver se o localizador do aparelho estava ativado. Estava. Sempre estava. Ele e Win compartilhavam a localização um do outro o tempo todo.

Só por via das dúvidas.

Só para o caso de acontecer algo assim. Myron enviou a localização e apertou o botão de alarme silencioso do celular. Win ia receber e ficar sabendo que tinha encrenca no ar.

Então, quando o carro parou em um sinal vermelho, Myron se inclinou para a frente, passou o braço pelo pescoço de Sal e o apertou com força para trás.

Sal fez um barulho engasgado.

Myron apertou mais, bloqueando a passagem de ar. As mãos de Sal pularam para a articulação do cotovelo de Myron, agarrando-se sem forças, tentando dar um jeito de soltar ou relaxar a pressão.

Myron se manteve firme.

Então cochichou no ouvido de Sal:

– O nome do meu motorista é Fred. E ele é solteiro.

Myron contraiu o bíceps para apertar ainda mais.

O corpo de Sal se sacudiu.

Myron viu a chave eletrônica do carro no console entre os bancos. Foi complicado – braço direito em volta do pescoço de Sal, braço esquerdo se esticando por cima –, mas Myron conseguiu se esticar como se estivesse jogando Twister. Depois de pegar a chave, ele avaliou o que fazer. Ficava no carro e obrigava Sal a falar? Ou dava logo o fora dali e procurava um lugar seguro?

Todos esses cálculos passaram por sua cabeça em questão de nanossegundos. O mais provável era que o Motorista Sal não fosse o único envolvido. Alguém havia se livrado de Fred, fosse com artimanhas ou violência, e, se tivesse sido por violência, era importante confirmar e encontrar Fred o mais rápido possível.

Tinha também a Regra Número Um do Manual de Confronto de Myron Bolitar: ir para um lugar seguro. O enfrentamento do adversário vinha depois.

Win ia querer participar da briga. Ele ia adorar dar cabo de Sal.

Myron nem tanto.

O sinal ficou verde.

Myron destrancou as portas com a chave eletrônica. Seu medo era de que Sal fosse acelerar assim que ele relaxasse o braço para sair do carro. Não podia correr esse risco. A chave eletrônica conseguia desligar o motor? Myron não sabia como fazer isso. Então tentou uma opção mais simples.

Ele recuou e deu um soco forte na lateral da cabeça de Sal – forte o bastante, Myron sabia por experiência própria, para atordoá-lo até ele conseguir sair do carro em segurança.

No entanto, não foi isso o que aconteceu.

Depois de Myron dar o soco, mas antes que ele conseguisse fazer qualquer outra coisa, as duas portas traseiras da SUV se abriram de repente.

Dois homens entraram no carro, um pela esquerda, outro pela direita. Os dois estavam armados.

Nada bom.

Myron não hesitou. Antes que a porta fechasse, enquanto o homem à esquerda ainda estava se sentando, Myron lhe deu uma cotovelada forte no nariz. Deu para sentir os ossos do nariz do homem se afastarem e cederem.

Myron empurrou o sujeito com força e começou a se esticar para fora.

– Não se mexa!

Quem falou foi o cara que estava entrando à direita de Myron no carro. Myron parou e pensou no passo seguinte. O cara ia atirar? Provavelmente não. Se quisessem matá-lo, já teriam matado. Talvez. Eles haviam tentado sequestrá-lo. Quem eram eles? E quais eram suas intenções? Myron não sabia.

Ele só sabia que a melhor opção era dar logo o fora daquele carro.

Por outro lado, já havia enviado a localização e o alarme.

Win estaria a caminho.

Então talvez a resposta fosse protelar?

Não.

Myron levantou as mãos como se fosse se render. Eis uma verdade: Myron lutava bem. Ele tinha treinamento. Mas, além disso, ele tinha reflexos e velocidade de atleta profissional. Não, isso não é mais rápido do que uma bala. Mas, sim, tirando proveito do elemento surpresa, do seu tamanho, da sua força e de seus dotes genéticos, Myron ergueu as mãos devagar enquanto planejava a ação. No momento certo, quando ele percebeu o ligeiro excesso de confiança e lapso de concentração do sujeito armado, Myron viu uma abertura.

Agora, disse ele na própria cabeça.

Os dedos na mão direita de Myron viraram uma lança. Ele deu um bote de cobra no pescoço do sujeito, que arregalou os olhos de dor. O punho esquerdo de Myron veio logo depois. O golpe acertou em cheio o queixo e jogou o cara para trás. Com a porta ainda entreaberta, Myron empurrou o sujeito para fora do carro.

– Certo, já chega!

A voz tinha vindo do banco da frente. Motorista Sal. Agora Sal também estava com uma arma em punho, e, considerando o espaço amplo do banco traseiro do Mercedes-Maybach, Myron não tinha a menor chance de alcançá-lo a tempo. Sal apontou a arma, de olhos bem abertos, furioso.

Ele queria atirar.

Myron hesitou. E isso foi o bastante.

O homem da esquerda, o que tinha levado a cotovelada no nariz, deu uma coronhada na lateral da cabeça de Myron. Ele viu estrelas. Houve mais um golpe – Myron não soube bem de onde – e depois outro.

E aí ficou tudo escuro.

capítulo oito

MYRON ESTAVA AMARRADO A uma cadeira no meio do cômodo. O pé esquerdo estava sem sapato e sem meia.

Ao lado do pé descalço havia uma tesoura de poda.

, Tinha também uma folha de plástico de proteção embaixo do pé.

Ah, nada bom.

Havia quatro homens. Um era Sal. Dois eram os homens que tinham entrado de repente pelas laterais do carro. E tinha um novo, nitidamente o líder, que estava diante de Myron.

– Vi que mandou sua localização para o seu amigo – revelou o líder. – Sal botou seu celular na traseira de uma picape que estava indo para o oeste. Seu amigo deve estar vendo você chegar na divisa da Califórnia a essa altura.

A aparência do líder era a de um vilão à moda antiga. Uma barba de dois dias despontava no rosto oleoso. Ele usava o cabelo lambido para trás e a camisa desabotoada. Tinha correntes de ouro enroscadas nos pelos do peito e um palito de dentes na boca.

– Parece que você foi um jogador de basquete bambambã – declarou o líder. – Mas nunca ouvi falar.

– Poxa – disse Myron. – Agora você me magoou.

O líder sorriu e deu uma boa mastigada no palito.

– Temos um comediante aqui, pessoal.

– Também sou um baita cantor – afirmou Myron. – Quer me ouvir cantar "Volare"?

– Ah, você vai mesmo botar esse gogó para trabalhar.

O sorriso de novo. Myron não desviou o olhar. Regra Número Dois do Manual de Confronto: nunca demonstre medo. Jamais. Era isso que Myron tinha aprendido. Caras como esses se alimentam de medo. Isso os estimula. Fortalece.

Avaliar. Era isso que Myron sabia que precisava fazer. Analisar. Descobrir tudo que podia. Myron conferiu rapidamente o entorno. As paredes eram de concreto. Havia uma bomba para encher pneu encostada em uma parede. E uma pá. Havia ferramentas na parede.

Talvez fosse uma garagem.

Dava para escutar o barulho de trânsito do lado de fora, de vez em quando o rádio em volume alto de um carro passando na rua. O líder deu um passo à frente. Continuava mastigando o palito de dente.

– Cadê o Bo?

– O palito – disse Myron. – Você não acha que é meio exagerado?

– O quê?

– O malvadão roendo um palito de dentes – continuou Myron. – Já está batido. E muito.

Essa fez o líder sorrir.

– Boa. – Ele cuspiu o palito e se aproximou. – Deixe eu explicar o que é que vai acontecer, beleza? Sabe o seu pé? O que está sem meia e sem sapato?

– Sei.

– Então, é o seguinte, fera: a gente vai decepar seu dedinho. Não tem conversa. Você não tem como escapar. Vai acontecer. É um lance do nosso chefe. Tipo o slogan dele.

– O M.O. dele – corrigiu Sal.

O líder assentiu.

– É, isso é melhor, valeu. O M.O. dele. – Então acrescentou: – O que é que M.O. significa, aliás?

– É o modo de agir, eu acho.

– Aí seria M.D.A.

– É mesmo – concordou Sal. – Espere. Será que é Modo em Uso?

– Aí seria M.E.U.

– "Meu" – repetiu Sal. – Que nem o pronome.

– É. E aí seria mais fácil de entender, né? A gente falaria "decepar dedinho é *meu* lance". M.O. é uma sigla aleatória. Para que inventar sigla quando dá para usar uma palavra que faz sentido? Então não deve ser isso.

– A gente pode jogar M.O. no Google, Jazz – sugeriu Sal.

– É mesmo.

Então Myron disse:

– *Modus operandi.*

– Hã?

– É isso que M.O. significa. *Modus operandi.* É latim.

Jazz gostou.

– Temos um Einstein cantor e comediante aqui – anunciou ele.

– Einstein sem o dedinho do pé – acrescentou Sal.

– Bom, se ele colaborar, vai continuar tendo *um* dedinho.

– Einstein com um dedinho, em vez de dois.

– Meio complicado de falar, Sal. – O líder, Jazz, se virou de novo para Myron. – Então o trato é esse, meu amigo. Você perde o dedinho do pé. De um jeito ou de outro. Mesmo se tagarelar feito um papagaio. Mas, se não quiser perder outro dígito...

– Palavra bonita, Jazz.

– Qual, "dígito"?

– É.

– Valeu, Sal. Eu recebo um e-mail com uma palavra por dia. – Voltando-se para Myron: – Enfim, se não quiser perder outro *dígito* – ele olhou para trás e deu uma piscadela para Sal –, vai falar o que a gente quer saber. Cadê o Bo?

– Como sabe que estou procurando por ele? – perguntou Myron.

– Veja só, isso não tem muita importância.

– Veja só, Jazz... Posso chamar você de Jazz? Veja só, Jazz, tem, sim.

– Por quê?

– Porque, se você sabe que eu estou procurando pelo Bo, então também sabe que eu não sei onde ele está. Se eu soubesse, não estaria procurando, certo?

Jazz parou para pensar. Olhou para Sal.

– Até que faz sentido, Jazz – concluiu Sal.

Os outros dois capangas concordaram.

– Mas você está procurando, certo? – insistiu Jazz.

– Estou.

– Por quê?

Myron ponderou como abordar a situação e decidiu ser o mais direto possível.

– Talvez ele tenha relação com outra pessoa desaparecida.

– Quem?

– Quem o quê?

– Quem é a outra pessoa desaparecida?

– Ah – começou Myron, para protelar. – Sabe o que é interessante?

– Mal posso esperar para saber.

– Parece que nós dois estamos do mesmo lado.

Jazz cofiou a barba.

– Como assim?

– Nós dois estamos atrás de Bo Storm. Se juntarmos o que sabemos, provavelmente vamos poder ajudar um ao outro.

– Ah, minha nossa, seria ótimo, Myron. Quero muito quebrar seu galho. É para isso que eu vivo, sério mesmo.

Sal balançou a cabeça.

– O cara está enrolando.

– Mentira, Sherlock. Vamos cortar fora o dedinho e acelerar as coisas aqui. Jerry?

– Quê? – disse um dos capangas.

– Pegou o cooler?

Capanga Jerry trouxe um cooler pequeno, do tipo que comporta seis latinhas, e o colocou ao lado do pé de Myron. Ele olhou de novo para Jazz.

– Vá em frente, Jerry. Faça as honras.

Jerry nitidamente não se empolgou com a ideia.

– Da última vez fui eu.

– E daí? Você é bom nisso.

– Eu faço – disse Sal. – Ainda estou puto com ele por causa daquela gravata.

Nada bom.

Myron testou a corda. Nenhuma folga. Sal chegou perto, tranquilo. Do lado de fora, Myron continuava ouvindo os carros passando e trechos de música no rádio. Sal se abaixou e apanhou a tesoura de poda. Ele a exibiu diante dos olhos de Myron, apertando e relaxando lentamente os cabos, só para mostrar que a tesoura de fato funcionava.

Myron tentou se debater, chutar, se mexer de algum jeito. Mas a corda não cedia um centímetro.

Sal se ajoelhou perto do pé exposto de Myron.

– Espere um instante – disse Myron, tentando não deixar transparecer o pânico. – Vamos conversar.

– Nós iremos, Myron – garantiu Jazz. – Não se preocupe. Mas, antes, esse dedinho tem que sair.

Sal abriu a tesoura. Ele mostrou a lâmina curva para Myron, que começou a mexer o pé desesperadamente, tentando se contorcer, se virar, qualquer coisa.

Tudo para não deixar o pé parado.

– Olha só, Jazz, Sal, Jerry, seja quem for... espere um pouco. Eu quero colaborar. Contem para mim por que Joey Turant quer achar Bo.

Isso fez Sal parar.

– Quem disse que a gente trabalha para Joey Dedinho?

– Hã...

Era sério isso?

– A questão é a seguinte – prosseguiu Myron. – Eu estava indo falar com Joey.

– Na cadeia?

– Exatamente. Oferecer meus cumprimentos. Falar que eu quero ajudar.

– Que tática de enrolação engraçadinha. – Jazz sorriu. – Você não faz a menor ideia, né?

Foi aí que Myron escutou uma música conhecida saindo de um carro nas redondezas.

"The Heart of Rock and Roll", de Huey Lewis and the American Express/News.

– Você fala demais – reclamou Jazz. – Corte a porra do dedo fora, Sal. Ele vai colaborar muito mais sem esse dedo.

Sal segurou o pé. Myron continuou se debatendo.

– Jerry, me ajuda aqui – ordenou Sal.

Jerry se aproximou. Ele segurou o pé com as duas mãos. Sal abriu a tesoura. Não lhe restava muito tempo.

A música continuava tocando. Huey estava cantando a plenos pulmões, mas então o som parou de repente.

Myron parou de se contorcer.

– Sal?

Sal levantou o rosto e olhou para ele.

– Pare agora mesmo, senão você vai morrer.

– Hum, acho que não.

Myron fechou os olhos e esperou.

A primeira bala arrebentou a parte de trás da cabeça de Sal.

Sangue quente e pedaços de massa encefálica espirraram no pé descalço de Myron.

Myron gritou:

– Não precisa!

Mas não adiantou. Win entrou no recinto. Enquanto cantava baixinho, ele derrubou Jerry com mais uma bala na cabeça. O outro capanga caiu enquanto Win entoava o refrão.

Os três baleados na cabeça. Os três mortinhos da silva.

Jazz ergueu as mãos em rendição. Win apontou a arma para ele também enquanto ainda cantava.

– Não, por favor – pediu ele.

capítulo nove

TRÊS HORAS DEPOIS, às oito em ponto, Donna Kravat entrou no Mizumi, o restaurante japonês do hotel Wynn, com um vestido preto justo e saltos bem altos. Myron se levantou e, de banho recém-tomado e pé esfregado, recebeu dela um beijo na bochecha. Donna exalava um perfume ótimo. Quando ela se sentou, Myron disse:

– Por que você avisou a eles?

– Não sei do que você está falando.

Sem qualquer explicação, Myron pegou a bolsa dela.

– Que palhaçada...?

Ele começou a revirar o conteúdo da bolsa, achou o celular e o tirou dali de dentro.

– O que está fazendo?

Ele apontou o celular para o rosto dela. A tela foi desbloqueada.

– Myron?

Myron rolou a tela do iMessage.

– Você avisou a eles. Logo depois que eu cheguei. Foi para eles que mandou mensagem.

– Myron...

– Você sabia o que eles iam fazer?

– Faria diferença se eu dissesse que não?

– Não muita.

– Estou surpresa – disse ela. – Você continua com seu dedo.

– Sou desenrolado.

– Estou vendo.

Myron abaixou o celular.

– Por que raios você está ajudando o assassino do seu filho?

– Porque – disse Donna – não acho que tenha sido Joey.

– Por que não? Todas as provas...

– Provas demais, não acha? – Donna se sentou. Ele também. Ela estendeu a mão e pediu o celular de volta. Ele devolveu. – Pense bem. As impressões digitais. O DNA. A arma. O *dedo*.

– Ah, Joey Dedinho coleciona dedinhos. Está no nome dele.

– Não quando ele mata alguém. Ele usa o dedo para mandar recado...

como um jeito de intimidar os rivais. Fala sério, que idiota guarda o dedo de um homem morto para a polícia encontrar? Que idiota deixa tantas pistas para trás?

– A cadeia está cheia de idiotas assim.

– Joey Turant fazia parte do alto escalão de uma família criminosa importante. Ele não tinha motivo para matar meu filho.

– Você não tem como saber disso. Vai ver Joey estava dentro do armário e Jordan ia abrir o bico. Talvez Jordan o tenha irritado ou olhado torto para ele, ou talvez não tenha feito nada...

– Eles estavam do mesmo lado.

Myron não entendeu.

– Mesmo lado de quê?

– Não vou entrar nessa – disse ela.

– Ah, Donna, acho que vai, sim. Quase cortaram meu dedo fora por sua causa.

– E acha o quê, que estou em dívida com você?

– Não estou entendendo. Por que mandou aqueles bandidos atrás de mim?

– Meu filho e Bo – respondeu ela.

– O que é que tem?

– Mais para o final, o relacionamento deles estava desgastado. Sabe como é. Dois rapazes bonitos tentando manter um compromisso numa cidade que exala o oposto de compromisso.

– Um deles traiu?

– Não sei. Provavelmente. Provavelmente os dois. Não tem importância. Deixe-me perguntar um negócio. Ponha de lado suas ideias preconcebidas sobre este caso, tudo bem? Quando acontece um homicídio, quem é que sempre, *sempre*, é o principal suspeito?

Myron percebeu aonde ela queria chegar.

– O parceiro.

– Exato.

– Então você acha que Bo estava envolvido no assassinato de Jordan?

Ela não se deu ao trabalho de responder.

– A polícia investigou Bo?

Ela deu uma risadinha.

– Está de brincadeira, né? Com aquelas provas todas apontando para Joey? Eles sempre quiseram pegar o Dedinho... e de repente estavam ganhando de bandeja um caso de homicídio. Acho que nem queriam saber se Joey tinha matado mesmo. Mas uma coisa era certa: eles não iam arriscar indo atrás de outros suspeitos.

Fazia sentido.

– Desde que Bo depôs, os Turants vasculharam o mundo inteiro atrás dele. E não deu em nada. Bo sumiu sem deixar rastros, sem que ninguém investigasse, sem uma pista sequer. Eu tinha desistido. E aí, depois de todos esses anos, você aparece...

– Não significa que ele tenha tido algum envolvimento no assassinato do seu filho. Talvez Bo também esteja morto. Como você disse. Talvez Joey tenha se vingado...

– Não. Para que essa obsessão toda para encontrar Bo se Joey o tivesse matado? Ele já saberia onde Bo estava.

Bem observado.

– Talvez seja como você falou antes – sugeriu Myron. – Bo estava com medo. O namorado dele é morto. Ele depõe contra o assassino. Talvez Bo imagine que vai ser o próximo.

– Talvez. Bom, eu duvido, mas quem sabe? É possível. E, quando a gente encontrar o Bo, ele vai poder explicar tudo. Seja como for, você, Myron, nos deu a primeira pista grande em muito tempo.

– Qual?

– Greg Downing.

– Não entendi.

– Bo era um garoto bonito. Foi meu principal dançarino durante um tempo. Sexy pra caramba. Mas... como eu posso dizer? O Tico e o Teco não batiam muito bem, se é que me entende. Bo não era lá muito esperto ou inteligente, com certeza não a ponto de matar meu filho e conseguir incriminar alguém como Joey Dedinho. – Ela inclinou o corpo para a frente. – Agora, se alguém como Greg Downing estivesse na jogada, se Greg tivesse se apaixonado por aquele tanquinho e aquela bunda durinha...

Win estava sentado na sala de visitas vazia da penitenciária, diante de Joey Dedinho.

– Jazz é seu primo – disse Win para ele. – Foi por isso que o poupei.

Joey estava sentado de braços cruzados. Não portava algemas nem correntes. Não havia barreira alguma entre os dois. Tinha passado muito do horário de visitação, mas isso não queria dizer nada para Joey Dedinho. Ele mandava ali.

– Então você o poupou – repetiu Joey, dando de ombros. – Acha que lhe devo um favor por causa disso?

– Não. Você mandou uns homens atrás do meu amigo.

– Pelo jeito, não os meus melhores.

– Espero que não.

– Eu devia ter mandado mais gente.

– Acho que o resultado não teria sido diferente – declarou Win.

– Não, acho que não. Você tinha um localizador no celular de Bolitar, certo?

– Tinha.

– Só que mandamos o celular dele para outro lugar.

– Tem um no relógio dele também.

Joey Dedinho balançou a cabeça.

– Como meus idiotas deixaram isso passar?

– Tinha também o carro.

– O que é que tem?

– Seus caras levaram meu amigo no SUV do motorista da limusine. A empresa de limusine monitora todos os carros.

– Para garantir que nenhum motorista faça uns bicos por fora – comentou Joey, assentindo. – Boa. Então o que você quer?

Win se recostou e juntou a ponta dos dedos.

– Você está procurando Bo Storm.

– Dã.

– Eu posso prejudicar você. Você pode me prejudicar. Ninguém quer essa dor de cabeça. Então deixe-me explicar a situação: nós vamos encontrar Bo Storm. E, quando isso acontecer, vamos comunicar a você.

Joey Dedinho lançou um olhar torto para ele.

– Comunicar.

Win não falou nada.

– Por que querem achar o cara? – perguntou Joey.

– Talvez ele tenha relação com outro homicídio.

– Sério? – Joey Dedinho achou graça disso. – Interessante. Então esse Jordan Kravat não é o único que Bo matou? É isso que está dizendo?

– Não sei ainda.

Joey Dedinho se recostou e cofiou a barba.

– Esse outro homicídio – disse ele. – A polícia está achando que foi outra pessoa que não Bo?

A pergunta pegou Win desprevenido. Ele pensou em que resposta dar e escolheu a verdade.

– Está. Como você sabe?

– E deixe eu adivinhar. Um conhecido seu, talvez um amigo, está prestes a pagar o pato?

– Mais cliente que amigo – explicou Win. – Mas sim.

Joey sorriu.

– Como você sabe?

– Eu não matei Jordan Kravat. É, é. Eu sei que escuta isso o tempo todo, mas eu não tenho motivo para mentir para você, tenho?

– Não.

– Armaram para mim. Esse outro homicídio que você falou, seu cliente, amigo, seja o que for, também estão armando para ele. Como fizeram comigo. Quais são as provas contra ele? DNA? Digitais?

– DNA.

Joey balançou a cabeça, arreganhando os dentes.

– Cacete. Ele conseguiu de novo.

capítulo dez

A SUÍTE DE WIN NA cobertura do Wynn não era o palacete que qualquer um poderia esperar. Ok, era bem incrível, tinha espelho no teto e tudo, mas as suítes maiores pareciam quase residências próximas aos campos de golfe, e Win não queria isso. Ele queria estar no meio de tudo, no lugar onde as coisas aconteciam.

– Consegui uma pista – disse Win para Myron.

– Ah, é?

– Corrigindo: Esperanza conseguiu a pista. Eu tive uma ideia genial sobre o que fazer com a pista.

– A união faz a força.

Win ficou horrorizado.

– Nunca mais diga isso.

– É, foi mal. E a pista?

– Esperanza não encontrou nada sobre esse Brian Connors.

– A pista é essa?

– Isso parece uma pista? Como você sabe, ela fez aquela busca por imagem do nosso amigo Bo Storm, originalmente Brian Connors, pelos últimos cinco anos.

– E não deu em nada.

– Então ela tentou no outro sentido.

– Recuando mais no tempo?

– Isso.

– Então fotos de mais de cinco anos atrás.

– Esta aqui tem mais de dez.

Win entregou uma foto em papel fotográfico brilhoso de 20 por 25 centímetros. Myron deu uma olhada. Sentiu o coração acelerar.

– Uou.

– Sempre eloquente.

Tinha duas pessoas na foto. Uma era Bo Storm, bem jovem. Myron diria que ele estava com uns 16, 17 anos. Usava camiseta regata. Os músculos eram bem desenvolvidos, mas não tão definidos quanto viriam a ser. Pelo que Myron estava vendo, Bo era alto. Myron tinha cerca de 1,90 metro e estimou que Bo devia medir mais ou menos a mesma altura.

O outro homem na fotografia fazia Bo parecer pequeno.

O outro homem era enorme – pelo menos 2,05 metros de altura e 120 quilos. Estava com o uniforme de basquete da Oklahoma State. Myron se lembrava dele. Bom de rebote, bom de defesa, bom de salto na linha dos três pontos para alguém daquele tamanho.

– Spark Konners – disse Myron. – Com K.

– Correto.

Myron olhou para Win.

– Spark foi auxiliar técnico de Greg no Milwaukee Bucks.

– Correto de novo. O que mais sabe dele?

– Ele nunca chegou a entrar na NBA. Acho que Spark jogou um ou dois anos na Itália ou na Espanha, mas me lembro de Greg dizer que o garoto era esperto. Que tinha futuro como técnico. Então Bo é...?

– Brian Konners – revelou Win. – Irmão mais novo de Spark. Esperanza fez uma pesquisa de antecedentes. Não há nenhum registro de Bo ou Brian em qualquer lugar nos últimos cinco anos. Cartão de crédito, conta bancária, nada.

– Que história é essa, Win?

– É intrigante.

– Então talvez Bo e Greg não tenham se conhecido por acaso na internet.

– Parece pouco provável.

– Eles se conheceram por intermédio de Spark Konners, o auxiliar técnico de Greg. – Myron ergueu o olhar. – Será que Spark convidou o irmão para aquele jogo em Phoenix? Deve ter sido lá que Bo/Brian e Greg se conheceram.

– Pode ser.

– A gente precisa falar com Spark.

– Precisa mesmo.

Myron ficou pensativo.

– Depois que Greg saiu do time, rolou uma demissão em massa no Milwaukee, então eu sei que Spark não trabalha mais lá.

– Esperanza já o encontrou. Spark Konners está atuando como auxiliar técnico na Amherst College.

– Um baita passo para trás. – Myron fez uma careta. – A Amherst não é uma escola de terceira divisão?

– É difícil se manter no topo.

– A gente precisa falar com ele.

Win sorriu.

– Lembra que eu disse que Esperanza conseguiu uma pista?

– E que você teve uma ideia genial sobre ela. Lembro.

– Spark Konners acabou de chegar ao saguão. Ele está subindo.

– Ele está aqui? Espere aí, como?

– Mandei um avião para buscá-lo.

– E ele embarcou assim, sem mais nem menos?

– Talvez ele tenha ficado com a impressão de que a NBA está formando um time em Las Vegas e talvez o esteja considerando como técnico.

Myron encarou Win.

– Uau.

– Né? Portanto, o dono impetuoso desse novo time mandou um avião para ele.

– Você é o dono?

– O dono *impetuoso* – corrigiu Win. – Sempre quis ser dono de um time de basquete.

– Você não gosta de basquete profissional.

– Faltas demais – disse Win. – Muitos pedidos de tempo. Fica chatérrimo. Sabe o que deixaria o jogo mais emocionante?

– Você ser um dos donos impetuosos de time?

– É, isso, mas também... – A campainha tocou. – Ele chegou. Depois eu compartilho minhas ideias.

– Mal posso esperar.

– Moças! – chamou Win.

Três mulheres que pareciam modelos saíram de outro cômodo. As três tinham o mesmo visual – cabelos brilhantes bem pretos colados à cabeça combinando perfeitamente com os vestidos brilhantes bem pretos colados ao corpo. O jeito de andar e a expressão no rosto delas eram confiantes e em perfeita sincronia, como se tivessem ensaiado.

– Por que elas estão aqui? – perguntou Myron.

– Para compor o cenário.

– Não entendi.

– Elas todas são influencers gatas com uma quantidade imensa de seguidores nas redes sociais. E sabe quem andaria com influencers gatas com uma quantidade imensa de seguidores nas redes sociais?

Myron percebeu o que ele estava insinuando.

– Um dono impetuoso?

Win sorriu.

– Agora você está entendendo.

Quando Win abriu a porta, Spark preencheu o espaço como se fosse um eclipse solar. O sujeito enorme teve que se abaixar para entrar na suíte. Ele cumprimentou Win com um aperto de mão firme.

– Certo, moças, podem ir – disse Win. – Vamos dar espaço para os meninos conversarem.

As influencers deram risadinhas e foram embora, acenando de leve para Spark Konners. Spark acenou de volta, com um sorriso inseguro no rosto. Ele usava um terno azul-escuro mal ajustado e uma gravata azul-escura curta demais.

Win se apresentou para o grandão. Spark o cumprimentou com a cabeça, sorriu e retorceu as mãos, nervoso. A testa estava molhada de suor.

– Obrigado por vir tão depressa – disse Win para ele.

– Obrigado por mandar o jatinho. Rapaz, foi muita onda.

– Estava tudo a contento a bordo?

– Estava ótimo. Eu nunca tinha andado de avião particular. Mais uma vez, obrigado.

– Foi um prazer – afirmou Win. Ele estendeu o braço na direção de onde Myron estava. – Conhece Myron Bolitar?

Spark deu um passo na direção dele.

– Nunca fomos apresentados, mas meu ex-chefe o admirava muito, Sr. Bolitar.

– Pode me chamar de Myron. – Myron apertou a mão gigantesca de Spark. Foi como trocar um aperto de mãos com uma almofada. – E Greg também falava muito bem de você.

– E é por isso que você está aqui – explicou Win. – Deixe-me dar uma contextualizada rápida, e depois vou deixar vocês dois em paz. A NBA está pensando em abrir um time de Las Vegas. Eu vou ser o acionista majoritário. Myron será o presidente do time e diretor-executivo. Agora estamos no processo de entrevistar candidatos à vaga de técnico. – Win olhou para Myron. – Esqueci alguma coisa?

– Não me ocorre nada – disse Myron.

– Então vou deixar vocês conversarem. Prometi às influencers que as levaria para uma balada.

Quando Win saiu, Myron e Spark permaneceram onde estavam. Com a ausência de Win, de repente o lugar ficou parecendo vazio e silencioso. Win combinava com uma suíte como aquela. Myron e Spark, não.

– Sente-se – sugeriu Myron.

Ele se sentou. Myron ocupou o lugar onde Win tinha deixado a pasta com a foto. Myron a abriu e viu outras folhas de papel.

– Seu currículo é impressionante – afirmou Myron.

A pele normalmente corada de Spark assumiu uma tonalidade vermelho--escura de modéstia. Ele tentou se acomodar no sofá, mas era tão grande que tudo à sua volta parecia pequeno demais.

– Posso só falar um negócio antes de a gente começar?

– É claro.

– Não quero parecer um puxa-saco, mas eu lembro como você dominou as semifinais e finais do seu último ano na faculdade. Na época eu era um moleque, tinha acabado de começar a jogar. Você era um dos jogadores mais incríveis que eu já tinha visto.

Myron não sabia como reagir a isso, então falou só um "Obrigado". Depois, para entrar no assunto que realmente interessava, ele prosseguiu:

– Aqui diz que você trabalhou três temporadas com Greg Downing.

– Foi. Todas no Milwaukee.

– E como foi?

– Trabalhar com o técnico Downing? Eu aprendi muito. Não tinha ninguém melhor que Downing para encontrar talentos, planejar, bolar planos de jogo. A preparação dele era meticulosa. Um cara muito detalhista.

Myron assentiu, lembrando que Greg era assim dentro da quadra: o jogador mais esperto e preparado que ele viu na vida. Ele conseguia antecipar qualquer jogada, qualquer passe, qualquer defesa, qualquer manobra ofensiva. Conhecia os pontos fortes e fracos dos adversários e sabia se contrapor e tirar proveito deles.

– Mas – continuou Spark – ele também sabia como fazer cada jogador dar o máximo de si. Alguns caras precisavam ser paparicados, alguns precisavam ficar em paz, alguns precisavam de pulso firme. O técnico Downing entendia isso.

Certo, Myron pensou, *chega dessas preliminares incômodas*.

– Tudo bem se a gente começar com umas questões básicas? – perguntou Myron.

– Pode falar.

– Qual é a situação com a sua família?

– Sou casado com Kendra. A gente se conheceu na Oklahoma State. Ela é técnica em saúde bucal. Temos dois meninos, Liam e Joshua. Liam tem

8 anos, Joshua tem 6. Agora moramos perto de Boston. Mas já conversei com Kendra, e estaríamos mais do que dispostos a nos mudarmos para cá. É uma oportunidade ótima para mim. Ela entende.

Myron enxergou a esperança nos olhos do sujeito, e foi desolador. Tinha sido ideia de Win. Myron tentou se consolar com isso, mas parecia uma desculpa esfarrapada. Ele estava tomando parte naquilo, não estava? Era ele quem estava fazendo as perguntas. Era ele quem agora perpetuava a mentira.

Era hora de avançar.

– Mais algum familiar?

O jeito como ele piscou o denunciou. O sorriso se mantinha no rosto de Spark, mas não alcançava mais os olhos.

– Familiar?

– Mãe, pai, irmãos?

Ele pigarreou.

– Meu pai morreu alguns anos atrás.

– Sinto muito.

– A gente não era muito chegado. Minha mãe está viva.

– Onde ela mora?

A pergunta o fez hesitar.

– Ela viaja bastante. Agora, acho que ela está em Roma ou talvez em Paris.

Estavam chegando perto.

– Algum irmão?

– Não.

Assim de cara. Rápido. Sem hesitar. Ele já vinha esperando a pergunta e estava com a resposta pronta.

Myron fingiu conferir os papéis.

– Diz aqui que você tem um irmão mais novo. Brian.

– Ele...

Myron esperou.

– Não é relevante. Tem muito tempo que ele não faz parte da minha vida.

– Sinto muito. Onde ele mora?

– Tudo bem se a gente não conversar sobre isso?

– Bom, é que não cabe a mim. Estamos falando de um time novo. E, convenhamos, de Las Vegas, a Cidade do Pecado. Vamos receber um bocado de atenção, e é claro que a liga está preocupada com isso. Precisamos avaliar a fundo qualquer possível funcionário. Se existe a mínima sombra de escândalo...

– Não existe.

– Então onde está seu irmão, Spark?

O sorriso sumiu.

– Ele morou aqui na cidade usando o nome Bo Storm – declarou Myron, abandonando a farsa. – Você sabe disso. O namorado dele foi assassinado. Ele nunca mais foi visto desde então.

– Droga. – Spark encarou Myron e murchou aos poucos. – Eu devia ter imaginado.

Myron não falou nada.

– Não vai ter time nenhum em Las Vegas, né?

– Não – disse Myron. – Não vai.

Spark balançou a cabeça.

– Que sacanagem.

Difícil de discordar.

Spark pôs as mãos nos joelhos e tomou impulso para se levantar. O homem ocupava muito espaço.

– Seu amigo vai providenciar minha viagem de volta? Perdi o jogo de Liam por causa disto. Sou o técnico do time amador dele também.

– Não tenho a intenção de prejudicar seu irmão.

Os olhos do grandão se encheram de lágrimas.

– Quero ir embora.

– Eu preciso muito falar com ele.

– Você podia ter ligado para perguntar. Não precisava ter me feito atravessar o país todo cheio de esperança.

– Sinto muito. De verdade.

– Eu podia ter falado por telefone. Faz anos que não o vejo. Não sei onde ele está.

– Não faz a menor ideia?

– Tenho que ir embora. Vocês podem me levar para casa ou preciso comprar uma passagem?

– Win vai providenciar a sua viagem de volta. Sem problema. Quando foi a última vez que você teve notícia do seu irmão?

– Como eu disse, fazia muito tempo que a gente não tinha contato. Quer saber a verdade? Acho que ele morreu.

– E sua mãe?

– O que é que tem a minha mãe?

– Onde ela está? Posso falar com ela?

Spark se aproximou com a menção à mãe. Ele pairou acima de Myron, com fogo nos olhos.

– Minha mãe não sabe de nada. Fique longe dela. Entendeu?

Myron retrucou com voz firme:

– Afaste-se, Spark.

– Estou mandando você deixá-la em paz.

– E Greg Downing?

Essa o confundiu.

– O que tem ele?

– Você sabe onde ele está?

– Ele morreu. Mas você já sabe disso. Estou indo embora.

Myron sustentou o olhar. Ele deixou Spark desviar os olhos. Spark foi para a porta. Quando chegou a ela, Myron o chamou:

– Spark?

Ele se virou.

– Sinto muito. De verdade. Mas acho que você também está mentindo para mim.

capítulo onze

WIN ENCONTROU MYRON NO saguão. Eles entraram no SUV e partiram para o aeroporto. Myron relatou a conversa com Spark Konners. Win escutou calado. Quando Myron mencionou sentir remorso pela mentira sobre a vaga de técnico para o time, Win franziu a testa, fingiu encaixar alguma coisa embaixo do queixo, fechou os olhos e tocou delicadamente o violino imaginário, como se estivesse entoando uma melodia triste.

– Muito engraçado – disse Myron.

– Acha que Spark está mentindo?

– Acho que ele não está sendo totalmente sincero.

– Eu também.

– Não tem muito que a gente possa fazer.

– Ah, é aí que você se engana – discordou Win.

O carro seguiu pela Strip e atravessou o portão que cercava a pista dos jatinhos particulares. Myron viu o de Win estacionado à direita. As luzes de dentro estavam acesas.

– Cadê o Spark? – perguntou Myron.

– Bem ali.

Outro SUV passou pelo portão.

– Como a gente conseguiu chegar antes?

– Ele pegou trânsito.

– Ele veio pelo mesmo caminho que a gente – contestou Myron.

– Venha. Vamos nos despedir do nosso convidado. Podemos até pedir desculpa, se você quiser.

Myron olhou para Win.

– Você está com outra coisa em mente, né?

– Estou me inspirando em você – disse Win.

– Em que sentido?

Win não respondeu. Ele saiu do carro. Myron não gostava do rumo que as coisas estavam tomando, mas também sabia que, às vezes, quando o trem do Win começava a ficar desgovernado, era melhor sair da frente.

Win saiu andando na direção do SUV que trazia Spark. Spark desceu do carro. Myron se surpreendeu de novo com o tamanho do homem. Não era só a altura. O peito era tão largo que parecia um paredão de quadra de

79

squash. Myron observou Win ir na direção do grandão com a mão estendida para apertar a dele.

– Sinto muito que não tenha dado certo – declarou Win.

Spark parecia prestes a perder as estribeiras.

– Eu só quero ir para casa.

– Eu entendo.

Win também era um bom atleta. Não era de nível profissional como Myron, mas compensava com treinamento constante e um desprendimento que beirava a genialidade. Ele havia aprendido sobre defesa pessoal, velocidade, força, planejamento, coordenação, quedas, manobras, ataques e armas com os melhores professores do mundo. Ele planejava rápido. Enxergava as possibilidades. Tirava proveito de cada oportunidade com frieza e sem piedade.

E suas mãos também eram incrivelmente rápidas.

Spark estava segurando o celular. No instante seguinte, Win o havia pegado.

– Ei! Mas que...

Win olhou para o celular.

– Como eu temia, o telefone está bloqueado. Reconhecimento facial e tudo o mais.

– Está de sacanagem? – Spark tinha perdido a paciência. – Devolva a porra do celular, senão eu quebro a sua cara.

Win abriu um sorriso largo para o homem muito, muito maior. Myron viu a expressão no rosto de Win. Não gostou.

– Win – pediu Myron.

Spark chegou mais perto. É sempre um erro encurralar um adversário. Mesmo se ele for menor. A pessoa acha que vai intimidar. Talvez. Mas não intimida alguém que sabe lutar.

Muito pelo contrário, na verdade.

– Estou cagando se você é rico – disse Spark. – Devolva meu celular, babaca. Agora.

Win não recuou um passo sequer. Ele inclinou o pescoço, olhou para cima e disse:

– Acho que não.

– Win – insistiu Myron.

Spark Konners estava ficando vermelho de raiva. Suas mãos se fecharam em punhos do tamanho de marretas. Myron sabia que era isso que Win queria. A raiva deixa você burro. Spark estava farto. Ele havia sido insultado e humilhado pelo baixinho rico que o encarava. O baixinho rico tinha passado dos limites.

– Spark – chamou Myron. – Não.

Só que também já era tarde demais para Spark. Ele se preparou para dar um soco curvo que, se acertasse, provavelmente teria derrubado um arranha-céu. Não acertou, é lógico. Win previu o movimento. Ele se esquivou, esperou o momento exato em que Spark perderia o equilíbrio e, então, deu-lhe uma rasteira.

Spark caiu com força na pista.

Win foi rápido. Ele puxou o cabelo de Spark, colocou o celular na frente do rosto do grandão, soltou o cabelo e se afastou.

O celular agora estava desbloqueado.

Com uma fúria cega, Spark se apoiou nas mãos e nos joelhos e investiu contra Win. Win esperou até o último segundo, deslizou para a esquerda e fez Spark tropeçar.

Mais uma vez o grandão caiu com força.

Myron se aproximou de Konners, tentando se colocar no meio dos dois para impedir mais embates físicos. Win até então tinha se mantido só na defensiva. Se Spark tentasse atacar de novo, talvez isso mudasse.

Win rolou a tela do celular de Spark.

– Parece que você ligou para alguém logo depois de sair da suíte do hotel, meu caro. Código de área 406. Para quem você ligou?

– Não é da sua conta.

– Espere aí. – Ele apertou mais alguns botões. – Quatro, zero, seis... é de Montana.

Spark se apoiou nas mãos e nos joelhos. Estava planejando mais um ataque. Ainda de olho no celular dele, Win sacou uma pistola grande e apontou na direção de Spark.

– Sou muito bom de mira – declarou Win. – Mas você pode me testar, se quiser.

Myron tentou de novo.

– Win.

Win suspirou.

– Suas advertências são como seu apêndice: ou são inúteis, ou lhe fazem mal.

Myron franziu o cenho.

– É sério isso?

– Não é minha melhor analogia, reconheço. – Ainda de olho no celular, Win disse: – Rastreando o número agora. Humm. Pronto. Segundo as torres de telefonia, o celular agora está emitindo sinal a partir de um Budget Inn em um lugar chamado Havre, Montana. – Win olhou de relance para Myron. – Suba no avião. São pouco mais de duas horas de voo até Havre. Vou mandar a localização para o seu telefone.

capítulo doze

Você estaciona na frente da casa de Walter Stone.

São duas da madrugada. A casa está toda escura, exceto pela luz fraca de uma tela de computador ligada no escritório do térreo. Walter tem 57 anos. Ele mora em uma casa de estilo Cape Cod de três quartos com revestimento de alumínio e fachada de tijolos desbotados na Grunauer Place, em Fair Lawn. Ele tem dois filhos, ambos na faixa dos 20 anos. Um acabou de ser pai e lhe dar o primeiro neto. Walter está digitando no teclado. Ele foi demitido em abril. O supermercado Foodtown onde ele tinha trabalhado durante trinta anos fechou as portas, e não se arruma emprego novo para um cara branco mais velho, por mais competente que ele seja. É isso que ele fala para as pessoas. É a verdade, na cabeça dele. Sua esposa se chama Doris. Ela joga *pickleball* três vezes por semana e faz o possível para passar a maior parte do dia fora de casa. Agora, está dormindo no andar de cima. Depois do jantar, é para lá que Doris sempre vai. Para o andar de cima. Walter fica no térreo. Os dois estão satisfeitos com o arranjo.

Você está na rua, dentro do Ford Fusion. Está usando luvas e uma máscara de esqui. Tem uma arma no colo.

Você presume que Walter continua digitando alegremente.

Ele acha que está protegido pela anonimidade da internet.

Walter entrou nas redes sociais pensando do mesmo jeito que muita gente da idade dele – debochando da coisa toda, atento à perda de tempo, achando que era coisa de adolescente preguiçoso. Ele odeia as novas gerações – geração X, Y, Z, Alfa ou seja lá o que for –, acha que é tudo um bando de molengas que prefere mamar nas tetas dos impostos que ele paga a trabalhar de verdade. Kevin, o filho mais novo de Walter, é um pouco desse jeito. Gosta de computador, videogame, etc. Uma grande perda de tempo, na opinião de Walt. Mesmo assim, a certa altura, Kevin fez uma conta no Twitter para o pai. Não sabe mais por quê. Talvez para que Walt pudesse ver qual era o motivo de tanto alvoroço. Talvez para usar como fonte grátis de notícias ou algo do tipo. Nem morto Walter daria um centavo para o jornal da cidade ou ficaria vendo as mentiras das emissoras tradicionais de TV. Assim que ele começou a frequentar o site, bom, talvez tenha sido porque Kevin criou a conta ou talvez fosse por algum algoritmo estranho, mas o Twitter de Walter se encheu com tuíte após tuíte das besteiras mais estúpidas, absurdas e ingênuas. Como as pessoas emburreceram tanto? Nenhum desses idiotas que passa o dia inteiro tuitando faz a menor ideia de como o mundo real funciona. Eram tão cheios de lorotas quanto de arrogância. Todo mundo se achando a última bolacha do pacote, né? Uma condescendência, uma vontade de cagar regra. E nem pergunte o que ele acha das mulheres tapadas metidas a besta. Santo Cristo. Vão arrumar um macho. Elas ficavam resmungando sempre que um cara dava um pio ou pisava no calo delas. Cara, isso irritava Walter. Hoje em dia elas ficam possessas com qualquer coisa que um homem faça. Caramba, o simples ato de falar com elas já era "violência". Ah, e se não falar, se ignorar? Aí eram sexismo e falta de respeito. Na juventude de Walter, as garotas gostavam quando recebiam uma piscadinha e um aceno de cabeça. Era um elogio. Se for tentar isso agora, a mulher vai gritar que está sendo perseguida. Ah, se toca, minha querida. Você não está com essa bola toda.

Parece um pouco com o que aconteceu no Foodtown.

Aquela estrangeira chamada Katiana começou a trabalhar na seção de frios – Katiana, que no primeiro dia sorriu para Walter e encostou no braço dele, nitidamente um flerte apesar da aliança bem visível no dedo dele –, mas, desde que ela fez a queixa no RH, foi o fim da linha para ele. É assim que são as coisas. Ninguém quer saber do outro lado. Se uma mulher faz uma queixa, você já era. E a única coisa que Walt fez foi tentar ser simpático. Katiana tinha se divorciado recentemente (cara esperto o ex dela, escapou daquela piranha ardilosa), então Walt pensou em fazer um agrado, elogiar o corpo dela e tal. Ela não usava roupas justas à toa, né? De repente, a transferência dele para a loja em Pompton Lakes foi para o brejo. Ah, eles não o demitiram. Deixaram-no ficar no emprego até a loja fechar. Três quartos do salário mensal como indenização depois de trinta anos de trabalho. Um quarto de salário por década. E agora, meses depois, aqui nesse computador desgraçado, um monte de piranhas metidas iguaizinhas à Katiana ficam na internet cuspindo essas regras idiotas do que os homens têm que fazer contrariando todas as leis da natureza, como se o mundo tivesse começado ontem. Santo Cristo. Uma piranha que se diz "Amy Sarada", se é que dá para acreditar, fica tagarelando que tem medo de entrar num elevador sozinha com um homem – que, olhe só isso, o homem devia esperar e pegar o elevador seguinte se vir que tem uma mulher sozinha no que chegar. É sério isso? Então Walt quer mandar a real para ela. Nada de mais, né? Ele cria uma segunda conta porque, se alguém tenta falar a verdade hoje em dia, as pessoas caem em cima. É assim que são as coisas agora.

Foda-se a liberdade de expressão. Dá vontade de entrar na internet e falar para aquela odiadora de homens: "Você é tão feia que devia agradecer se um homem te estuprasse no elevador." A verdade dói, né, querida?

Como Walt é um cara esperto, que aprende rápido, ele fez uma conta falsa com o nome Rotten Swale. Não porque ele estivesse com medo de falar o que pensa. Não o Walt. Ele quer que tudo seja feito às claras, acredita no fluxo livre de ideias, para que as feminazis imbecis se afoguem numa avalanche de lógica. Mas não é assim que funciona mais. Não no mundo afrescalhado de hoje em dia. Essas garotas são fanáticas. Se descobrirem quem ele é, vão escrever para o mercado do bairro ou o hortifrúti novo que está abrindo em Ridgewood e vão ameaçar boicote ou processo ou qualquer coisa se Walter for trabalhar lá. Esse, meus compatriotas, é o nível de loucura dessa gente. Então, um belo dia ele vai lá e cria uma conta anônima. Ele nem vai usar. É isso que Walter acha, até que o desejo – não, a *necessidade* – de botar essas piranhas no devido lugar fica forte demais para resistir. Então é isso que ele faz. Ou melhor, que Rotten Swale faz. Elas recebem uma enquadrada de Rotten Swale. Pode ser que ignorem. Mas vão ver. E aquela garota que se diz Amy Sarada, aquele perfil de quem caga flores com a porra da biografia falando de direitos humanos, "vidas pretas importam" e bandeiras de arco-íris, essa garota com peitão enorme e camisa decotada, sempre inclinando o corpo na direção da câmera enquanto fica reclamando, como se pedisse para os homens olharem, vai ouvir de Rotten Swale em comentários sucessivos que: (a) "Ninguém veria seus vídeos se você não tivesse peitão", (b) "Você é uma puta mentirosa e burra que paga boquete na parada de caminhão da estrada", e (c) "Sua filha de 7 anos merece ser enrabada". Bom, Walter não acredita de verdade nisso, mas é preciso falar alguma coisa que vá chamar a atenção da pessoa, e, nossa, como essa garota precisa de uma boa trepada com alguém como Walter, um homem de verdade que vá dominá-la e mostrar para ela como é que se faz.

Isso se estende por um ano.

Walt posta cada vez mais. Com conteúdo cada vez pior. Rotten Swale acaba bloqueado um tempo depois, mas não tem problema, porque Walter vai e assume outra identidade. Late Towners. E outra. Seattle Worn. E por aí vai. Ele continua anônimo.

É o que ele pensa.

Mas você, na frente da casa dele com a arma no colo, encontrou Rotten Swale.

Levou um tempo para descobrir a verdadeira identidade dele, mas não tanto quanto as pessoas imaginam. A conta de Rotten Swale ainda podia ser acessada. Você confere todas as postagens. Não tem muita coisa ali que sirva de pista – Walter aprendeu a ser cuidadoso –, mas um dia ele postou uma foto tirada através do para-brisa do carro quando ele passou por uma sex shop que ele disse que estava "destruindo a vizinhança". Burrice. Uma pesquisa rápida revelou que a loja ficava na Rota 17 em Paramus, Nova Jersey. Certo, então agora você sabe mais ou menos onde ele mora.

Próximo passo: ir até o final da lista de seguidores dele. É lá que ficam os primeiros perfis que a conta segue. Dá para descobrir muita coisa ali, porque costuma ser gente que a pessoa conhece na vida real. Walter tinha seguido aquelas pessoas porque, quando fez a conta, se iludiu achando que não era um lunático, que essa conta poderia ter alguma legitimidade.

Essa era uma prática relativamente comum entre perseguidores iniciantes.

Ao verificar os primeiros seguidores de Rotten Swale – ao cruzar esses perfis com a atividade dele –, bom, é aí que você acerta na loteria. Rotten Swale "curtiu" algumas publicações de Instagram de mulheres que ele segue. Duas publicações são de mulheres chamadas Kathy Corbera e Jess Taylor, e ambas moram na região de Paramus, Nova Jersey – uma em River Vale, outra em Midland Park. Depois de um pouco mais de investigação, você acha uma ligação. As mulheres se seguem mutuamente e também seguem uma página chamada "Ex-alunos da década de 1980 da Glen Rock High School". Certo, beleza. Você acessa essa página. Agora, faz uma busca dos homens que seguem essa página de ex-alunos e *também* Kathy Corbera e Jess Taylor.

Você acha três homens que atendem a esse critério.

Está chegando perto.

Então agora são três homens. Um, Peter Thomas, mora na cidade de Nova York. Outro, Walter Stone, mora em Fair Lawn, perto de Paramus. O último, Brian Martin, ainda mora em Glen Rock, também perto de Paramus.

Agora você dá um passo para trás.

Por que esse cara escolheu o nome Rotten Swale?

Nunca é totalmente aleatório. Tem sempre uma razão. E a razão aqui é fácil, depois que se reduz a lista para três pessoas. Rotten Swale, Late Towners, Seattle Worn.

São todos anagramas de Walter Stone.

Que inteligente.

Xeque-mate.

Seu problema agora é simples. Walter Stone, o perseguidor que você quer matar, mora em Fair Lawn, Nova Jersey. Amy Howell, a vítima que você quer incriminar, mora em Salem, Oregon.

Como você faz para botar a morte de Stone nas costas dela?

É aí que você dá sorte. Amy Howell tem um irmão chamado Edward Pascoe, que mora em Woodcliff Lake, Nova Jersey – a vinte minutos de carro de onde você está agora.

Você gosta disso. O assassino com distanciamento. Algo um pouco diferente. Algo que exige novas habilidades.

Edward Pascoe tem um sistema de alarme bem sofisticado na casa dele. Você pensa se espera para dar um jeito de invadir a casa para colher DNA e usar o carro dele – mais ou menos seu *modus operandi* –, mas tem uma ideia que também vai funcionar. Ele tem um Ford Fusion branco de 2020. É um carro bastante comum, então você usa uma identidade falsa para alugar um. Pascoe deixa o carro na entrada da garagem, que não tem a mesma proteção da casa. Uma hora antes, você subiu de fininho essa entrada e trocou a placa do carro dele pela do seu alugado. Depois disso tudo, você vai voltar para a casa dele e trocar de novo. Ninguém vai desconfiar. Seu Ford Fusion branco com a placa de Pascoe terá sido avistado e registrado por diversas câmeras de trânsito durante o trajeto.

Bem inteligente, né?

Você também imprimiu suas pesquisas para descobrir que Rotten Swale, o troll que ameaçava de violência a irmã de Pascoe, se chama Walter Stone. Vão encontrar essa papelada escondida atrás da garagem de Pascoe. E, por fim, o toque final: antes de trocar de novo as placas dos carros, você vai com o Ford Fusion até a represa de Woodcliff Lake, fazendo questão de que a placa apareça nas câmeras de vigilância, estaciona e joga a arma do crime na água.

Isso deve ser mais do que suficiente para a polícia; porém, apesar do que aparece na televisão, a polícia não é onisciente. Então, se isso tudo não bastar para a justiça apontar Edward Pascoe como culpado, se transcorrerem alguns dias e não acontecer nada, você vai dar um jeito de a polícia receber uma denúncia anônima, um empurrãozinho de leve. Na verdade, você está quase torcendo para isso. Quer se envolver de novo.

E você adora isso.

Você deixa a porta do carro destrancada. Vai até a janela. Vê Walter Stone na frente do computador. As luzes estão apagadas, mas o azul da tela ilumina o rosto dele como uma máscara macabra. Você enfia o cano da arma na fresta da janela. Ele está sorrindo, parecendo um monstro grotesco enquanto digita. Você bate à janela. Ele ergue o rosto.

É aí que ele morre.

Para Walter Stone, o terror acabou.

Para Edward Pascoe, está só começando.

capítulo treze

QUANDO O AVIÃO DE Win atingiu 10 mil pés, o wi-fi foi ativado. Myron ligou para Chaz Landreaux, astro aposentado do basquete e ex-cliente dele. Chaz não atendeu. Myron mandou uma mensagem pedindo que retornasse a ligação assim que possível e em seguida conferiu as notificações do celular.

Terese tinha mandado os emojis de sempre: um telefone e um coração. Ninguém precisava ser um gênio para decifrar o código conjugal complicado deles. O telefone significava "Quer conversar?". O coração, "Eu te amo". Eles costumavam mandar esses emojis antes de ligar porque, em primeiro lugar (a possibilidade mais tranquila), a outra pessoa poderia estar ocupada, em reunião; ou não estava sozinha e não tinha como falar; em segundo (a possibilidade mais grave), os dois levavam uma vida em que as coisas podiam dar errado e um telefonema súbito talvez provocasse alguns segundos de preocupação desnecessária.

Myron acessou os contatos favoritos e tocou no quarto número. O pai de Myron era o primeiro; a mãe, o segundo; e o telefone fixo da casa dos dois – é, eles ainda tinham isso – era o terceiro. Win havia sido o quarto e Esperanza, o quinto, mas os dois caíram uma posição quando Myron e Terese se casaram.

Terese atendeu no segundo toque e perguntou:

– Como foi seu dia?

– Foi bom. – Então Myron acrescentou: – Quase perdi o dedinho do pé.

– Esquerdo ou direito?

– Esquerdo.

– Caramba. É meu dedinho preferido. O que aconteceu?

– Um cara malvado tentou decepar o dedinho com uma tesoura de poda.

– E o que aconteceu com o cara malvado?

– Win aconteceu.

– Tudo bem se eu achar que tudo bem?

– Tudo.

– Myron?

– Oi.

– Estou falando em tom de brincadeira para conter o pânico.

– Eu sei – disse Myron. – Eu também. Mas está tudo bem.

– Quer me contar o que está acontecendo?

– Mais tarde, talvez. Agora eu só queria ouvir sua voz.

– Isso é um código para sexo por telefone? – indagou ela.

– Estou no avião de Win.

– Acho que isso é um sim.

Myron sorriu e sentiu um calor se espalhar pelo corpo.

– Eu te amo, sabia?

– Também te amo. Está livre na terça?

– Posso estar.

– Estarei na cidade para entrevistar o promotor de justiça de Manhattan.

– Nossa, isso é ótimo.

O telefone emitiu um sinal. Myron olhou para a tela e viu que era Chaz retornando a ligação. Do outro lado, Terese perguntou:

– Recebendo uma chamada?

– É. Posso ligar de novo daqui a pouco?

– Estou quase dormindo. A gente se fala amanhã de manhã, pode ser?

Terese era a pessoa menos carente que ele conhecia, bem menos carente que Myron, mas ele aceitou, os dois disseram que se amavam de novo e depois Myron atendeu a outra chamada. Mee lhe trouxe um Yoo-Hoo, previamente agitado e servido em um copo. Myron torceu para ela não ter acrescentado absinto.

– Myron! – exclamou Chaz, com aquele entusiasmo genuíno que contribuía para a popularidade dele como jogador, narrador esportivo e, agora, técnico. – Quem é vivo sempre aparece.

– Obrigado por me ligar de volta tão rápido.

– Para você? Sempre.

Muitos anos antes, quando Chaz Landreaux era um "menino de rua" (na época em que esse eufemismo era bem comum) de South Ward, teve uma vez em que ele arrumou confusão com agentes associados à máfia. Myron e Win o ajudaram a se livrar, e Chaz acabou virando um dos primeiros clientes de Myron. Quando Myron decidiu fechar a MB Representações e deixar o ramo, Chaz foi para uma agência com talentos negros jovens. Quando Myron voltou, Chaz continuou onde estava. Ele era um cara leal. Jamais teria deixado Myron por vontade própria. Mas Myron tinha decidido fechar a empresa, então Chaz arrumara outros representantes, e a agência nova havia sido boa para ele. Chaz explicou que não seria justo voltar. Myron entendeu.

– Parabéns pelo trabalho novo – cumprimentou Myron.

Chaz tinha acabado de conseguir a vaga de técnico principal do time de basquete masculino da Universidade do Kentucky.

– Valeu – disse Chaz. – Mas você já me deu os parabéns por isso.

– É, eu sei.

– Mandou até uma cesta de presente com comida.

– Estava boa?

– Cestas de presente com comida nunca são boas.

– É verdade – concordou Myron. – Preciso de um favor, Chaz.

– Pode falar.

– Acho que pode ser um favor para você também.

– Eita, que proposta – comentou Chaz. – Você é um baita vendedor. Todo mundo adora bancar o engraçadinho.

– Ouvi dizer que você estava atrás de um auxiliar técnico.

– Ah. Quer me indicar um cliente?

– Não é um cliente – explicou Myron. – Você poderia entrevistar Spark Konners?

– Que curioso.

– O quê?

– Estou com o currículo dele aqui na minha mesa. Se bem que tenho uns mil currículos. Como você o conhece? Ah, espere. Greg Downing, né?

– É, acho que sim.

– Você acha?

– Greg gostava muito dele. Isso é certo. A verdade é que, fora isso, eu não sei muito sobre as qualificações dele.

– Aham – disse Chaz.

Myron bebericou o Yoo-Hoo. Ele achou que tinha superado o sabor anos antes. Agora, talvez por nostalgia, talvez pelo medo de ficar velho, talvez por quase ter perdido o dedinho preferido de Terese, ele se sentiu reconfortado pelo antigo néctar.

– Então você não sabe se ele é bom – continuou Chaz.

– Não, não sei.

– Então por que me ligou?

– Estou em dívida com ele – respondeu Myron.

– Está devendo um favor a ele?

– Pior. Eu vacilei com ele.

– Como?

– É uma longa história, e eu não posso contar. Só vacilei.

– E está tentando compensar?

– Isso não vai compensar. Mas talvez alguma coisa seja melhor que nada.

Chaz ficou um instante sem falar nada.

– Eu te conheço, Myron. Você não "vacila" com as pessoas sem motivo.

– Havia um motivo. Mas não tinha nada a ver com Spark. Ele é inocente.

– Tudo bem – disse Chaz. – O currículo dele parece bem robusto, na verdade. Vou entrevistar o cara.

– Obrigado.

– E vou anunciar publicamente. Mesmo que ele não fique com a vaga, deve render um pouco de visibilidade.

Myron expressou de novo sua gratidão a Chaz. Eles desligaram. Ele se recostou no assento.

O avião iniciou a descida. Myron olhou pela janela. Montana. Um bocado de belos espaços vazios. Não era uma crítica. Para quem mora na Costa Leste, é apenas diferente. Montana é vinte vezes maior que Nova Jersey, o estado natal de Myron. Vinte vezes maior. Montana tem uma população de cerca de um milhão de pessoas, ao passo que Nova Jersey tem mais de nove milhões. Sem querer reduzir tudo à matemática, isso significa que Nova Jersey tem quase quinhentos habitantes por quilômetro quadrado; Montana tem menos de três.

Diferente.

Myron conferiu o aplicativo. O celular que ele estava rastreando – ele ainda presumia que fosse de Bo/Brian, o irmão de Spark – permanecia no Budget Inn. Tinha um carro alugado à espera de Myron no aeroporto. Ele pôs o Budget Inn no Google Maps. O aplicativo previu um trajeto de nove minutos.

Não dá para esperar muita coisa de um lugar chamado Budget Inn, e também não se recebe muita coisa. O hotelzinho de dois andares não tinha a palavra PULGUEIRO pichada na lateral, mas talvez devesse ter. Myron estacionou e foi andando na direção de uma placa que dizia RECEPÇÃO DO HOTEL. Teve uma coisa que Myron estranhou logo de cara. Devia haver uns vinte carros no estacionamento, mas ele contou só oito quartos: quatro no andar de cima, quatro embaixo. Nenhuma luz acesa. Nada. A recepção estava trancada. Um aviso escrito à mão no vidro rachado da porta dizia: PERMANENTEMENTE FECHADO.

Myron olhou o celular. Como na maioria dos aplicativos de rastreamento, a localização era aproximada. Agora que conferia de novo, parecia que o ponto estava em alguma parte do canto do estacionamento. Quando voltou para a frente do hotel, Myron avistou um casebre vermelho com um letreiro amarelo que dizia, corretamente: THE SHANTY LOUNGE.

Em outros tempos, provavelmente o Shanty – que significava "barraco" em inglês – havia sido o bar do Budget Inn, mas, embora as acomodações tivessem deixado de existir, o boteco continuava de pé. Dois homens saíram aos tropeços pela porta da frente, ambos visivelmente embriagados. Um entrou em um SUV enorme, fez o motor rosnar e foi embora subindo no meio-fio. O outro cara vomitou em um Ford Taurus antes de sair andando. Myron conferiu de novo o aplicativo de localização. A resposta era óbvia.

A pessoa para quem Spark ligou estava no Shanty Lounge.

Myron se dirigiu à porta do bar. Ele não sabia muito bem que abordagem usar nem o que esperava encontrar lá dentro. Spark teria ligado para Greg Downing? Seria possível que Greg estivesse ali dentro? E aí? Se fosse Bo, em vez de Greg, o que Myron iria fazer? Interrogá-lo? Vigiá-lo e segui-lo até em casa, onde quer que fosse?

Ele estendeu a mão para a porta. Pelo que ouvia do lado de fora, o bar parecia animado. Estava tocando "Sailing" de Christopher Cross, aquela balada clássica, talvez em uma jukebox, talvez em um karaokê. Alguns fregueses estavam cantando. Certo. Myron hesitou. E se Greg estivesse ali dentro e reconhecesse Myron? Greg... O que ele ia fazer, fugir? Nada fazia sentido ainda. Digamos que Greg estivesse ali. Digamos que Greg e o namorado Bo tivessem fugido de Joey Dedinho e decidido se esconder em Montana.

Por que viajar até Nova York e matar uma ex-modelo que ele mal conhecia? Não fazia sentido.

Myron estava deixando alguma coisa passar. Isso não era incomum. Em situações como essas alguma coisa sempre passava despercebida. Normalmente, ele continuaria chacoalhando a caixa na esperança de caírem mais peças. Mas algo ali, algo nas peças que ele já tinha, passava a sensação de que ele estava chacoalhando a caixa errada.

Então Myron abriu logo a porta e entrou. Spark tinha ligado para alguém. Talvez Greg, talvez Bo. Quem quer que fosse, poderia estar vigilante. Talvez Spark houvesse avisado que tinha gente atrás dessa pessoa. Talvez a pessoa estivesse preparada.

Era melhor ficar esperto.

Ao entrar, Myron quase esperou que todo mundo no bar fosse fazer silêncio e se virar para ele, como acontecia nos antigos filmes de faroeste. Não rolou nada disso. O Shanty, com seu nome pertinente, era um clássico barzinho de cidade pequena. Isso era um elogio. Um monte de letreiros neon de marca de cerveja iluminava o revestimento de madeira escura das paredes. A Coors Light dominava, mas a Budweiser também tinha uma presença bem boa. Havia galhadas de veado nas paredes e um espelho comprido atrás do balcão. Os pratos do dia estavam escritos em uma lousa branca. O Shanty era pequeno porém animado. Quatro caras de chapéu de caubói jogavam dardos. Dois caras de boné de caminhoneiro analisavam uma torre de peças gigantescas de Jenga. Uma mulher alta estava apoiada na jukebox do canto e cantava um trecho de "Sailing", com três caras fazendo coro no final da estrofe. O estilo de camisas podia variar – camisetas, camisas de flanela, polos –, mas todo mundo estava de calça jeans azul. Myron contou três cachorros – dois golden retrievers deitados no chão feito tapetes e um buldogue francês esparramado em um banco do balcão.

A jukebox passou de Christopher Cross para uma musiquinha antiga dos Doobie Brothers, "Takin' It to the Streets". Logo depois, a banda e a mulher alta estavam convidando a freguesia a ir para a rua, brincando com a letra da música. Parecia que ninguém estava a fim de ir a lugar nenhum. Todos pareciam bastante satisfeitos ali dentro, com suas bebidas, seus dardos e sua sinuquinha.

Myron observou o público. Nada de Greg. Nada de Bo/Brian.

Espere aí.

Um dos barmen estava servindo um chope Carter's Brewing em um copo de Miller Lite.

Myron estreitou os olhos. As madeixas compridas com luzes tinham dado lugar a um corte curto comum em estilo militar. A barba cuidadosamente aparada fora substituída por um clássico visual limpo de barba feita. Ele agora usava óculos de armação fina de metal, e, se antes as roupas no perfil do Instagram eram chamativas e de cores vivas, esse barman estava com o mesmo uniforme de camiseta preta e calça jeans do Shanty.

Era um disfarce, e dos bons. Sutil. A menos que a pessoa o estivesse procurando, e com vontade, ninguém chegaria para ele e falaria: "Ei, você não é Bo Storm?"

Mas era Bo. Não havia a menor dúvida.

Myron ponderou de novo qual abordagem usar – esperar, olhar, o quê? –, mas a via direta pareceu a melhor opção. Ele não queria que Win ficasse segurando Spark por mais tempo que o absolutamente necessário. Eles já tinham atrapalhado bastante a vida do cara.

Havia um banco vazio ao lado do buldogue francês. Myron se sentou. Ele era o único que não estava de jeans, com seu visual mais formal de calça social e camisa azul de botão. Pelo visto, ninguém dava a mínima para a roupa dele, mas o buldogue francês, que tinha uma plaquinha com o nome FIREBALL ROBERTS, o encarou com ar de desprezo. Myron gesticulou com a cabeça para o cachorro e sorriu. O cachorro virou a cara e olhou para o balcão.

Não dá para agradar a todo mundo.

Barman Bo se aproximou de Myron e lhe dirigiu um sorriso. O sorriso o entregava um pouco. Sem querer apelar para estereótipos, os dentes dele ainda tinham aquelas facetas brancas dignas de Las Vegas, o que não combinava com o estilo do Shanty Lounge.

– O que vai querer? – perguntou Bo.

– Qual o melhor chope que você tem?

– Eu gosto do Carter's.

– Pode ser – disse Myron. – Antes, pode me fazer um favor?

– O quê?

– Não entre em pânico. Não saia correndo. Nem sequer reaja. Eu tenho gente lá na rua e nos fundos. Você está em segurança aqui. Eu garanto. Não vim machucar você. Você pode fazer um escândalo e tentar fugir, mas só vai servir para chamar atenção, e aí Joey Dedinho vai ficar sabendo. Vai ser ruim para você. Eu não quero o seu mal. Ele quer.

Por um instante, Bo apenas o encarou. Myron podia sentir as engrenagens girando. Ele manteve o olhar fixo em Bo. Firme. Calmo. Confiante. Bo poderia gritar por socorro. Ele era da área. Aquelas pessoas iriam intervir, Myron não tinha a menor dúvida.

– Ei, Stevie!

Era alguém na outra ponta do balcão. Bo disse:

– Já vou.

Bo parecia perdido.

– Tire um chope para mim, Stevie – instruiu Myron.

Bo assentiu e se virou para a chopeira. Myron olhou para a direita. Fireball Roberts estava olhando torto para ele. Myron quase o mandou cuidar da própria vida, mas Fireball tinha chegado primeiro, e Myron não queria arrumar briga com um buldogue francês.

O chope estava com o colarinho na altura certa. Bo colocou o copo na frente de Myron e indagou:

– Você trabalha com aqueles caras que intimidaram Spark?

– Eu sou o cara que intimidou Spark.

– Não tem como. Você jamais...

– Avião particular, Bo. Isso aqui é importante. Vai ser bom você me escutar.

– Estou levando uma vida boa aqui.

– Não tenho dúvidas.

– Larguei as drogas. Faz quatro anos que estou limpo. Gosto do meu trabalho. Tenho amigos. Um círculo social.

– Não quero estragar nada disso.

– Então o que você quer?

– Eu só preciso falar com Greg.

Bo ficou quieto.

Freguês Um:

– Ei, Stevie? Ficou surdo?

Freguês Dois:

– A gente está com sede, Stevie. Homem não é camelo, sabia?

– Calma aí, Darren! – gritou Bo/Stevie. E para Myron: – Já volto.

Tinha outra pessoa atendendo atrás do balcão, uma mulher de 50 e poucos anos com cabelo despenteado, antebraços firmes e decote profundo. Ela estava na outra ponta do balcão, fingindo que não tinha visto Myron de um jeito que mostrou a ele que ela estava preocupada. Myron arriscou mais uma conferida em Fireball Roberts. É. Olhar torto.

– Não vim aqui para machucá-lo – disse Myron para o buldogue francês.

O buldogue francês não se abalou.

Myron ficou de olho na mulher do bar. Ela estava encarando com tanta intensidade um cara de chapéu de caubói na mesa de sinuca que o cara deve ter percebido. Ainda com o taco na mão, Caubói se virou e olhou com cara de interrogação para ela. A mulher olhou para Caubói, depois olhou para Myron, então Caubói olhou para Myron, olhou para outro cara com uma barba tão comprida que estava presa com xuxinhas de cabelo, e aí Caubói e Barba de Xuxinhas começaram a andar na direção dele.

Ai, droga.

Caubói chegou e parou atrás de Myron, à direita. Barba de Xuxinhas parou à esquerda. Fireball Roberts virou a cara, como se não quisesse confusão. Bo veio até Myron e disse:

– Certo, o que você quer?

– Quer que eu fale aqui na frente dos seus amigos?

A voz do Caubói era de barítono, grave e forte.

– Sou mais que amigo.

Myron se virou e olhou para ele.

– Ah.

– A gente não tem segredos um para o outro – acrescentou Bo.

– Ah – repetiu Myron.

– Então, o que você quer?

– Já falei. Preciso entrar em contato com Greg. Se ele quiser continuar escondido depois, tudo bem, que seja. Mas preciso ver se ele está bem. Fale para Greg que é o Myron. Ele me conhece. Sou o agente dele. Ele vai confirmar que sou um homem de palavra.

– Seu nome é Myron – disse Bo.

– É. Myron Bolitar.

– Myron, eu não faço a menor ideia do que você está falando.

Myron suspirou, olhou de novo para Caubói e Barba de Xuxinhas e declarou:

– Eu sei de você e Greg Downing.

Ele arregalou os olhos.

– Greg Downing?

– É.

– Só pode ser brincadeira. Greg Downing? É desse Greg que está falando?

– Olha, Bo, eu vi as mensagens.

– Mensagens?

– A troca de mensagens românticas na sua conta antiga do Instagram.

Nisso, Bo fez algo que Myron não esperava. Ele deu uma gargalhada.

– Espere, você acha que Greg e eu... – Bo riu mais um pouco, balançando a cabeça. Ele sorriu para Caubói. – Nossa, cara, o *gaydar* desse sujeito deve ser o pior de todos.

– Alguém viu as mensagens entre vocês – insistiu Myron.

– Greg não estava falando comigo.

Myron parou.

– Como é?

– Era com a minha mãe – afirmou Bo. – Greg estava trocando mensagens com a minha mãe.

Myron ficou sem reação, embasbacado. Ele visualizou na mente as peças do quebra-cabeça. E então se viu jogando as peças todas no chão. Sua voz parecia distante em seus ouvidos.

– Mas era a sua conta do Instagram.

– É, dã. Minha mãe cuidava de todas as minhas redes sociais... Instagram, OnlyFans, tudo. Quando o Bucks foi jogar na cidade, Spark convidou a gente para uma partida. Minha mãe, bom, pode parecer estranho ouvir um filho falar isso, mas ela é gata. Gostosona. Spark apresentou Greg à minha mãe depois do jogo...

– Esse jogo... – interrompeu Myron, lembrando-se da loura curvilínea sentada ao lado de Bo na foto. – Foi em Phoenix?

– Foi, contra o Suns. A gente é de lá. Spark e eu crescemos em Scottsdale.

– Então você e Greg não...

– É sério isso? – Bo olhou para Caubói. – Está tudo bem aqui, Cal. Eu chamo se precisar de alguma coisa. – Para Myron, ele acrescentou: – Beba um gole do chope. Vai se sentir melhor.

Myron bebeu, tentando assimilar aquilo tudo.

– Posso fazer uma pergunta? – disse Bo.

Myron assentiu.

– Estou realmente seguro aqui? Se não estiver, Cal e eu podemos nos mudar.

– Não vou contar para ninguém.

– E não tem como Joey encontrar a gente?

– Não vejo como – respondeu Myron. – Você matou Jordan Kravat?

– Uau, sem rodeios. Acha que eu contaria se tivesse matado?

– Poderia nos poupar um pouco de tempo.

– Não, não matei Jordan. Eu o amava.

– A mãe de Jordan acha que você teve alguma participação.

– Donna? Não, ela não acha, não. Pode ser que ela tenha falado isso, mas é porque ela não quer admitir a verdade.

– Que é...?

– Ela trouxe Joey para as nossas vidas. Ele foi convidado por ela, na verdade. Donna não conseguia ganhar dinheiro suficiente só com a administração da boate. Então fez parceria com Joey. Ele começou a pressionar a gente. Queria sempre mais dinheiro. A coisa saiu do controle. Jordan tentou intervir e acabou morto.

– Donna disse que você e o filho dela estavam se desentendendo.

Ele refletiu um instante.

– A gente estava, eu acho. Mas, tipo, a gente era jovem. Era tudo meio instável. Nunca achamos que ficaríamos juntos para sempre.

– Você o matou? – perguntou Myron de novo.

– Não.

– E Greg?

– O que tem ele?

– Estou pensando na sequência de acontecimentos – explicou Myron. – Greg começa a trocar mensagens com sua mãe. Ele vai para Las Vegas. Aí Jordan é assassinado e Greg desaparece.

– Greg não desapareceu – discordou Bo. – Ele e a minha mãe se apaixonaram perdidamente. Eles decidiram viajar pelo mundo. Quando ele morreu, ela ficou arrasada.

– Não tenho certeza se Greg morreu.

– Claro que morreu. Você disse que era o empresário de Greg ou algo do tipo, né?

– Agente. Ele e eu nos conhecemos desde a infância.

– Bom, vocês não deviam ser muito chegados – insinuou Bo.

– Por que diz isso?

Bo começou a esfregar um pano no balcão.

– Por que acha que Greg largou o trabalho e se mandou?

– Ele disse que queria pendurar as chuteiras.

Bo balançou a cabeça.

– Não, cara. Greg estava doente.

Myron não falou nada.

– Ele recebeu um mau diagnóstico. A doença que começa com C. Foi por isso que Greg largou a carreira de técnico. Por isso ele e minha mãe se mandaram. Porque ele não tinha muito tempo de vida.

capítulo catorze

O PASSO SEGUINTE ERA ÓBVIO: encontrar a mãe de Bo.

Eles encontraram. Rápido.

No dia seguinte, Myron já estava em Pine Bush, Nova York. Win tinha se oferecido para ir, mas Myron decidiu cuidar disso sozinho. Pine Bush era considerada um vilarejo, em vez de cidade, e, embora a definição fosse confusa, no fundo só queria dizer "lugarzinho minúsculo".

Bo/Brian tinha exibido uma atuação convincente, mas alguma coisa ainda incomodava Myron. O garoto estava mentindo. Não a respeito de tudo. Mas, quando percebeu que tinha alguma falsidade no ar, Myron parou de tentar extrair mais informações. Ele deixou Bo falar à vontade. Myron foi assentindo como se estivesse acreditando em tudo e depois pediu desculpa a Bo pelo engano. Em nenhum momento contou para Bo por que estava procurando Greg. Não perguntou – por mais que quisesse – onde a mãe de Bo morava agora depois da morte de Greg. Ele imaginou que Bo mentiria ou a avisaria, ou, o que era mais provável, as duas coisas.

Ele queria pegar a mãe de Bo desprevenida.

Myron, Win e Esperanza acharam pistas depressa. A mãe de Bo e Spark chamava-se Grace Konners. Cinco anos antes, mais ou menos na época em que ela e Greg supostamente saíram do país, ela mudou o sobrenome para Conte, mas manteve o Grace. Isso não era incomum. É difícil trocar o primeiro nome, não reagir ao escutar chamarem pelo nome antigo e reagir ao escutar um nome diferente. Pode confundir mesmo.

Depois de mudar de sobrenome, *puf*: Grace supostamente sumiu do mapa. Nenhum cartão de crédito. Nenhuma hipoteca. Nenhum registro trabalhista. Nenhuma conta de rede social. Todas as atividades de Grace Konners cessaram, e nenhuma atividade de Grace Conte começou em seu lugar.

Muito apropriado.

Porém, mais recentemente, talvez porque já haviam se passado alguns anos e ela se sentisse um pouco mais segura, Grace Conte se arriscou a usar o número do Seguro Social para abrir uma conta digital no Bank of America. Mesmo assim, ela tomou cuidado. A conta foi aberta pela internet, e o endereço usado era uma caixa postal em Charlotte, na Carolina do Norte, bem perto da sede do banco – nitidamente com a intenção de disfarçar seu paradeiro para o caso improvável de alguém descobrir a conta.

Foi preciso um pouco mais de investigação, triangulação de localizações e histórico. Toda a nossa vida está no celular. A maioria das pessoas já tem noção disso. Não é nenhum grande choque. Mas talvez a gente não reconheça a extensão dessa tecnologia. As empresas sabem de tudo. De todas as movimentações. Bo usava celulares descartáveis, então ele chamava um pouco menos de atenção. Fazia sentido. Ele estava sendo procurado por bandidos como Joey Dedinho. Spark, o irmão dele, era um livro aberto. Ele viajava muito, mas suas viagens coincidiam quase que exclusivamente com a agenda do time de basquete da Amherst College. Se o time fosse jogar contra a Bowdoin, o celular mostrava que ele estava em Brunswick, Maine. Quando o time jogava contra a Middlebury, Spark estava em Vermont.

No entanto, não tinha motivo algum para ele ter visitado Pine Bush, Nova York, três vezes.

O resto se encaixou. Grace Conte nunca passava cheque. Tampouco usava o cartão de crédito que vinha com a conta. Mas ela fez depósitos em dinheiro em diversas agências bancárias de Newburgh e Poughkeepsie – duas cidades maiores perto de Pine Bush. Grace Conte também tinha seguro automotivo para um Acura RDX azul. Ela usou o endereço da Carolina do Norte, mas, agora que eles tinham focado em Pine Bush, era só questão de tempo.

Myron não tinha conseguido ainda o endereço exato, mas, a julgar pelo celular de Spark, ela morava em um lote grande na Rota 302. Ele tinha dirigido pela rodovia e visto duas estradas de acesso que talvez levassem a uma casa que batia com as coordenadas. Uma tinha uma porteira de arame bloqueando a entrada. A outra estava aberta, então Myron se arriscou a pegar o acesso. Perto da casa, ele viu quatro carros – nenhum era um Acura RDX azul – e concluiu que, considerando a quantidade de gente e de carros que não eram Acura, aquela provavelmente não era a casa certa. Ele deu mais uma olhada de longe na propriedade cercada por arame. Havia uma câmera instalada em uma árvore.

Humm.

Ele mandou uma mensagem para Esperanza com o endereço. Ela respondeu com outra.

Retorno daqui a uma hora.

Como não tinha por que ficar esperando ali, chamando atenção, Myron voltou para o centro do "vilarejo" a fim de comer alguma coisa. Escolheu o Larry's Chinese Restaurant and Bar porque tinha mais de quatrocentas avaliações no Google e 4,5 estrelas.

Myron se sentou no bar. O Larry's o fez se lembrar do Shanty Lounge de Havre, Montana. Não tinha a mesma decoração, com exceção dos letreiros neon de marca de cerveja, mas todas as tavernas típicas dos Estados Unidos têm a mesma vibe. É um aconchego para a freguesia habitual e uma tentativa de aconchego para os forasteiros, mas mesmo assim ele se sentia um turista, e tudo bem. O cardápio, como ele desconfiava, era de comida chinesa, mas tinha também opções mais clássicas de pub irlandês, como asinha de frango apimentada e hambúrguer.

Comida chinesa em um pub irlandês. Quem disse que Myron não gostava de se arriscar?

Um homem corpulento atrás do balcão se apresentou como "Rick Legrand, recepcionista e barman". Nome completo. Curioso. Myron perguntou o que Rick recomendava. Rick Grandão sugeriu um prato chinês chamado Charlie's Angels. Myron perguntou o que vinha nele. Rick Legrand fez uma careta e disse:

– Você quer uma recomendação ou quer que eu leia o cardápio inteiro?

Myron achou que ele tinha razão. Pediu então o Charlie's Angels e o chope que estivesse mais gelado. Rick respondeu com um tom cansado que todas as opções de chope eram geladas.

– Acha que a gente vai servir chope quente?

Rick então balançou a cabeça e perguntou se era a primeira vez que Myron entrava em um bar.

Todo mundo quer ser engraçadinho.

Myron girou no banquinho para conferir a clientela. Vai que ele dava sorte de novo? Talvez Grace Conte estivesse logo ali. Ele passou os olhos pelo espaço. Ouviu o chiado de uma wok. O lugar fedia a glutamato monossódico. Myron praticamente podia sentir as artérias se enrijecerem. Ele conferiu o rosto de todo mundo.

Não, sem sorte.

No entanto, quando a porta do bar se abriu de novo, deixando entrar a luz do sol e um breve vislumbre do lado de fora, ele deu uma sorte talvez ainda maior.

Ele viu um Acura RDX azul.

– Rick Legrand? – chamou Myron.

Rick se virou para ele.

– Diga lá.

– Cancele meu pedido – disse Myron.

– Já está quase pronto.

Myron botou duas notas de 20 na mesa.

– Pode dar para alguém digno.

Rick deu de ombros.

– Está quase na hora da minha folga.

– Então eu o considero digno, meu chapa.

Myron foi às pressas para a porta e a abriu, sendo ofuscado pela luz do sol. O Acura RDX azul estava estacionado do outro lado da rua, na frente de um lugar chamado Blush Boutique, o tipo de loja que a mãe de Myron teria descrito como "bonitinha".

E agora?

Myron voltou às pressas para seu carro alugado. A viagem de Manhattan até ali tinha levado pouco menos de duas horas. Win tomara providências para que Myron estivesse preparado. Ou seja, uma bolsa de Kevlar com segredo que continha uma pistola (ao longo dos anos, armas tinham sido mais convenientes do que Myron gostava de admitir), abraçadeiras de plástico (inconvenientes) e um rastreador de GPS magnético (mais ou menos conveniente). Myron achava que, se conseguisse implantar um rastreador de GPS no Acura RDX azul de Grace, poderia segui-lo a uma distância segura.

Ele se sentou no banco da frente e pegou a bolsa de Kevlar. Tinha começado a rodar os números do segredo quando uma mulher saiu da Blush Boutique. Myron parou. Em todas as fotos que Myron já havia visto de Grace Konners, ela tinha cabelo louro-claro comprido. Aquela mulher tinha o cabelo castanho-avermelhado cortado curto. Em todas as fotos, Grace Konners aparecera com roupas brancas curtas, bem justas e meio transparentes. Aquela mulher estava com uma calça jeans de cintura alta e uma blusa de moletom verde folgada com a estampa de um camelo de desenho animado.

Mais uma vez, como no caso de Bo, ninguém conseguiria reconhecê-la a não ser que a pessoa estivesse prestando muita atenção, mas Myron não teve dúvidas. Aquela era Grace Konners, agora Grace Conte ou sei lá o quê.

A mãe de Bo/Brian e Spark.

Grace deu passos determinados na direção do Acura. Myron não teria muita chance de bloquear o caminho antes que ela arrancasse. E era mesmo o que ele queria?

Concluiu que seria melhor segui-la.

Ela ligou o motor e saiu para a rua principal antes de virar à esquerda na Rota 302. Myron foi atrás em seu carro. Se as coordenadas que eles tinham conseguido com o celular de Spark Konners estavam certas, o trajeto seria curto. Três minutos depois, o Acura RDX azul, como esperado, entrou na estrada de acesso com o portão de arame. O portão deslizou para se abrir. Grace Conte entrou com o carro. O portão começou a voltar para o lugar. Myron tentou entrar atrás dela, mas a abertura já estava estreita demais para o carro passar. Myron parou o carro, desligou o motor, saiu correndo e se esgueirou pelo portão antes que ele terminasse de fechar.

E agora?

Não tinha mais motivo para se esconder. Ela iria vê-lo. Ele começou a andar pelo acesso de veículos. Decidiu não levar a pistola. Win teria descido a lenha nele por causa disso. Win sempre andava armado. Sempre. Com mais de uma arma, normalmente. Ele tinha falado várias vezes para Myron fazer o mesmo por causa de situações como aquela. Mas Myron não gostava de andar armado. Armas eram volumosas. Eram pesadas. Ficavam roçando na pele.

Agora não tinha mais jeito.

Ele avançou pelo caminho de terra. Não fazia a menor ideia da distância até a casa. Outra burrice. Poderia ter conferido no Google Maps. Enquanto andava, pôs as mãos em volta da boca e começou a gritar.

– Oi? Grace? Sra. Conte? Eu só quero conversar, tudo bem?

Quando contornou uma curva depois de uns 100 metros no caminho de acesso, Myron viu a casa. Ele tinha esperado algo rústico e decadente com certo charme, mas as reformas naquele chalé tinham sido impressionantes. A casa era impecável, branca, com janelões enormes. Tinha um ar meio excêntrico. A estrada de terra havia acabado, dando lugar a um acesso de veículos calçado de forma meticulosa. O quintal tinha um paisagismo assimétrico, como se o mato alto e os arbustos fossem ao mesmo tempo naturais e espontâneos e perfeitamente planejados. Uma residência acolhedora. Era fácil se imaginar morando ali. Relaxando. Espairecendo. Apreciando uma xícara de café na varanda da frente e vendo o sol nascer de manhã. Esse tipo de coisa.

– Você está invadindo uma propriedade particular.

Ela estava parada ao lado do Acura com a porta do carro ainda aberta, como se estivesse se preparando para fugir rapidamente. Ergueu o celular.

– Vou chamar a polícia.

– Não vim machucar você, Grace.

– Eu te conheço?

– Meu nome é Myron Bolitar. Eu era... sou... o agente de Greg.

– Não sei do que você está falando.

Myron deu um suspiro relativamente dramático.

– A gente precisa mesmo fazer esse teatrinho? Pode ligar. Chame a polícia. Deixe todo mundo saber que você está aqui, incluindo Joey Dedinho.

Ela não se mexeu.

– Não quero criar confusão para você nem para sua família. E, por família, eu me refiro a seu filho Brian, também conhecido como Bo ou como barman Stevie em Montana.

Grace engoliu em seco e finalmente baixou o celular.

– Como me encontrou?

– Não importa. Ninguém mais sabe onde você está. Ainda.

– E o que você quer?

– Preciso falar com Greg.

– Greg morreu.

– Só que não – disse Myron.

– O quê?

– Ele não morreu. – Myron começou a andar na direção da casa. – Ele está aqui?

– Não, é claro que não. Ele morreu. Você é amigo dele. Sabe disso.

Ah, então agora ela sabe quem é Myron.

– Esta casa é grande demais para uma pessoa só – comentou Myron.

– Greg comprou para mim antes de morrer.

– Quando?

– Não é da sua...

– Eu posso conseguir as declarações de imposto de renda.

– Eu tenho outro namorado agora.

– Aham. E como foi que Greg morreu?

– Ele tinha câncer.

– De quê?

Uma ligeiríssima hesitação.

– Renal.

– Dureza – disse Myron. – Então ele foi internado? Recebeu cuidados paliativos? Onde ele morreu, exatamente?

– Eu não tenho que responder às suas perguntas.

– Eu falei com a médica dele. Uma amiga em comum nossa chamada Ellen Nakhnikian. Ela disse que Greg era saudável.

– Os médicos não podem falar nada. Sigilo entre paciente...

– Bom, talvez. Mas Greg morreu, então a Dra. Nakhnikian não viu problema em falar comigo.

Ela empinou o queixo.

– Greg tinha outro médico.

– Tinha, é?

– Ele não queria que ninguém soubesse.

– Que nobre da parte dele – comentou Myron. – Não foi isso que aconteceu. A Dra. Nakhnikian viu Greg dois meses antes de vocês sumirem. Falou que estava tudo em ordem. – Myron trocou de abordagem, na esperança de que a mudança súbita a desarmasse. – Você sabe quem é Cecelia Callister?

– Não. – Depois de um tempo, Grace disse: – Espere, esse nome é familiar.

– Era uma modelo famosa. Foi morta recentemente junto com o filho, Clay.

– Ah, é. Eu vi essa notícia. O que isso tem a ver com...?

– A polícia acha que foi Greg. É por isso que estou aqui. Querem interrogá-lo.

– Isso não faz o menor sentido. Greg morreu.

– É, Grace, essa não vai colar. Vou continuar investigando. E pior: a polícia vai continuar investigando. Ora, Joey Dedinho vai continuar investigando. Eu cheguei primeiro aqui, mas os outros também vão encontrá-la. É só uma questão de tempo.

– Já falei...

Então, por trás de Myron, surgiu outra voz, uma voz masculina familiar.

– Deixe pra lá, querida. Que saco, Bolitar, você sempre foi um filho da puta teimoso que não sabe a hora de desistir.

Myron se virou. A cara de garotão agora estava coberta por uma barba fechada. O cabelo liso tinha passado por uma permanente para ficar encaracolado. Mas não havia a menor dúvida.

Era Greg Downing.

capítulo quinze

– Veja só, eu não menti para você. Eu pretendia me mandar, exatamente como falei.

Greg e Myron estavam sentados a uma mesa de freixo na cozinha. A cozinha era branca, exceto pelas vigas de madeira crua no teto. A geladeira e o congelador tinham porta de vidro. Grace estava operando uma máquina de café expresso reluzente.

– Eu tinha que largar a carreira de técnico. Foi como falei. O jogo... Poxa, você sabe melhor que ninguém, Myron. Aquilo consome a gente. Suga tudo que a gente tem. Eu tinha passado a vida inteira nisso. Aquela chama não ardia mais.

Grace pôs a xícara de café na frente de Myron. Myron agradeceu com um sorriso.

– Nossa, me desculpe – disse Greg.

– Hã?

– Esse papo todo de estar cansado do jogo... – continuou ele. – Deve ter parecido insensível da minha parte. Eu sei a sorte que tive. Foi uma carreira longa. E... e eu tirei isso de você. Sinto muito, cara. Você sabe.

Myron não sabia bem como responder, então optou por dizer:

– Não tem motivo para revirar o passado agora.

– É, acho que não tem mesmo. Como foi que você encontrou a gente, aliás? Ou é segredo de Estado?

A cozinha se encheu com o aroma dos grãos de café gourmet.

Myron ignorou a pergunta.

– Você não está com câncer, está? – indagou ele.

– Não, estou bem.

– Então, o que houve, Greg?

– Um monte de coisa.

– Tipo?

– Tipo largar o basquete. Tipo querer começar do zero.

– Isso eu entendi.

– Tipo conhecer Grace. – Greg olhou para ela e sorriu. Ela pôs a mão em seu ombro e sorriu também. Ainda olhando para ela, Greg continuou: – É cafona demais falar que ela é minha alma gêmea? Não importa. Ela é.

– Você é minha alma gêmea também – declarou ela.

– Ela mudou minha vida como um todo.

Eles mantiveram aquele olhar apaixonado por tanto tempo que Myron quase falou para eles irem para o quarto, mas seria um comentário previsível demais.

– Então esse foi o principal motivo para eu querer recomeçar do zero – explicou Greg. – Eu me apaixonei.

– Muita gente se apaixona – rebateu Myron.

– É, eu sei, e eu poderia falar "Não como a gente", mas todo mundo fala isso também. – Ele se ajeitou na cadeira. – Veja, é bem simples. Grace e eu nos conhecemos numa época em que nós dois precisávamos de uma mudança. A gente se apaixonou pra valer. Eu já estava de saco cheio do basquete. Estava exausto. Então decidimos escapar e passar um tempo viajando pelo mundo. Pretendíamos fazer isso por um ano, talvez dois, e depois ver no que ia dar.

– Antes vocês foram para Las Vegas – observou Myron.

– É. Era lá que o filho de Grace morava.

– Brian.

– Ele gosta se ser chamado de Bo – informou Greg. – Enfim, Bo estava numa situação problemática.

– Que tipo de situação? – perguntou Myron.

– Você e eu, Myron, a gente cresceu em outros tempos.

Myron esperou.

– Ele estava sofrendo abuso do namorado – relatou Grace.

– Jordan Kravat.

– É.

– Quando você fala de abuso...

– Físico, emocional, de tudo que é tipo – completou ela.

– O namorado devia dinheiro para um pessoal barra-pesada – explicou Greg. – Então, para pagar, ele estava obrigando Bo a fazer programa.

– Foi horrível – disse Grace.

– Enfim, Grace e eu queríamos ajudar. Então fomos até Las Vegas. Achei que talvez eu pudesse quitar a dívida do garoto, e aí Jordan deixaria Bo em paz. Nosso plano era esse. Garantir a segurança de Bo. E depois, pronto: a gente ia se mandar para algum lugar desconhecido.

– Como era nossa intenção desde o início – acrescentou Grace.

Ela se sentou na cadeira ao lado de Greg. Ele pegou na mão dela.

– O que aconteceu então? – quis saber Myron.

– Esse tal de Jordan. Tentei botar juízo na cabeça dele. Só que ele não queria escutar.

– Ele estava na mão da máfia – declarou Grace. – Ele e a mãe. – O rosto dela começou a ficar vermelho. – A mãe é que era a bandida de verdade.

– É, foi aí que a coisa degringolou de vez – contou Greg. – A mãe de Jordan. Esqueci o nome dela.

– Donna – disse Myron.

Os dois olharam para ele. Depois, olharam um para o outro.

– Você a conhece? – perguntou Grace.

– A gente se cruzou. Quando eu estava procurando Bo.

– Ela é dona de uma boate ligada à máfia, sabe?

– Era – corrigiu Myron, dando ênfase ao pretérito. – É, eu sei.

– Ela se juntou a um mafioso terrível.

– Joey Dedinho – completou Myron.

– Nossa – disse Greg. – Você andou ocupado.

O olhar deles se cruzou, e por um brevíssimo instante os dois estavam de volta à quadra, Greg quicando a bola, Myron em posição defensiva, tentando obrigá-lo a ir para a direita. Era o ponto fraco de Greg. Ele era um jogador excelente e, apesar de ser destro, preferia penetrar no meio com a canhota. A lembrança foi só um instante, mais nada, mas estava lá, e Myron percebeu que os dois a experimentaram de alguma forma.

Myron se inclinou para a frente, com a atenção voltada para Greg.

– Por que você não conversou comigo?

Greg ficou calado.

– Você me conhece. Conhece Win. Sabe do que a gente é capaz.

Greg assentiu.

– Pensei nisso. – Dando uma olhada de relance para o lado, ele disse: – *A gente* pensou nisso. Mas, no fim das contas, Grace achou que não seria a opção certa.

– Violência nunca é a solução – argumentou Grace.

Myron não falou nada. Greg não falou nada.

Grace balançou a cabeça.

– Homens.

– Não, não, você tem razão – concordou Myron. – Então, o que resolveram fazer?

– Grace convenceu o filho a fazer uma delação premiada e colaborar com a justiça. Usar uma escuta. Essas coisas.

109

Faz sentido, pensou Myron.

– E aí?

– Joey Dedinho ficou sabendo de algum jeito. Ele invadiu a casa à noite. Matou Jordan.

– Por quê? – perguntou Myron.

– Como assim?

– Você me contou que Jordan estava mancomunado com ele. Bo é que era a ameaça. Então por que matar Jordan?

– A gente também estranhou – disse Grace.

– Quer saber a nossa teoria? – indagou Greg.

Myron assentiu.

– Foi por acidente.

– Por acidente?

– Turant pretendia matar Bo. Bo e Jordan moravam juntos. Estava escuro.

– Bo estava em casa na hora – acrescentou Grace. – Ele ouviu um tumulto e fugiu.

– O resto você sabe. Joey Dedinho foi preso. Bo depôs contra ele. De repente, todo mundo teve que fugir da máfia. Grace e eu arranjamos uma identidade nova para Bo, e depois... – Greg se virou e olhou para Grace. – Acabamos seguindo nosso plano original.

Myron assentiu lentamente.

– E você forjou a própria morte.

Silêncio.

– Por quê?

– Isso não é muito da sua conta, Myron. – Greg se remexeu na cadeira, inquieto de repente. – Por que é que você está aqui, afinal? Por que não podia simplesmente deixar a gente em paz?

– Porque agentes federais vieram falar comigo atrás de você. Você conhece Cecelia Callister?

– Ela foi assassinada, né?

– Você a conheceu?

– Superficialmente, há muito tempo. Ela era amiga de Emily. A gente saiu algumas vezes em casais.

– Alguma coisa além disso?

– Tipo?

– Tipo, você transou com ela? Tipo, quando foi a última vez que a viu?

– Não encostei nela, e faz anos que não a vejo.

– Encontraram seu DNA na cena do crime.

Greg ficou chocado.

– Está falando sério?

– Não, é uma piada. Eu rastreei seu paradeiro e fiz isso tudo porque pensei que seria engraçado.

– Não entendo – disse Greg. – Como meu DNA foi parar no lugar onde ela foi morta?

– Me diga você.

– Deve ser engano.

– Estava embaixo das unhas da vítima.

– Meu DNA? Que mentira. Uma mentira das brabas. Estão mentindo para você.

– Quem? A polícia? Espere, por que a polícia mentiria?

Silêncio.

– E por que você forjou sua morte? Simplesmente deixou todo mundo que se importava com você acreditar que tinha morrido.

Greg deu uma risadinha.

– Quem se importa comigo?

– Oi?

– Quem se importa comigo? Qual é. Você deve ter ficado triste por um ou dois dias, e depois seguiu sua vida. Emily? Até parece. Minha mãe morreu, meu pai está em estágio avançado de Alzheimer.

– E o Jeremy?

– Ah, agora a gente está chegando ao xis da questão. – Greg sorriu. – Quer dizer, nosso filho?

Myron não caiu na provocação. Não logo de cara, pelo menos. Ele ficou quieto. Win era bom com silêncios. Ele conseguia sustentá-los por bastante tempo. Já Myron não. Então, depois de uns minutos, ele disse:

– É, beleza, nosso filho. Como pôde não contar para ele?

E Greg então sorriu de novo.

– Quem disse que não contei?

Bem nesse momento, enquanto Myron se esforçava para assimilar o que Greg estava dizendo, eles ouviram o chiado do megafone. Myron olhou para fora da janela da cozinha. Greg e Grace também. Tinha pelo menos uma dúzia de policiais armados em posição no quintal dos fundos.

– Ah, merda – disse Greg.

111

Ali, no meio do quintal dos fundos, com um megafone na mão, estava a agente Monica Hawes do FBI, junto do agente Beluga.

Greg murmurou "Ah, merda" de novo quando o megafone soou outra vez.

– Greg Downing – disse Hawes no megafone. – Aqui é a agente especial Monica Hawes, do FBI. Você está cercado. Saia com as mãos para cima.

capítulo dezesseis

AINDA SENTADO À MESA da cozinha, Greg girou a cabeça de um lado para outro como se procurasse uma rota de fuga. Mas foi só por alguns segundos. Grace pôs a mão em seu antebraço para acalmá-lo e balançou a cabeça. Greg murchou e assentiu. Myron começou a gritar que eles iam se render de forma pacífica. Quando a polícia invadiu a casa, Myron mandou que Greg não falasse nada, nenhuma palavra, que ele iria seguir Greg e lhe garantiria o melhor apoio jurídico possível. Quando Hawes e Beluga entraram na cozinha, Greg já estava algemado, de bruços no chão.

– Vocês não vão interrogá-lo sem a presença do advogado dele – alertou Myron.

Beluga cobriu a boca com a mão para fingir um bocejo.

Três policiais fizeram Greg, ainda atordoado, se levantar. Enquanto ele era conduzido para fora da cozinha, Myron gritou lembretes para Greg não falar nada. Em choque, Greg nem sequer mexeu a cabeça. Grace começou a ir atrás dele, mas foi barrada por um policial.

Grace olhou com raiva por cima do ombro para Myron.

– Você os trouxe até a nossa casa.

Myron abriu a boca para se defender, mas Grace afastou o policial e saiu correndo para o quintal.

Beluga deu um tapinha nas costas de Myron.

– Que azar, camarada.

– Vocês estavam me seguindo? – perguntou Myron.

– Não revelamos nossos métodos – declarou Beluga, com o sorrisinho petulante congelado naquele rosto liso e pálido –, então não posso confirmar nem negar que acompanhamos suas movimentações para Nevada e Montana, até chegar aqui.

Myron reprimiu uma resposta desaforada e indagou:

– Quem autorizou a operação?

– Acho que o nome dele era... – Beluga olhou para o alto, como se estivesse em profunda reflexão, e pôs o dedo indicador no queixo para ressaltar – ... agente especial Vai Se Foder. Que diferença faz? Você estava prestes a ligar para a gente, né? Um cara como você, Bolitar, que acredita na lei e na ordem, jamais encobertaria um fugitivo procurado. Isso é crime, você sabe.

As horas e até os dias seguintes passaram de maneira nebulosa, como um borrão.

Greg teve o direito à fiança negado. O promotor começou com o argumento de que "se fosse pobre ou marginalizado, ele jamais seria liberado sob fiança", mas, ainda que talvez fosse verdade, o juiz pareceu mais persuadido pelo fato de que Greg Downing tinha passado cinco anos desaparecido e até fingira a própria morte para permanecer assim. Seria impossível argumentar de forma convincente que Greg não apresentava um risco enorme de fuga. Talvez alguém com a habilidade de Hester Crimstein, a famosa advogada litigiosa e apresentadora do programa *Crimstein contra o crime*, tivesse conseguido liberá-lo, mas Hester, que tinha cursado direito com a mãe de Myron, não quis aceitar o caso.

Hester tinha sido a primeira pessoa para quem Myron ligou.

– Ele precisa de uma boa advogada. A melhor.

– Ai, nossa, você falou que eu sou a melhor. Agora virei um fantoche manipulável que vai fazer todas as suas vontades graças à sua bajulação encantadora, benzinho.

– Então você aceita?

– Não, sinto muito, esse caso não é para mim.

– Vai ser uma história e tanto. Imprensa mundial.

– E você acha o quê? Que eu sou uma cadelinha da mídia que adora receber atenção?

Cri. Cri. Cri.

– É, tudo bem, eu sou. Mas desta vez não.

– Por que não?

– Estou de férias aqui em Miami. Sua mãe contou que vamos almoçar juntas na quinta?

– Você pode vir para a audiência preliminar e voltar em seguida. Win mandaria o jatinho dele.

– Não vai rolar. Estou velha demais para isso. – Hester então hesitou, algo que ela quase nunca fazia, e acrescentou: – E eu não quero.

– Por quê?

– Eu não gosto dele, tá? Pronto, falei.

– Você nem o conhece.

– Mas sei o que ele fez com você.

– Isso foi há um milhão de anos – dissera Myron. – Eu fiz coisa pior.

– Não fez, não.

– Eu o perdoei.

– Eu não – declarara Hester. – Você é um dos meus, ele não. E posso dar um conselho?

– Acho que já sei qual é.

– Vou falar mesmo assim. Sua relação com esse cara é o que os jovens de hoje chamam de tóxica. Agora, vamos esquecer essa história toda, porque tenho uma pergunta para você.

– O que é?

– Diga a verdade – insistira Hester. – Como é que sua mãe está?

Myron engoliu em seco. Ele abriu a boca, fechou, tentou de novo.

– Não sei.

Hester ouviu o tom embargado da voz dele.

– Tudo bem – dissera ela, com ternura.

– Eles não me contam tudo.

– Não querem que você se preocupe.

– Eu preferiria me preocupar.

– Mas eles não querem isso. Nem sua mãe nem seu pai. É direito dos pais. Você precisa respeitar isso. Sabe que sua mãe é como uma irmã para mim.

– Eu sei.

– E você é como um sobrinho. Mas quanto a esse assunto de Greg Downing... essa briga não é nossa. Eu ligo para você depois que me encontrar com eles.

No final das contas, não fez diferença a recusa de Hester de assumir o caso. Quando Myron tentou entrar em contato, Greg se negou a falar com ele. Não quis recebê-lo. A atenção da mídia em torno do caso, como esperado, foi avassaladora. Não só um ex-astro do basquete tinha forjado a própria morte, como agora ele estava sendo acusado de matar uma supermodelo que já havia sido capa da *Vogue* e da *Cosmo*. Isso rendeu manchetes sensacionalistas e posts maldosos nas redes sociais. A história viralizou em tudo que é canto. Ninguém sabia nenhum detalhe, mas isso não impedia as pessoas na internet de expressarem opiniões formadas sobre culpabilidade ou inocência.

Myron estava hospedado no apartamento de Win em Central Park West. Quando ele chegou, já era quase meia-noite. Win o esperava na sala de estar.

– Conhaque? – perguntou Win.

– Por que não?

– Porque, em primeiro lugar, você nunca bebe conhaque.

– É o meu novo eu – disse Myron. Em seguida, pensando na última conversa com os pais: – Tem maconha comestível?

– Isso é uma piada?

– Meus pais falaram maravilhas.

– Seus pais raramente se enganam – afirmou Win. – Posso arranjar para a gente.

– Não, conhaque já está bom.

– Meu garoto.

O rosto de Win já estava vermelho por causa da bebida. Myron tinha reparado que Win estava bebendo mais do que antes – ou talvez isso só estivesse mais visível no rosto dele agora. Os dois seguraram suas taças e se sentaram em poltronas de couro cor de vinho. Um tapete de lã da caxemira cobria o chão entre eles. O tapete era de um tom vermelho-escuro, com estrelas douradas e flores de lótus azul-celeste.

– Falei com PT – disse Win.

Muitos anos antes, quando Win e Myron tinham feito "favores" para o FBI, o contato deles era PT. O público não o conhecia, mas todos os presidentes e diretores do FBI desde Ronald Reagan o consideravam um amigo íntimo.

– O que PT disse?

– Foi Greg. As provas de DNA são incontestáveis.

– Um pouco incontestáveis demais, talvez.

Win deu de ombros.

– Às vezes a resposta certa é a mais simples.

– E às vezes não. O que mais PT disse?

– Ele não sabia que os agentes estavam seguindo você.

– Ele teria me avisado se soubesse?

– Não vejo por quê. Você estava fazendo o trabalho pesado por eles. – Win pousou a taça e juntou a ponta dos dedos. – Tem outra complicação.

– É?

– PT insiste que deve continuar confidencial.

– Tudo bem. – Myron tomou um gole do conhaque. Ele não queria saber quanto cada gole custava. – E qual é a complicação?

– O assassinato de Jordan Kravat.

– O que é que tem?

– É por isso que o FBI está envolvido.

Myron assentiu. Ele já havia ligado os pontos.

– Dois assassinatos, dois estados diferentes.

– Daí o envolvimento do FBI – acrescentou Win. – Correto.

– Deixe-me adivinhar. – Myron tomou mais um gole e percebeu que já estava se sentindo meio alto. O conhaque de Win batia rápido. Talvez os ricos deem seu jeito até para acelerar os efeitos do álcool. – Embora Joey Dedinho tenha sido condenado pelo assassinato de Jordan Kravat, eles não têm certeza absoluta se foi ele.

– Você devia beber conhaque com mais frequência – sugeriu Win. – Esclareça seu raciocínio.

– O que é que eles acham? Que Greg matou os dois?

– Algo nessa linha.

– Eles têm alguma motivação?

– Nem uma sequer.

– Alguma ligação entre as vítimas?

– Nem uma sequer – repetiu Win.

– A não ser Greg.

– A não ser Greg, é.

– E eles querem que essa... hã... foi "complicação" a palavra que você usou?

– Foi.

– Eles querem que essa complicação continue confidencial porque, se começar a circular que a condenação de Joey não foi totalmente justa...

– Seria *très* constrangedor – concluiu Win.

Eles ficaram calados por um instante.

– Então o que a gente faz agora? – perguntou Myron.

– Nada – respondeu Win. – Greg não quer mais que a gente se envolva.

– Ele nunca quis que a gente se envolvesse.

– Verdade. Ainda assim, a gente fez o que dava para fazer.

– O que dava para fazer – repetiu Myron – foi botar nosso cliente na cadeia.

Win abriu os braços.

– Foi gentileza minha falar "a gente".

Ou seja, a responsabilidade, realmente, era de Myron.

– Por que Greg mataria Cecelia Callister, Win?

– Não faço ideia. Mas não é problema nosso. Você ofereceu ajuda. Ele recusou. Em suma, acabou para nós. Fim da linha.

Win tinha razão. Myron fez menção de tomar mais um gole, mas a taça estava vazia. Ele pegou o decanter de cristal e serviu mais. Deixou seus pensamentos aflorarem, mas estava sentindo o torpor da exaustão e da bebida começar a afetá-lo. Myron raramente bebia porque, apesar do porte físico, ele sempre tinha sido fraco para bebida. Com duas doses ele já era.

Ele olhou para Win. Os olhos de Win estavam fechados, e ele roncava baixinho. Isso não costumava acontecer. Os dois ficavam a noite toda conversando ou, se estivessem cansados, apenas apreciando o silêncio confortável. Ultimamente, um deles pegava no sono com cada vez mais frequência. Myron não gostava disso.

Ele sentiu o celular vibrar. Já passava bastante da meia-noite. Conferiu a tela e viu a mensagem de texto de Emily Downing.

A mensagem de Emily tinha uma palavra só: Acordado?

Ele deu um suspiro e digitou a resposta: Sim.

Apareceram os três pontinhos em movimento que indicavam que Emily estava digitando. E depois:

Estou nos Hamptons. Seria bom você vir.

Myron franziu a testa e escreveu: Por quê?

Jeremy vai chegar daqui a pouco. Ele quer falar com você.

capítulo dezessete

A PRIMEIRA COISA QUE EMILY disse quando abriu a porta foi:

– Eu sabia que Greg não era gay.

Ela vestia uma camisola muito branca na casa de veraneio muito branca dos elegantes (muito brancos?) Hamptons. Ela e Greg haviam comprado aquela casa na praia por 18 milhões de dólares. Myron sabia disso porque Win ajudara no financiamento.

– Cadê o Jeremy? – perguntou Myron.

– Cadê seu carro?

– Vim de aplicativo. Cadê o Jeremy?

– O avião dele aterrissou há meia hora. Ele deve estar chegando.

– De onde ele veio?

– Ele só me disse que era de algum lugar no exterior. Você sabe como são as regras dos militares. – Ela recuou para que Myron pudesse entrar na casa. – E aí, o que aconteceu?

– Eu procurei Greg.

– É, imaginei.

– O FBI estava me monitorando. Quando eu o achei, eles também acharam.

– E ele estava com uma mulher, né?

– É.

– Então meu marido fugiu com outra mulher.

Myron olhou para ela.

– Achei que o casamento de vocês fosse só fachada.

– Era, mas eu ainda era... sou?... a esposa dele. Por que não me contar que conheceu alguém? Eu não teria me incomodado. Por que sumir daquele jeito?

– Não sei. Ele falou algo no sentido de fugir, de escapar.

– Você acha que ele matou Cecelia?

Myron ignorou a pergunta.

– Preciso que você pense, Emily.

– Sobre?

– Qual é a verdadeira ligação entre Greg e Cecelia Callister?

– Você me perguntou isso ao telefone. Fiquei quebrando a cabeça.

– E?

– Não acho que ele estava dormindo com ela.

– Certo.

– Mas talvez estivesse.

– Ajudou muito – disse Myron.

– Ah, o que você quer de mim? Eu não sei.

– Se for fazer alguma diferença, Greg disse que não dormiu.

– É, o que mais ele diria? Mas... – Emily hesitou. – Provavelmente não tem nada a ver.

– Mas?

– Sabe esse lance de todo mundo ficar falando que a supermodelo Cecelia foi assassinada?

– Sei.

– Eu estava pensando... E o filho dela? Clay. Clay também foi morto.

– Em tese, ele estava tentando defendê-la.

– É, eu sei. E é por isso que acho que não é nada de mais.

– Mas?

– Mas eu estava aqui tentando conectar todos os pontos – disse Emily. Então, pensando melhor, ela continuou: – Ou melhor, não conectar. Não tem conexão. São só pontos.

– Mas? – repetiu Myron.

– Cecelia foi casada com Ben Staples. Greg e eu saímos com eles algumas vezes. Já contei isso para você.

– É. E você disse que Greg gostava dele.

– É. Olha, você está pedindo alguma coisa, né? Qualquer coisa?

– Pode falar.

– Cecelia e eu almoçamos no Palm Court. Foi há, sei lá, 25 anos? Ela me falou que tinha sido estuprada. Não foi essa a palavra que ela usou. Tipo, a vida de supermodelos naquela época... As merdas que os homens faziam... As merdas que ela aguentou...

– Quem a estuprou?

– Ela não quis dizer.

– Você perguntou?

– É claro que perguntei – retrucou Emily. – Mas o mundo era diferente naquela época. Cecelia estava tentando se tornar atriz. Um produtor a convidou para o quarto de hotel dele. A gente sabe agora tudo que acontecia, mas, naquela época, não existia nada parecido com o movimento Me Too ainda. Cecelia até tentou rir da situação. Como se não fosse nada importante. Lembro que peguei na mão dela, falei que a gente devia conversar com alguém. Pedir ajuda. Ela dispensou. Forçou um sorriso naquele rosto lindo e insistiu que estava bem. Mas não estava. Ela se afastou. Tentei ligar algumas vezes, mas ela parou de falar comigo. Quando fui saber dela, ela estava grávida e se divorciando de Ben.

– Então você acha...?

– Não acho nada – corrigiu Emily. – Mas você me pediu para pensar, então comecei a recordar o passado. Eu devia ter feito mais por ela. Por que ela se abriu comigo, Myron? A gente não era tão chegada assim. Deve ter sido porque ela queria ajuda, né? Eu devia tê-la obrigado a ir à polícia, mas a verdade é que ninguém teria dado a mínima. Ela teria sido destruída. Foi isso que eu pensei na época, também: se ela levar adiante... quer dizer, iriam alegar que, como ela foi por vontade própria para o quarto de um homem, esperava o quê?

Emily abraçou a si mesma, ali parada com aquela camisola muito branca, olhando para Myron com algo nos olhos que ele não conseguia decifrar. Myron não sabia bem como agir, então optou pela pergunta direta mais óbvia.

– Você contou para Greg?

– Sobre o estupro de Cecelia?

– É.

– Não, nem uma palavra. Ela me revelou um segredo. Mas, quando Cecelia e Ben se divorciaram... como eu disse, Greg gostava de Ben. É aquela coisa... a gente ficou com ele depois do divórcio, em vez de com ela. Ben não conseguia acreditar que ela faria algo assim com ele... pedir o divórcio mesmo grávida do filho dele.

Myron não falou nada.

– Enfim, Greg ficou puto com isso.

– Mas não tão puto a ponto de guardar rancor por mais de duas décadas e depois a matar?

– Ah, não. Como eu disse, são pontos. Não tem nada que os conecte.

Myron assentiu.

– Valeu. Obrigado por me contar.

– Não foi nada.

– Alguma ideia de onde Ben Staples mora hoje?

– Acho que ele está na cidade.

Os dois viram os faróis quando um carro parou na entrada da garagem. Eles foram juntos até a porta da rua. Emily a abriu e saiu para o quintal.

Myron a seguiu. Eles estavam lado a lado quando a porta de trás do carro se abriu e o filho deles saiu. Jeremy estava de terno azul. O motorista abriu o porta-malas. Jeremy contornou o carro para pegar a mala de lona. Enquanto isso, Emily, de olho no filho, seu único filho, tocou na mão de Myron. Myron olhou para ela. Havia lágrimas em seus olhos. Havia lágrimas nos dele também. Ele sabia o que ela estava pensando, porque estava pensando a mesma coisa. Eles tinham feito besteira. Tinham cometido erros terríveis na vida. Mas, se não tivessem errado, se tivessem agido corretamente naquela época, aquele menino... aquele menino espetacular não estaria ali.

Jeremy agradeceu ao motorista e começou a andar pelo caminho calçado. Quando viu os pais biológicos lado a lado no quintal da casa, ele parou. Primeiro, olhou para Myron. Depois, para Emily.

– Ooooopa – disse Jeremy, esticando a palavra. – Isso é esquisito.

O rosto de Jeremy então se abriu em um sorriso, um sorriso enorme, um sorriso que ecoava a melhor parte de ambos os pais.

– Não se preocupem. É um esquisito bom.

Myron e Emily se sentaram cada um em uma ponta do sofá e esperaram em silêncio enquanto Jeremy tomava uma ducha rápida. Quando ficou pronto, ele desceu rápido a escada. Myron o observou. Ele vestia calça jeans e camiseta. O cabelo estava cortado curto em estilo militar e ressaltava um pouco as orelhas. As orelhas de Myron também eram um pouco salientes. Quando chegou ao último degrau, Jeremy olhou direto para a mãe.

– Mãe, tudo bem se eu e Myron conversarmos a sós um instante?

– Ah – disse Emily. – É claro.

– Vai ser rapidinho.

– Tudo bem, sem pressa. Fiquem à vontade.

Emily se levantou do sofá. Ela deu um beijo no rosto do filho ao passar por ele. Jeremy respondeu com um abraço.

– Eu te amo – disse ela para ele.

– Também te amo, mãe.

– Estou feliz por você estar em casa.

– Eu também.

Ela subiu a escada. Jeremy ficou olhando até ouvir a porta do quarto dela se fechar. Em seguida, ele se virou para Myron com os olhos cor de mel de Al Bolitar, o avô paterno dele. Myron tentou interromper essa busca constante de ecos genéticos. Fazia três anos que não via o filho biológico. As regras da relação tinham sido estabelecidas quando Jeremy descobriu a verdade na tenra idade de 13 anos:

– *Você não é meu pai. Poderia ter sido, mas na prática não é. Dá para entender?*

Myron conseguiu aquiescer.

– *Mas... Mas talvez você possa fazer parte.*

– *Parte?*

– *É.* – *Aquele sorriso conquistador.* – *Participar. Sabe?*

Aos 13 anos. Já com uma sabedoria dessas.

De volta ao momento presente, Jeremy disse:

– Myron?

– Quê?

– Você está fazendo aquilo de novo.

– Hã?

– Olhando para mim com cara de bobo.

– Ah, é. Me desculpe.

– Eu entendo. Não dá para resistir. É bonitinho, até. Só que a gente precisa falar rápido.

Ele se sentou diante de Myron e inclinou o corpo para a frente, com os cotovelos nas coxas, igualzinho a...

– Você está com uma cara boa – disse Myron, enfim.

– Você também. Como está Terese?

– Está bem. Ocupada.

Jeremy assentiu. Depois, como sempre, ele tomou a iniciativa.

– Pode me contar tudo.

Myron contou. Jeremy tinha sido uma criança de saúde frágil. Havia sido diagnosticado com anemia de Fanconi e precisado de um transplante de medula óssea. Por isso Emily acabara sendo obrigada a confessar a paternidade de Jeremy – ela estava procurando um doador. Durante os primeiros 13 anos da vida do menino, Emily tinha guardado segredo, não contara para Myron que ele tinha um filho nem para Greg que o menino que ele estava criando não era biologicamente seu. Isso era mais uma mentira que um segredo, mas o grande choque foi que Greg sabia a verdade.

– *Você se lembra do meu pai?* – *perguntara Greg a Myron.* – *Gritando nas laterais da quadra como um louco?*

– *Lembro.*

– *Acabei ficando igual a ele. A cara do meu velho, cuspido e escarrado.*

123

Sangue do meu sangue. E era o filho da puta mais cruel que eu já conheci. Essa história de sangue nunca significou muito para mim.

Foi um momento impactante para Myron – e talvez o começo do vínculo estranho entre os dois. O casamento de Greg degringolou; a função dele como pai de Jeremy não.

No entanto, embora a doença tenha sido superada, a anemia de Fanconi nunca vai embora de vez. A pele de Jeremy ainda tinha certa palidez. Ele precisava fazer exames regulares em busca de outros tipos de câncer, e parte da sabedoria e da perspicácia do garoto, Myron não tinha a menor dúvida, era resultado de uma vida inteira sob essa sombra da mortalidade. Até o momento, o transplante de medula óssea estava funcionando. Talvez funcionasse para sempre. Mas ninguém sabia com certeza.

Quando Myron terminou de contar tudo, Jeremy fez perguntas, aprofundando-se em alguns dos detalhes mais doidos. Quando acabou, Jeremy perguntou:

– E qual é o nosso próximo passo?

– Não tem próximo passo. Greg não quer falar comigo.

– Esqueça isso. Ele vai falar. – Ele então gritou para o andar de cima: – Mãe?

Emily apareceu no alto da escada.

– Está tudo bem?

– Myron pode dormir hoje no quarto de hóspedes?

– Pode, é claro.

– Ótimo. Eu empresto umas roupas minhas para você. A gente vai visitar meu pai amanhã de manhã.

O que Emily tinha estava mais para ala de hóspedes do que para quarto de hóspedes. Naquele momento, estava escuro demais para ver o mar pela janela, a lua era só uma fatia fina, mas Myron escutava o som das ondas na arrebentação. Ele se deitou de costas e fechou os olhos. Alguns minutos depois, houve uma batida leve à porta, e, antes que tivesse chance de falar "Pode entrar", Emily a abriu. A luz do corredor ainda estava acesa, de modo que ela formava uma silhueta perfeita na porta.

– Oi – cochichou ela.

– Oi.

– Como você está? – perguntou ela.

– Cansado.

Emily entrou no quarto e se sentou na cama.

– É solitário aqui – disse ela. – Nesta casa grande.

– Imagino que você receba muitos hóspedes.

– Ah, tenho meus amigos. E com certeza muitos encontros. Mas faz um bom tempo que não sinto uma afinidade.

Ela ainda estava com a camisola muito branca. Então olhou para ele.

– Emily – disse Myron.

– Eu sei. – Ela sorriu. – Não seria traição, sabe?

– Seria, sim.

– Seria algo só entre mim e você.

– Não sei se Terese concordaria.

– Talvez concorde. A gente tem um lance. Independente dela. Você sabe.

– Não sei, não.

– Eu magoei você.

– Há muito tempo.

– Eu te amava. Acho que nunca amei tanto alguém quanto amei você.

– A gente estava na faculdade. Faz muito tempo.

– Parece mesmo que foi há tanto tempo assim?

Myron não falou nada.

– É isso que é gozado, né? Li uma frase outro dia: "Parece que a gente não sai dos 17 anos, sempre esperando a vida começar." É verdade, né?

– Em alguns sentidos.

– A gente era só... – Emily olhou para cima, piscando para conter a umidade nos olhos. – Na época, você tinha muita certeza do que queria. Como se já tivesse resolvido tudo. Eu fui sua primeira namorada de verdade. A gente ia se casar. Ia comprar uma casa num bairro legal e ter 2,6 filhos, uma churrasqueira no quintal e uma tabela de basquete na entrada da garagem. Igual à sua família. Você tinha tudo planejado, mas, para mim, parecia...

– Claustrofóbico – completou Myron, ciente de que havia verdade nas palavras dela. – Sufocante.

– Em parte, eu acho. Mas era como se eu tivesse passado no teste para desempenhar esse papel na sua vida.

Myron balançou a cabeça.

– Você não concorda – disse ela.

– Eu te amava, Em. Talvez eu fosse jovem. Talvez fosse romanticamente imaturo. Mas eu te amava.

Ela engoliu em seco e olhou para o vazio.

– Você se lembra da última vez que a gente transou?

Na véspera do casamento dela. Na noite em que eles conceberam Jeremy.

– Difícil esquecer.

– Aquela vez mudou tudo, né? Você sente vergonha?

– Eu sinto muitas coisas.

– Muitas vezes eu me pergunto como teria sido a minha vida se eu tivesse aceitado seu pedido de casamento. Eu teria sido dramática demais para você, mas você nunca me abandonaria. Você não é assim. Quer saber de uma coisa?

– Posso falar que não?

Ela sorriu e se deitou na cama ao lado de Myron. Estava de costas para ele, de modo que ele não conseguia ver seu rosto. Ela abraçou os joelhos.

– Se eu pudesse voltar no tempo para o momento do pedido, ainda assim eu responderia não.

Myron continuou deitado de costas, olhando para o teto. Ele sentia o calor que emanava do corpo dela.

– Porque, se eu tivesse aceitado, não teríamos transado na véspera do meu casamento. E não teríamos tido Jeremy. Ah, eu sei que a gente teria tido filhos ótimos. Seriam adultos maravilhosos agora. A gente sentiria um orgulho danado deles. Mas Jeremy não existiria. Pense nisso.

Myron fechou os olhos. Emily se virou e pôs a mão no peito dele. Myron não se mexeu. Ela se inclinou para ele e deu um beijo em sua bochecha. Depois, ela se virou e ficou de novo de costas para ele.

– Tudo bem se eu dormir aqui? Não vou...

– Tudo bem – disse Myron, com a voz rouca. – Pode ficar.

capítulo dezoito

DE MANHÃ BEM CEDO, Myron e Jeremy foram para Nova York no carro de Emily. Myron dirigiu.

– Então – começou Jeremy. – Sobre ontem à noite...

Myron apertou o volante com mais força.

– A mamãe deve ter achado que não fez barulho quando voltou da ala de hóspedes. Ela esquece que eu sou militar.

– Não aconteceu nada.

– Aham.

– Ela só dormiu.

– Se você pensa que eu fico chateado...

– O que eu penso não importa. Ela dormiu do meu lado. Só isso.

– Tudo bem.

– A gente sempre vai ter um vínculo – afirmou Myron.

– Deixe eu adivinhar: por minha causa?

– É um bom motivo para se ter um vínculo.

– O melhor. Mas ela precisa de alguém.

– Esse alguém não será eu.

– Você não conhece um amigo que seria bom para ela?

Myron pensou nisso.

– Nenhum. Conheço um monte de mulheres solteiras incríveis da idade da sua mãe. Não conheço nenhum cara solteiro da minha idade que seja digno delas.

– Triste verdade – disse Jeremy. – Então, em relação ao meu pai...

Meu pai, Myron repetiu mentalmente.

– O que tem ele?

– O horário de visitação começa às onze.

– A gente chega à cidade às nove.

– Onde é que fica seu escritório mesmo?

– Na esquina da Park com a 47th Street.

– Tem um amigo meu do Exército que trabalha no edifício MetLife, ali do lado. Tudo bem se eu der uma passada lá antes de a gente ir?

– Tranquilo.

Jeremy pegou um par de AirPods e colocou nos ouvidos.

127

– Ainda estou me acostumando à mudança de fuso. Você se incomoda se eu fechar os olhos?

– Não – disse Myron, com um aperto no peito. – É claro que não.

Myron parou no estacionamento subterrâneo do prédio de Win. Quando eles saíram para a Park Avenue, Jeremy virou à esquerda para o MetLife. Myron o viu ir embora e depois entrou no edifício Lock-Horne. Ele pegou o elevador e subiu até o último andar.

Big Cyndi o recebeu com um collant de lycra da Batgirl, feito sob medida a partir do traje original da Batgirl – a Batgirl "de verdade" – da antiga série de TV do Batman da década de 1960. Anos antes, quando Big Cyndi era lutadora profissional sob o pseudônimo Grande Chefe-mãe, ela fez amizade com a icônica atriz Yvonne Craig, que interpretou aquela Batgirl/Barbara Gordon, além da garota órion verde de *Jornada nas estrelas*. Yvonne emprestara para Big Cyndi o traje de Batgirl que ela ainda tinha para que Big Cyndi pudesse fazer a própria versão. Quando Yvonne Craig faleceu em 2015, Big Cyndi encomendou outro, totalmente preto, e o usou todo dia durante três meses em seu luto.

Como diriam os jovens, Big Cyndi sempre entrega tudo.

Ela deu uma voltinha quando Myron entrou. Ela sempre fazia isso para começar o dia.

– Gostou?

– Gostei – disse Myron para ela. – Você parece pronta para salvar Gotham.

– Sabe qual é o bordão da Batgirl?

– Não.

O tom de voz normal de Big Cyndi era um falsete agudo, mas ela falou com uma voz mais grave do que um baixo profundo da Filarmônica.

– Eu sou a Batgirl.

Ela olhou para Myron. Myron não falou nada.

– Eu pesquisei no Google – afirmou Big Cyndi. – Era esse o bordão dela.

Sem saber muito bem o que responder, Myron decidiu falar:

– É fácil de lembrar.

– Né? – Big Cyndi inclinou a cabeça e abriu um sorriso. – Enfim, tem outra frase da Batgirl que eu queria compartilhar, Sr. Bolitar.

Ela sempre o chamava de *Sr.* Bolitar, nunca de Myron, e insistia que ele a chamasse de Big Cyndi, não Cyndi ou Big.

– Uma coisa que a Batgirl disse para o Batman certa vez.

– Sou todo ouvidos – disse Myron.

– Você não detém o monopólio da vontade de ajudar.

Myron tinha cerca de 1,90 metro de altura. Big Cyndi era um pouco mais alta, e as botas de Batgirl deviam lhe dar mais 5 centímetros. Big Cyndi nunca disfarçava seu tamanho. Ela nunca atenuava a própria personalidade. Muita gente fala que não se importa com a opinião das pessoas, o que é mentira por definição – se a pessoa *fala* que não se importa com a opinião dos outros, ela *quer* convencer os outros de que é o tipo de pessoa que não se importa com a opinião dos outros e, portanto, se importa com o que os outros pensam –, mas Big Cyndi realmente não se importava. Ela era a pessoa mais autêntica que Myron conhecia.

– Tudo bem se eu lhe der um abraço? – perguntou Myron.

– Só se eu der um antes.

Big Cyndi avançou e o envolveu em seus braços fortes.

– Eu sempre preciso da sua ajuda – admitiu Myron.

– Eu sei – disse Big Cyndi. – É verdade.

Isso fez Myron rir. O celular dele vibrou, avisando que estava recebendo uma chamada de vídeo. Ele deu um passo para trás e conferiu a tela.

– Meus pais – informou Myron.

– Diga que mandei um oi.

– Pode deixar.

Myron apertou o botão de atender. Apareceu um vídeo trêmulo. Myron conseguiu distinguir uma luz do sol forte e ofuscante e, em seguida, a piscina do condomínio dos pais dele. A tela deu uma guinada, e agora Myron via o rosto da mãe. Ela estava com óculos escuros enormes que pareciam duas tampas de bueiro coladas lado a lado.

– Myron? – disse a mãe dele. – É a sua mãe.

– É, mãe, eu tenho identificador de chamada. E estou vendo você.

– Estou aqui na piscina.

– Também estou vendo isso, mãe. Você sabe que isto é uma chamada de vídeo, né?

– Não banque o engraçadinho com a sua mãe.

– Me desculpe. – Myron entrou em sua sala e fechou a porta atrás de si. – Como você está?

– Estou bem. Deixe-me ver seu rosto.

– Tudo bem.

– Nossa, não dá para enxergar quase nada nessa tela.

– Tire os óculos escuros – sugeriu Myron.

– Quê?

Ele repetiu e sugeriu que ela fosse para a sombra. Ela foi.

– Ah, melhorou – disse ela.

– Cadê o papai?

– Como assim, cadê o papai? – Agora era o pai dele que estava falando. – Estou bem aqui.

A câmera continuou na mãe, então Myron não conseguia vê-lo.

– Oi, pai.

– Então, a gente está ligando – explicou a mãe – porque seu pai fez um amigo novo.

– Ellen, pare com isso.

– O nome dele também é Allen. E se escreve do mesmo jeito que o do seu pai. Allen Castner. Eles se conheceram no bufê de café da manhã na beira da piscina, e adivinhe? Allen Castner quer ensinar Allen Bolitar a jogar *pickleball*. Dá para imaginar uma coisa dessas?

De fora do enquadramento, o pai questionou:

– Qual é o problema?

– O problema é que você vai se machucar. Está velho. E que diabo de nome de esporte é esse, *pickleball*? Quem foi que inventou isso? Myron, você sabe quem inventou esse nome?

– Não.

– *Pickleball* – repetiu a mãe. – Um marmanjo jogando um esporte com esse nome. E fique sabendo que seu pai não é nenhum grande atleta.

– Obrigado pelo apoio, Ellen.

– O que foi? Não é verdade? Você, Myron. Você herdou meus genes. Eu venho de uma longa linhagem de grandes atletas. Shira também herdou. Já seu irmão, não muito.

– Essa ligação tem algum propósito, mãe?

– Não me apresse. Já vou chegar lá. Então, como eu disse, seu pai fez um amigo.

– Allen Castner – completou Myron.

– É, Allen Castner. Eles vão jogar *pickleball* e depois, escute essa, Myron, os dois adoram um quiz, então hoje à noite eles vão disputar em dupla o torneio local de quiz do clube judeu.

– Parece divertido – comentou Myron.

– Não é, mas quem se importa? Adivinhe o nome da dupla.

– Allen e Allen?

– Quase – disse a mãe.

O pai pegou o telefone.

– Allen ao Quadrado – informou ele. – Irado, né?

– Muito – concordou Myron.

O pai fez uma careta e devolveu o telefone para a mãe – ou talvez ela tenha arrancado da mão dele. Os solavancos constantes no vídeo estavam deixando Myron tonto.

– Enfim – prosseguiu a mãe –, Allen Castner, o amigo novo do seu pai, é um grande fã de basquete. Quer saber a verdade? – Ela baixou o tom de voz até um sussurro conspiratório, que, no caso da mãe de Myron, significava que poderia ser ouvido até na cidade mais próxima. – Acho que esse outro Allen fez amizade com seu pai por sua causa. Enfim, seu pai estava todo cheio de modéstia, mas liguei porque Allen queria muito conhecer você.

– O amigo Allen – enfatizou o pai com uma risadinha. – Não o pai Allen.

– Boa, Al – disse a mãe, com uma voz carregada de sarcasmo... outra coisa que Myron tinha puxado a ela. – Enfim, aqui está ele.

Ela virou a câmera do celular, então Myron viu o pai preencher a tela junto com um sujeito careca que parecia estar na faixa dos 70 e muitos ou dos 80 e poucos anos. Os dois Allens exibiam um sorriso largo e, assim como a mãe, óculos escuros imensos. Parecia que óculos escuros grandes eram a última moda entre os aposentados da Flórida.

– Muito prazer em conhecê-lo, Myron – disse Allen Castner. – Sou um grande fã seu.

– É um prazer conhecê-lo também, Sr. Castner.

– *Sr.* Castner – repetiu ele. – O que é que eu sou? Seu pai?

Todo mundo riu dessa. Myron não entendeu. Ele nunca chamaria o próprio pai de Sr. Castner.

– Pode me chamar de Allen. Bom, Myron, não quero tomar seu tempo. Você jamais diria isso olhando para mim agora, mas eu fui um jogador importante na minha época. Até trabalhei um pouco como olheiro para o Celtics. Eu era amigo de Clip Arnstein.

Clip Arnstein foi o famoso diretor executivo de basquete que selecionou Myron na primeira rodada – um dos poucos erros graves da longa e estrelada carreira de Clip.

– Enfim – continuou Allen Castner. – Sei que faz muito tempo, mas você era um excelente jogador. Eu vi todas as suas partidas quando você estava na Duke. Sei que sua carreira foi interrompida cedo, mas desde quando o tempo é um fator decisivo para determinar o talento de uma pessoa? Era uma alegria ver você jogar. Então, obrigado por isso.

Todo mundo ficou quieto. Até os pais de Myron. Os olhos do pai começaram a ficar marejados. Havia uma música do Moody Blues tocando no alto-falante da piscina. Myron ouviu a letra: "Just what I'm going through, they can't understand." E também a gritaria animada de crianças na piscina, provavelmente os netos de alguém.

– É muita bondade sua, senhor...

– Aham.

– Allen – disse Myron, corrigindo-se. – Olha só, tenho que atender outra ligação.

– Sim, sim. Já ocupei muito do seu tempo. Mas, de verdade, foi uma honra conhecê-lo. Aqui, Ellen, pode se despedir do seu filho.

Ele devolveu o celular para a mãe. Ela apontou a câmera bem para o sol.

– Você já sabe que vou almoçar com Hester esta semana.

– Ela me contou – disse Myron. – Curtam bastante.

– Curtir? Está pensando o quê? Que eu e Hester vamos arranjar uns garotões e dar no pé?

De fora do enquadramento, Myron ouviu o pai gritar:

– Quem dera.

– Muito engraçadinho.

– É brincadeira – disse o pai. – Se sua mãe fugisse, eu não teria a menor ideia do que fazer... primeiro.

Os dois Allens gargalharam com essa.

– Parece que temos um comediante decadente em casa. Viu o que é que eu aturo, Myron?

– Preciso ir, mãe.

Eles se despediram. Myron desligou e se recostou na cadeira, perguntando-se por que estava tão preocupado com aquela ligação.

capítulo dezenove

DUAS HORAS DEPOIS, MYRON e Jeremy estavam sentados em uma sala de visitação, esperando Greg.

– Posso perguntar outra coisa? – indagou Myron.

– Não vou fazer piadinha e mencionar que você acabou de perguntar – disse Jeremy.

– Graças a Deus. – Myron fez uma pausa. – Você sabia que Greg estava vivo?

– No início, não. Ele me contou depois.

– Quando? Como?

– Ele me visitou. Quando eu estava em missão no Acampamento Arifjan, no Kuwait.

– E apareceu lá do nada?

Jeremy assentiu.

– Ele pediu que Grace ligasse antes.

– Você sabia de Grace?

– Antes dessa ligação, não.

– Aí você o viu no Kuwait.

– Foi.

– Por que ele fez aquilo?

– Forjar a própria morte?

– É – disse Myron. – Para começo de conversa.

– Acho que foi uma combinação de fatores.

– Tipo?

– Tipo a necessidade dele de fugir do mundo.

Myron franziu o cenho.

– O fato de ele ter ido embora já não surtiu esse efeito?

– Era o que eu achava. Mas ele não me contou do assassinato em Las Vegas. Isso provavelmente contribuiu também.

Myron estava prestes a fazer mais uma pergunta quando a porta se abriu. Greg entrou. Myron achou que ele estaria algemado, mas não estava. Usava um macacão bege de prisioneiro. Jeremy se levantou de um salto e gritou:

– Pai!

Myron tentou não deixar aquele som perfurar seu peito. Os dois homens se abraçaram com força. Myron viu o rosto de Greg por cima do ombro de Jeremy enquanto o segurava firme. Os olhos estavam bem fechados. Com Jeremy ainda agarrado a ele, Greg prometia que ia ficar tudo bem. Myron se perguntou se já havia se sentido um intruso tão deslocado em toda a sua vida. Concluiu que a resposta era não.

Ainda com os braços em volta um do outro, os dois homens – pai e filho, Myron pensou, encaremos a realidade – se sentaram. Estavam com lágrimas nos olhos. Myron se limitou a esperar. Não queria ser o primeiro a falar. Quando eles estavam um pouco mais recompostos, Greg rompeu o silêncio.

Com um olhar de raiva para Myron, Greg disse:

– Você só está aqui porque Jeremy me pediu para recebê-lo.

– Olha, não precisa me fazer nenhum favor. – Myron começou a se levantar. – Posso ir embora agora mesmo.

– Pessoal – interveio Jeremy.

Greg continuou encarando Myron e perguntou:

– Você armou para mim?

– Está falando sério?

– Você levou a polícia ou foi só um trouxa sem noção?

– Eu estava tentando ajudar você – declarou Myron.

– Pessoal – tentou Jeremy outra vez.

– Deu muito certo, né?

– Eu quase perdi um dedo do pé – contou Myron.

– Um *dedinho*, não faça tanto drama.

– Pessoal – disse Jeremy de novo, mas dessa vez foi com um tom mais duro.

Naquele momento, ele não era o filho de nenhum dos dois. Era o líder militar. Os dois homens se calaram.

Jeremy assentiu, como se estivesse satisfeito.

– Vou deixar vocês dois a sós – anunciou ele.

– Como é? – disse Greg.

– Espere, por quê? – perguntou Myron.

– Porque – começou a explicar Jeremy, infundindo de novo na voz aquela autoridade que não abria brecha para discussão – Myron é advogado. Qualquer coisa que você contar para ele é protegida pelo sigilo profissional entre advogado e cliente. Você não tem essa mesma proteção comigo. – Jeremy se levantou e voltou a atenção para Myron. – Avise quando eu puder voltar.

Ele bateu à porta. Um guarda abriu. Jeremy saiu.

Greg ainda estava olhando para a porta.

– Esse garoto... – disse ele.

– Eu sei.

– Compensa um monte de pecados – desabafou Greg. Então dirigiu o olhar para Myron. – Facilita o perdão.

– Para mim ou para você? – Myron então levantou a mão em um gesto de interrupção. – É melhor não reabrirmos feridas antigas, né?

– Nem novas. Vamos logo ao assunto, pode ser?

Ele não acrescentou "por Jeremy". Não precisava.

– Emily me contou que você conheceu Cecelia Callister – começou Myron.

– Já confirmei isso para você – disse Greg. – Foi há muito tempo.

– Emily disse que você ficou chateado quando Ben e Cecelia se divorciaram.

– "Chateado" é uma palavra bem forte.

– Que palavra você usaria?

– Achei que foi canalhice da parte dela. Largar o marido depois de engravidar. Não falar de quem era o bebê que ela estava esperando.

O eco do passado deles retiniu alto, descaradamente. Myron passou por cima.

– Você chegou a dormir com ela?

– Com Cecelia Callister?

– É.

Greg sorriu.

– Espere. Você não está achando...

– Só estou tentando conectar os pontos.

– Não, nunca dormi com ela.

– Então não tem a menor chance de Clay, o filho dela...

– Ser meu? – Greg balançou a cabeça. – Uau. Tem um bocado de carma estranho rolando aqui, né? Não, Myron. Não tem a menor chance de Clay ser meu.

Myron se recostou.

– Encontraram seu DNA no local do crime.

– É o que eles dizem.

– Você não acredita?

– Eu não estive lá. Não a matei. Faz trinta anos que não vejo Cecelia Callister. Então, quando meu advogado me disse que acharam meu DNA embaixo das unhas dela ou algo do tipo... imaginei que fosse algum engano. Eu sei que a ciência não mente. Mas às vezes os humanos mentem. Ou la-

135

boratórios fazem besteira. Tinha que ter alguma coisa errada. Era isso que eu pensava.

– "Era" – repetiu Myron. – No passado.

– É.

– Então agora você acha...?

– Meu advogado mandou que seu próprio especialista refizesse do zero o exame de DNA. Ele pegou meu DNA e comparou com a amostra do laboratório. Definitivamente é meu DNA embaixo das unhas dela. É doideira demais. Quer saber qual foi a primeira coisa que eu pensei?

Myron assentiu.

– Eu me perguntei se eu tinha algum irmão gêmeo. Depois, me perguntei se, sei lá, eu tinha doado sangue em algum lugar. Anos atrás. Tipo, de repente eu doei para a Cruz Vermelha e depois alguém roubou.

– Gêmeos não têm o mesmo DNA, e não dá para usar sangue armazenado...

– É, agora eu sei disso tudo. E também não cheguei a acreditar de fato nessas opções. Só estou tentando mostrar como minha cabeça começou a pirar.

– E depois?

– Eu só conseguia pensar que devia ter alguém armando para mim.

– Quem?

– Cecelia Callister foi assassinada no dia 14 de setembro.

– Certo – disse Myron.

– Então, é o seguinte: eu venho me mantendo na encolha há muito tempo. A barba. O cabelo. É tudo um disfarce. Tenho tomado cuidado. Mas existem coisas das quais eu ainda sinto falta. Coisas da minha vida antiga. – Greg se aproximou um pouco. – Diga qual é sua lembrança preferida do basquete. Não de uma cesta importante ou um campeonato. Diga quando você mais curtiu simplesmente jogar.

Myron ia falar da vez em que pôde vestir um uniforme do Boston Celtics, seu único jogo pré-temporada, a partida em que Big Burt Wesson, pago por Greg Downing para vingar a infidelidade da esposa, atropelou Myron e acabou com a carreira dele. Mas não era hora disso. Não eram águas passadas, mas seria melhor não navegar nelas no momento.

Como Myron não respondeu, Greg continuou:

– A coisa de que eu mais me lembro, o que eu mais amava do jogo, eram aquelas partidas espontâneas no intervalo das temporadas. Lembra?

– No clube judeu – completou Myron.

– Isso. Hoje em dia, a garotada passa o ano inteiro competindo. Um monte de ligas, um calendário pesado de jogos. Isso rende um bom dinheiro para alguém, mas prejudica o jogo. E a garotada. Minha parte preferida do basquete? A parte de que eu tinha saudade? Esses jogos informais que não valiam nada. Quadras com cheiro de chulé. Os caras escolhendo time. Com camisa contra sem camisa. Quem ganha continua na quadra.

– É, Greg. Eu lembro como era.

No entanto, era difícil discordar. Myron adorava basquete de rua. Ele ainda jogava volta e meia, quando o joelho aguentava o tranco.

– Certo – disse Myron. – Então você começou a participar de jogos de rua.

– Eu me esforçava para não chamar atenção. Mudava de quadra sempre. Numa semana eu achava uma partida na liga de uma igreja. Na seguinte, eu encontrava uns caras que jogavam num clube. Eu me continha na quadra, para, tipo, não dominar a partida.

Ele não estava se gabando. Myron fazia a mesma coisa. As pessoas pensam que jogam bem, mas não são profissionais.

– Eu até jogava de canhota – contou Greg.

– É, mas você sempre usou a canhota para subir para o aro.

Greg sorriu.

– Você gostava de forçar essa.

– O raro destro que quer ir pela esquerda – comentou Myron. – É legal lembrar, mas Jeremy está esperando. Aonde você quer chegar?

– Joguei uma partida um dia no início de setembro.

– Certo.

– Foi um daqueles jogos em que os caras pegam pesado. Sabe como é. Testosterona demais.

Myron sabia exatamente do que ele estava falando.

– Ficou violento?

– Muito. Um cara me deu uma cotovelada no nariz. Comecei a sangrar. Outro me arranhou. A certa altura, alguém me acertou na nuca. Com força. Eu caí. Talvez tenha perdido os sentidos, sei lá. Não me lembro de muita coisa.

– Quando exatamente foi isso?

– Não lembro. Como eu disse, tenho uma boa certeza de que foi no início de setembro.

– Então quer dizer que...

– É, talvez não faça sentido, mas, se meu DNA está nessa cena de crime,

137

como pele embaixo das unhas de Cecelia ou sangue... quer dizer, eu estava sangrando bastante naquela noite. Talvez tenha quebrado o nariz.

– Você foi a um médico ou pronto-socorro?

– Não, é claro que não. Qual é, você lembra como era. A gente deixa pra lá, né? Foi assim que a gente foi criado.

Também era verdade. Se dava para voltar andando para casa, então não era para reclamar. Idiotice, mas era assim que funcionava.

– Mas tenho pensado nisso agora. Um dos caras me deu uma toalha para estancar o sangue do nariz. Não sei onde essa toalha foi parar. E os arranhões... Pode perguntar para Grace. Eram bem profundos. Então, se estão me incriminando, se alguém plantou meu DNA num homicídio...

– Esse jogo de rua – disse Myron. – Foi onde?

– Tem uma quadra aberta em Wallkill. Não lembro o nome.

Myron assentiu.

– Certo, vou dar uma olhada. Mais alguma coisa?

– Não fui eu, Myron.

– Mas é estranho – comentou Myron. – Jordan Kravat, Cecelia Callister. Você conhecia os dois.

– Por alto – respondeu Greg. Depois, acrescentou: – Quantas vítimas de assassinato você já conheceu por alto?

Bom argumento.

– Eu sei que você não me deve nada...

– Você ainda é meu cliente – afirmou Myron. – Então vou fazer o que puder.

capítulo vinte

Você aponta a espingarda para o peito dele.

Ronald Prine olha para sua cara. Você vê a interrogação em seu rosto. Ele não sabe quem você é. Está se perguntando quem é você, o que você quer e qual dos clichês geniais dele vai funcionar.

Porque a vida sempre funcionou para ele.

Você sorri. Adora esta parte.

– Leve meu relógio – diz ele para você.

Está abalado, é lógico, mas não tanto quanto deveria. Ainda tem aquela petulância falsa do homem molenga que nunca enfrentou dificuldade. Isso é só um problema pequeno, ele pensa, porque todos os seus problemas na vida até o momento tinham sido pequenos, inconsequentes. Ele vai se safar, com certeza. Sempre conseguiu. Para caras como ele, parece que as coisas sempre dão certo. Eles vivem em um delírio de meritocracia. Acreditam que têm um carisma sobrenatural, um encanto, talentos inatos que os separam de nós, reles mortais.

– É um relógio Vacheron Constantin – descreve ele. – Meu pai comprou em 1974. Sabe quanto vale?

Você não deveria estar gostando tanto disso.

– Diga – responde você.

– Uns 75 mil.

Você dá um assobio de quem se impressionou. E então declara:

– Não foi para isso que eu vim.

– Então você veio por quê?

– Eu vim por Jackie Newton.

Você espera uma reação. Com certeza esta vai ser sua parte preferida. Ele não decepciona. O rosto dele é tomado pela perplexidade. Não é teatro, o que só melhora ou piora, dependendo do lado em que a pessoa esteja.

– Quem?

Ele não a conhece mesmo.

Será que você conta?

Quando Jackie Newton tinha 8 anos, a mãe dela fugiu com Gus Deloy, um colega de trabalho da antiga Circuit City da avenida Bustleton, na Filadélfia. Jackie se lembrava da mãe se sentando em cima de uma mala para fechá-la, dos dentes manchados de batom e de ela falar para a filha "É melhor assim, eu sou uma mãe de merda" antes de sair às pressas arrastando aquela mala junto com a mala de lona velha do Exército do pai dela pela calçada rachada e jogar tudo na traseira do jipe de Gus. Ela não olhou para trás quando o carro foi embora, mas Gus olhou. Ele fez uma semicontinência relutante, com um olhar quase constrangido. Talvez algum dia a mãe de Jackie mudasse de ideia ou se arrependesse de abandonar a filha. Talvez ela voltasse para casa ou pedisse para rever Jackie. Mas, durante três anos, não houve notícias. Até Ed Newton, o pai de Jackie, saber pelo telefone que a mãe dela tinha morrido em um acidente de carro em Pasadena.

Nenhuma notícia sobre o destino do Gus da semicontinência.

Não foi tão ruim para Jackie. Ed Newton fez o melhor que pôde para criar a filha. Ele era um homem bom, que a tratava com surpreendente ternura e paciência. Ela era o mundo dele. Dava para ver sempre que ele se arrastava para dentro de casa depois do serviço. O rosto se iluminava quando ele via Jackie. O resto do mundo? Se dependesse de Ed, todo mundo podia ir para o inferno. Ele não odiava. Só não dava a mínima. A filha era tudo para ele, e, como os melhores pais, ele conseguia dar um jeito de fazê-la sentir isso sem sufocá-la.

Ed Newton trabalhava turnos longos como instalador de piso de madeira para a TST Construção, principalmente em complexos residenciais novos na periferia da Filadélfia. O trabalho pesado não o incomodava. Ele adorava usar ferramentas e fazer coisas manuais, mas seus chefes eram uns cretinos mãos de vaca, sempre tentando economizar, sempre tentando extrair cada gota de energia de seus funcionários.

– É horrível trabalhar para os outros – repetia sempre Ed Newton para a filha entre garfadas à mesa de fórmica da cozinha deles. – Seja sua própria chefe, Jackie.

Era esse o sonho.

Quando Jackie tinha 10 anos, Ed Newton comprou um cinto de ferramentas de camurça para ela. Era a coisa mais bonita que Jackie já possuíra. Tinha cheiro de pinho e serragem. Ela tratava o couro com óleo três vezes por semana. Usava aquilo o tempo todo. Até hoje. Mesmo 25 anos depois de ganhá-lo. Quando Jackie tinha 11 anos, o pai conseguiu comprar um terreno pequeno nos arredores das montanhas Poconos. Todo fim de semana, pai e filha iam lá e construíam a cabana de caça e pesca dos sonhos do pai dela. Jackie sempre usava o cinto de ferramentas. Ed era um professor paciente, e ela tinha facilidade para aprender. Eles trabalhavam praticamente em silêncio. O trabalho era um momento relaxante para os dois.

E eles também tinham planos. Ed dizia que um dia eles iam abrir a própria empresa de construção. Eles dois. Iam trabalhar para si mesmos. Seriam seus próprios patrões.

Aos 18 anos, Jackie ganhou uma bolsa integral para estudar na Montgomery County Community College. Ela fez aulas de finanças, algo que o pai incentivava para que eles pudessem consolidar toda a parte financeira da administração de uma empresa de construção. Jackie teve vários empregos na construção depois da faculdade para aprender tudo sobre o negócio. A expectativa era a de que, se eles economizassem bastante, poderiam abrir a própria empresa dali a três ou cinco anos.

Levou mais tempo do que o previsto.

Ed constituiu uma segunda hipoteca sobre a casa na Filadélfia e, apesar dos protestos de Jackie, vendeu a cabana dos sonhos que eles tinham construído nos arredores das Poconos. Quando eles juntaram capital suficiente para conseguir um financiamento, Jackie já estava com 33 anos e Ed, com 62 – mas adiar um sonho não é o mesmo que abandoná-lo.

Um dia, Ed Newton entrou em casa de repente com um maço de cartões de visita que diziam:

Newton e Filha Serviços de Construção Ltda.
Ed Newton
Jackie Newton
Construção, reforma, instalação de pisos

A logomarca no canto superior direito era uma casinha com olhos feito janelas e uma porta larga sorrindo. Jackie nunca tinha visto o pai tão feliz, e, nos seis primeiros meses, as coisas deram surpreendentemente certo. Os Irmãos Nesbitt precisaram de ajuda urgente com um conjunto habitacional em Bryn Mawr. Newton e Filha mandaram muito bem no projeto e conseguiram ficar dentro do orçamento. O serviço rendeu umas boas indicações. Vieram outros trabalhos. Ed e Jackie contrataram três funcionários em tempo integral e alugaram uma sala comercial em um galpão na Castor Avenue.

Newton e Filha ainda eram pequenos com *p* minúsculo, mas estavam avançando na direção certa.

Passado um ano, a qualidade do trabalho e a reputação excelente deles chamou a atenção de Ronald Prine, um grande magnata do ramo imobiliário da Filadélfia. O pessoal de Prine pediu a Ed um orçamento para a instalação de um piso de madeira no novo arranha-céu sofisticado de Prine na Arch Street. Era um contrato enorme, grande demais para eles, mas seria uma conquista de prestígio e uma chance de colocar a Newton e Filha no mapa.

Ed e Jackie passaram duas semanas fazendo contas e criando uma apresentação em PowerPoint para o conglomerado de Prine, mas a proposta inicial, segundo o pessoal de Prine, ficou cara demais. Ed Newton voltou para o escritório. Ele apontou o lápis e baixou o orçamento. Ainda assim, o pessoal de Prine chiou.

Eles são empresários espertos, Ed explicou para a filha. Era por isso que conglomerados como o de Prine tinham tanto sucesso – eles sabem espremer cada centavo. Jackie não estava tão segura. O trabalho era complexo demais, e agora a margem de lucro estava baixíssima. Ela não gostava do pessoal de Prine nem confiava neles. Tinha ouvido falar de empresas pequenas como a dela que tinham levado calote.

Ed, porém, não quis saber. Um serviço com essa visibilidade serviria como uma propaganda incrível. Proporcionaria à Newton e Filha uma legitimidade que o dinheiro não podia comprar. Se o serviço se pagasse, Ed dizia – ora, até se eles perdessem uns trocados –, mesmo assim sairiam no lucro.

Depois de reduzir o orçamento de novo, a Newton e Filha venceu a licitação.

O serviço foi intenso ao extremo. Eles tiveram que dar tudo de si, mas, poxa, agora estavam lidando com peixe grande. O pai adorou isso. Ele entrava no bar de cabeça um pouco mais erguida, com um sorriso um pouco mais largo. Recebia os parabéns dos ex-colegas de trabalho com tapinhas nas costas. Eles queriam pagar bebidas para ele.

Como em tantas coisas, foi tudo ótimo até não ser mais.

Para começar, Prine atrasou o pagamento do sinal. Viviam dizendo que o dinheiro ia sair. Garantiam que era um processo normal do conglomerado multinacional. Mas deveriam começar logo o serviço assim mesmo. Então eles começaram. Ed fez mais um empréstimo para comprar a madeira da serraria preferida dele em Hazlehurst, na Geórgia. Um pouco mais cara, mas valia a pena. Ed e Jackie recusaram outros serviços, trabalhos bons, para se concentrarem exclusivamente no arranha-céu de Prine. Era um trabalho complicado com um monte de burocracia, atrasos, orçamento estourado, problemas de custos.

No final das contas, eles iam ter prejuízo, mas o piso de madeira era de primeira qualidade, impecável. Ed e Jackie tinham um orgulho enorme do que haviam feito. Eles passaram aperto e mostraram que trabalhavam feito gente grande.

Consegue adivinhar o resto?

Prine deu calote neles. Não foi pouca coisa. Ele não pagou uma quantia a menos. Simplesmente não pagou nada. Quando o trabalho foi concluído, quando eles entregaram a última fatura, Prine a ignorou. Ele nem sequer se deu ao trabalho de mentir, de falar que o dinheiro ia sair, de alegar que ia levar só mais uma semana. Ele não deu nem a desculpa esfarrapada de que o cheque estava no correio. Ed Newton mandou outra fatura. E outra. Passaram-se semanas. Depois meses. Ed e Jackie telefonavam, mas não eram atendidos por ninguém com autoridade. Eles iam à empresa, mas a segurança não os deixava entrar. Sem alternativa, Ed e Jackie acabaram contratando um advogado. Prine ignorou também o advogado.

Mais meses se passaram. Com o tempo, eles foram obrigados a processar a Organização Prine. Não foi uma história de Davi contra Golias – foi Davi contra mil Golias. Os advogados de Prine, uma equipe gigantesca, os atropelaram. Soterraram Ed e Jackie com a papelada. Apresentaram uma petição atrás da outra. Fizeram pedidos absurdos de exibição de provas. As custas judiciais de Ed e Jackie começaram a se acumular. O advogado dos dois abandonou o caso quando o dinheiro acabou. Quando Ed e Jackie tentaram persistir, o pessoal de Prine difamou o trabalho deles, espalhando mentiras descaradas sobre serviço malfeito e a necessidade de reforma. A reputação da Newton e Filha foi destruída. Depois de outros dois meses, Prine finalmente ofereceu um acordo extrajudicial de 20% do valor. Ed recusou.

O resto já dá para saber, né?

Eles perderam a empresa. Perderam a casa. A certa altura, para pagar um percentual pequeno da dívida crescente, a vara de falência os obrigou a aceitar um acordo que pagava 14% do valor devido. Como parte do acordo, Ed e Jackie foram forçados a assinar termos de confidencialidade, para que não pudessem contar a ninguém o que Prine ou a empresa dele tinham feito.

Em abril daquele ano, Ed Newton sofreu um AVC debilitante. Talvez fosse só por conta da idade ou de uma vida inteira de maus hábitos alimentares. Talvez não tivesse nenhuma relação com o processo ou todos os prejuízos. Mas Jackie não acreditava nisso. Foi Prine. O que ele havia feito com seu pai. O que ele havia feito com eles dois.

Ela tinha fantasias de vingança, mas é claro que isso jamais aconteceria.

Eles se mudaram para um conjunto habitacional de baixa renda. Jackie acabou indo trabalhar para os antigos chefes de Ed na TST Construção, por um salário menor.

Eles não tinham quase nenhuma posse. Mas uma coisa Jackie manteve: a espingarda de caça do pai.

Você – que soube da história dela e reconheceu uma oportunidade – está segurando a espingarda agora.

Está apontando para o peito de Prine.

– Quem é você? – pergunta Prine. – O que você quer?

Você queria que essa missão acontecesse no sentido inverso – matar Jackie, incriminar Prine –, mas isso teria sido muito difícil. Prine nunca conhecera a mulher cuja vida ele havia arruinado. Ele não sabia nem o nome de Jackie.

Não haveria motivação.

– Olha – diz Prine para você –, quem quer você seja, a gente pode dar um jeito. Eu tenho muito dinheiro...

Você aperta o gatilho.

Esperava um coice forte, e foi o que levou. O projétil abre um buraco enorme no peito do ricaço. Dinheiro faz muita coisa, mas não detém uma bala. Prine cai no chão já morto. Você volta para o conjunto habitacional de baixa renda na Filadélfia. Está com uma chave da casa dos Newtons. Quando Jackie deixou a chave em casa um dia, você a pegou, tirou cópia e colocou de volta no lugar sem que ela percebesse. Você agora pode entrar e sair à vontade.

E, como sempre, você planejou.

Foi assim que você pegou a espingarda do pai dela hoje cedo. Foi assim que você acessou o computador obsoleto de Jackie, de onde você enviou para a Organização Prine os e-mails com ameaças de violência pelo que eles tinham feito com Jackie e o pai dela.

Você usa a chave de novo agora. A TV está ligada. Sempre fica ligada durante o dia. Você passa na ponta dos pés pelo quarto onde Ed Newton provavelmente vai passar seus últimos dias.

Você encontrou a espingarda descarregada dentro do armário nos fundos da casa. Coloca-a de volta no mesmo lugar.

Desta vez você não incluiu um DNA para completar. A espingarda e as ameaças por e-mail e mensagens já devem bastar. Talvez Jackie tenha um álibi – na pressa para finalizar o serviço, você não teve como amarrar todas as pontas –, mas sabe que isso provavelmente não vai convencer ninguém.

Ironicamente, se Jackie Newton fosse rica, se ela tivesse o mesmo dinheiro de Prine, isso não seria suficiente. Provavelmente ela iria se safar. Contrataria uma equipe de advogados de primeira, que iriam se aproximar das pessoas certas na justiça, na polícia e na política, e, caramba, talvez nem fosse a julgamento.

Mesmo assim, talvez Jackie dê sorte. Talvez ela tenha um álibi incontestável. Talvez receba um defensor público dedicado. Talvez ela não passe o resto da vida na cadeia.

Em suma, você está dando a Jackie Newton uma chance de lutar.

E isso é algo que você nunca deu a ninguém.

capítulo vinte e um

O CEMITÉRIO DAVA VISTA PARA o pátio da escola.

Myron não acreditava que, depois de tantos anos, estivesse de volta. Ben Staples, o ex de Cecelia Callister, tinha pedido para marcarem naquele lugar porque, segundo o assistente dele explicou ao telefone, era ali que Cecelia e Clay, o filho dela, estavam sepultados. O raciocínio não fazia muito sentido, mas lá estava Myron.

Ele viu Ben Staples mais adiante em uma área gramada onde o cemitério continuava relativamente desocupado. Myron não planejou, na verdade ele nem queria, mas acabou se desviando para os túmulos mais antigos, como se conduzido por uma força superior. Fazia anos que não visitava aquele cemitério, mas ainda sabia exatamente aonde ir. Seu corpo começou a tremer durante a caminhada, e logo ele chegou. O nome na lápide era Brenda Slaughter. Myron leu a data de nascimento e deixou seus olhos irem direto para a data de morte. Tão jovem... tão absurda, horrível e tragicamente jovem... A dor que lhe era familiar voltou toda de uma vez, feito uma facada, e Myron sentiu os joelhos cederem.

Myron ficou parado ali um instante e deixou todas as lembranças ruins o invadirem. Ele amara Brenda? Não. Cedo demais para isso. Mas, após a morte dela, ele tinha sofrido uma espécie de colapso mental. Bebeu demais, se distanciou de todo mundo e conheceu uma mulher singular que também estava sofrendo. A infelicidade mútua uniu os dois, então eles escaparam juntos até uma ilha particular para um breve romance terapêutico. Um relacionamento de rebote. Um caminho para a cura.

O nome dessa mulher era Terese Collins. Ela e Myron agora estavam casados.

O homem faz planos e Deus ri.

Não compensou, naturalmente. Se ele pudesse voltar no tempo, preferiria ter salvado Brenda e jamais ter conhecido a esposa atual, por mais horrível que isso possa soar. Mas é o que ele faria. E, a melhor parte, um dos muitos motivos pelos quais ele se apaixonou tão profundamente por Terese é que ela teria compreendido.

Nós somos os erros que cometemos. Às vezes, eles são o que temos de melhor.

Ben Staples tinha um cabelo grisalho muito bem cuidado. Usava uma blusa preta de gola alta por baixo do sobretudo. Para um homem que já havia sido casado com uma mulher que integrava todas as listas de "Mulheres Mais Bonitas", Staples era neutro no quesito aparência. Se alguém pedisse o retrato falado dele, teria pouca coisa para descrever. Nariz normal. Queixo normal, talvez um pouco pequeno. Rosto oval. Altura mediana. Ele segurava uma planta como se fosse um presente. Estava olhando para os dois amontoados de terra. Não tinha lápide. Ainda era recente demais.

– Obrigado por me encontrar aqui – disse Ben Staples.

Myron parou ao lado dele e ficou virado na mesma direção, olhando a terra.

– Cecelia está na da esquerda. Clay está na da direita. Havia placas com os nomes aqui na segunda. Agora... – Ben Staples balançou a cabeça com um ar de desolação, como se a falta das placas explicasse tudo. – Falei para o cara daquela capela ali. – Ben apontou com o queixo. – Mas ele disse que uns garotos devem ter pegado como suvenir. – De novo a cabeça balançou.

– Suvenir.

– Meus sentimentos – disse Myron.

– Obrigado. – Ele olhou para a planta em suas mãos como se aquilo tivesse se materializado ali de repente. Parecia um tipo de cacto. – Cecelia não gostava de flores. Quer dizer, gostava, mas achava que eram um desperdício. Que morriam rápido demais. Ela gostava de coisas que duravam, então preferia quando eu mandava suculentas. Como estas. Então é isso que eu trago.

– Isso é bonito – comentou Myron, porque não fazia a menor ideia do que mais falar.

– Eu ainda a amava.

– Aposto que sim.

– Você sabia que Joe DiMaggio passou vinte anos mandando rosas para o túmulo de Marilyn Monroe?

– Acho que li sobre isso em algum lugar.

– Ele se sentiu culpado quando Marilyn morreu. Dizem que as últimas palavras dele foram "Finalmente vou ver Marilyn"... apesar de já fazer mais de quarenta anos que eles tinham se divorciado.

– Você se sente culpado? – perguntou Myron.

– Não sei. Acho que sim. Mas eu não conseguiria salvar Cecelia dela mesma.

– Como assim?

Ele balançou a cabeça.

– Você representa Greg Downing.

– Sim.

– Faz muito tempo que não o vejo. Na verdade, eu nem pensava mais nele. E agora ele está preso por ter matado o amor da minha vida.

Myron ia lembrá-lo de que era só uma detenção, e a coisa toda era uma suposição, mas pareceu o caminho errado.

– Você conheceu Greg, né?

– É, muito tempo atrás.

– Acha que ele matou Cecelia?

Ele deu ligeiramente de ombros.

– A polícia disse que tem provas sólidas.

– Quero saber sua opinião.

– Não sei. Acho difícil de acreditar. Quer dizer, qual teria sido o motivo?

– Você tem algum outro suspeito?

Ben assentiu com um gesto firme da cabeça.

– Lou.

– Lou Himble, o marido de Cecelia?

– Eles estavam separados. Cecelia o odiava. Você sabe o que ele fez, né?

– Um esquema de pirâmide.

– Igual ao Madoff. Não tão grande. Lou não tinha tanta escala assim. Mas, sim, ele roubou dinheiro de muita gente. O governo queria que Cecelia depusesse contra ele. Ela concordou de cara. Não pediu imunidade, porque sabia que era inocente. Ela só queria fazer a coisa certa. E aí, de repente, Cecelia aparece morta. – Ele deu de ombros. – Então sei lá.

– Parece que você mantinha contato com Cecelia.

– A gente ainda era amigo. Você é casado?

Myron mexeu os pés.

– Sou.

– Tem muito tempo?

– Não – respondeu Myron. – É recente.

– Ela deve ser bonita.

– É, sim.

– Mas espero que não seja – Ben Staples fez um gesto de aspas com os dedos – uma "supermodelo". Era assim que chamavam minha esposa. Não uma modelo, mas uma *super*modelo. Como se ela fosse um membro dos Vingadores. – Ele sorriu. – Enfim, não se case com uma. É uma confusão em vários sentidos. Ela entra num lugar e sabe que todo mundo está olhando. Julgando. Torcendo para ser uma decepção e todos poderem dizer: "Não entendo por que tanto estardalhaço." Supermodelos vivem preocupadas com o envelhecimento. Todo mundo dá em cima delas. Até os amigos mais próximos.

– Greg deu? – perguntou Myron.

– Provavelmente. Não sei. Todo mundo queria comer minha esposa. Eu estaria mentindo se dissesse que isso também não me empolgava. Eu tinha algo que todo mundo queria. Sabe do que estou falando?

Myron assentiu com um gesto mínimo da cabeça.

– Mas eu era muito ingênuo, confiante demais.

– Em que sentido?

– Quem é casado com alguém assim não pode confiar nem nos amigos. Mas eu confiava. Cecelia era a maior conquista do mundo. Eu a amava. Amava mesmo. Se eu gostava dos olhares invejosos dos outros caras... Quem não gostaria? Eu achava que não tinha importância. Ela jamais cairia nessa. Mas, hoje, depois do que aconteceu com a gente... eu fui muito burro. Agora tudo parece tão...

Ben Staples voltou a atenção para o amontoado de terra à direita.

– Clay não era meu filho, sabe? Cecelia me confessou isso logo de cara. Não fingiu que era. Foi o pior dia da minha vida. A gente está casado, eu sou um trouxa feliz e ingênuo, aí ela chega, pede que eu me sente, pega na minha mão, revela que está grávida de outro homem. Desse jeito.

Ben Staples engoliu em seco e virou o rosto. Um pássaro começou a piar. Um carro passou por perto de vidros abertos, com uma música latina de ritmo forte tocando alto.

– Deve ter sido horrível – comentou Myron, sabendo que as palavras eram insuficientes, mas, de novo, o que poderia falar? Em seguida, com o máximo de delicadeza possível, perguntou: – Cecelia contou quem era o pai?

– Não.

– Nunca?

Ele balançou a cabeça.

– E eu nunca deixei ninguém saber que Clay não era meu. Ele era um garoto legal. A gente tinha uma boa relação. Não de pai e filho, obviamente. Mas eu também não era só o ex da mãe dele.

– Clay sabia quem era o pai dele?

– Só descobriu anos depois. É complicado.

Myron esperou.

– Não sei por que estou contando isso tudo para você – admitiu Ben Staples.

– Eles foram assassinados. Quero descobrir quem os matou.

– Você não é da polícia.

– Não sou.

– Eu andei sondando com uns amigos – revelou Staples. – Falaram que você é bom nisso... que está do lado dos inocentes.

– Eu tento – disse Myron. – Você estava contando que Clay descobriu sobre o pai.

– Cecelia não queria que ele soubesse. Ela falava que não era importante. Mas, quando Clay já era mais velho, ele cadastrou o DNA em alguns daqueles sites de pesquisa genealógica.

– E deu compatibilidade com o pai dele?

– Não foi tão simples. Não sei os detalhes. Clay encontrou uma prima de primeiro grau. Conversou com ela. Procurou parentes que faziam parte do círculo dessa prima. Foi descobrindo por eliminação. Ou talvez Cecelia tenha contado quando Clay chegou perto. Ela não queria que ele batesse à porta do sujeito.

– Clay bateu à porta do sujeito?

– Não sei. Tive a impressão de que, assim que Clay descobriu, ele deixou para lá. Mas não sei.

– Seu divórcio com Cecelia foi amigável?

Ele se virou para Myron.

– Você acha...?

– Não, de jeito nenhum. É por causa de Greg. Ouvi dizer que Greg aparentemente ficou chateado com o divórcio. Você percebeu algo nesse sentido?

Ele parou para pensar.

– Agora que você está mencionando isso, sim. Greg criticou Cecelia. Mas não foi o único. Para o mundo, ela engravidou de outro homem e me deu um pé na bunda. Foi assim que todo mundo interpretou. Ora, pensando bem, foi o que aconteceu.

– Ben?

– Oi?

– Não sei como fazer estas perguntas de um jeito delicado, então vou direto ao assunto, tudo bem?

Ele assentiu.

– Em parte foi por isso que aceitei falar com você – revelou ele.

– Não entendi.

– Imagino que esteja aqui porque sabe mais do que está me dizendo – explicou Ben. – Vamos combinar o seguinte: você quer tirar coisas de mim, e eu quero tirar coisas de você. Fique à vontade. Não faça rodeios.

Era justo, pensou Myron. Então, perguntou:

– O comportamento de sua esposa mudou antes de ela pedir o divórcio?

– Mudou.

– Como?

– Ela estava melancólica, retraída. Deprimida, até. Eu queria que ela consultasse alguém. Ela não quis. Acho que estava tomando uns remédios que conseguiu com uma amiga.

– Isso foi quando, exatamente?

– Um mês, talvez dois, antes de me contar que estava grávida. É difícil lembrar. Mas, se um caso extraconjugal serve para animar uma mulher, aquele teve o efeito contrário. Parecia estar acabando com ela.

Myron não sabia como amenizar o golpe, então foi direto ao ponto.

– Cecelia chegou a contar para você que tinha sido estuprada?

Ele virou a cabeça de repente como se tivesse levado um soco no queixo. Por um bom tempo, não falou nada. Ficou só olhando para Myron. Seus olhos se encheram de lágrimas. Quando finalmente ele falou, sua voz saiu como um sussurro.

– Ela foi?

– Foi o que revelou para uma amiga.

– Meu Deus. – Ele fechou os olhos e ergueu o rosto para o céu. – Que amiga?

– Emily Downing.

– A esposa de Greg.

– É.

Ben Staples ficou parado ali, fixando os olhos no amontoado de terra.

– Ela sabe quem...?

– Não – respondeu Myron.

Ben Staples levou um tempo para processar a informação. Myron lhe deu espaço.

Por fim, Ben indagou:

– Por que Cecelia não me contou?

Myron imaginou que era uma pergunta retórica, mas respondeu mesmo assim:

– Não sei.

– E Emily contou isso para você?

– Contou.

– O que mais ela disse?

Myron compartilhou tudo que pôde. A expressão de Ben foi da angústia para a raiva. Estava acontecendo alguma espécie de conscientização ali, ou, no mínimo, ele estava se dando conta de algo. Quando terminou de relatar o que sabia, Myron não deu chance para Ben Staples ruminar e disparou:

– Você sabe quem foi.

– Acho que sim.

Myron esperou.

– Ele vivia falando para ela que ia arranjar um papel de protagonista numa peça nova da Broadway. Eu sabia que era uma cantada. Quer dizer, ela também sabia. Tudo que era produtor aparecia de repente com o papel perfeito para lançá-la como atriz de verdade. Mas protagonista numa peça da Broadway? Cecelia não sabia atuar. E eu falei isso para ela uma vez. Foi tipo: "Você sabe o que está rolando, né?" Eu não devia ter falado isso. Mesmo se fosse verdade. Eu devia ter dado mais apoio a ela.

– Quem a estuprou, Ben?

– Não sei se eu devo falar.

– Por que não?

– Porque é óbvio que ela não queria que o mundo soubesse. Não sei se a morte dela muda isso.

– Esse cara, esse estuprador, pode estar relacionado ao assassinato dela.

– Não está.

– Como você...?

– Porque ele morreu. Harold Mostring. Ela teve um – de novo as aspas sarcásticas com os dedos – "teste" tarde da noite com ele alguns meses antes do nosso divórcio. Eu até pensei, quer dizer, me passou pela cabeça... isso foi antes de aquelas coisas horríveis sobre ele virem à tona... Eu cheguei a cogitar que ele fosse o pai verdadeiro de Clay. Que ela quis tanto aquele papel que...

Howard Mostring tinha sido um famoso produtor/predador da Broadway que, quando enfim foi a julgamento, já estava com mais de cinquenta acusações de agressão sexual ao longo de 25 anos. Os advogados de Howard conseguiram sua liberação sob fiança na condição de que ele usasse uma tornozeleira eletrônica. Howard foi para casa, uma cobertura luxuosa na Park Avenue, abriu a porta de correr de vidro que dava para a varanda e se jogou. Teria sido o final perfeito, só que muitas vezes pessoas destrutivas acabam sendo destrutivas até o último segundo. Ele caiu em cima de uma jovem que tinha acabado de ser pedida em casamento e a matou também.

"*A última vítima de Howard Mostring.*"

Foi assim que a mídia falou da pobre coitada.

– Ainda não dá para entender – disse Ben Staples.

– O quê?

– Como foi que Greg Downing acabou levando a culpa por isso tudo?

capítulo vinte e dois

QUANDO MYRON VOLTOU PARA o Edifício Dakota, Terese Collins, sua esposa, veio correndo e o recebeu com um beijo que teria elevado a classificação indicativa de um filme.

– Opa – disse Myron, quando finalmente eles pararam para respirar. – Isso foi... tipo... uau.

– Você é tão insinuante... – disse Terese.

– Né?

– Estou muito contente de ver você.

– Eu também.

– Nossa, pare com essas cantadas insinuantes.

– Não dá para evitar – rebateu Myron. – Achei que seu avião fosse chegar tarde.

– Antecipei o voo. Feliz?

Ele sorriu.

– Em êxtase.

Ela chegou mais perto e arqueou a sobrancelha.

– Win não vai estar em casa hoje à noite.

– Ele falou isso?

– Ele falou isso.

– Win é uma boa pessoa.

– Não muito – disse ela –, mas neste caso, sim.

– Quer sair para jantar? – perguntou ele.

Terese levou os lábios até a orelha dele. Myron sentiu um arrepio. Terese então sussurrou:

– Não estou com muita fome, e você?

– Ah, não de comida, pelo menos.

– Outra vez insinuante – comentou ela.

– Estou com tudo.

– Daqui a pouco vai estar.

Eles foram para o quarto com as pernas bambas. Muito tempo depois, pediram hambúrguer e batata frita do Shake Shack e devoraram tudo na cama.

Passaram-se horas. O resto do mundo ficou do lado de fora. A certa altura, bem tarde da noite, quando os dois estavam deitados no escuro, olhando para o teto, Terese rompeu o silêncio.

– Tenho que ir embora amanhã. Vou precisar cobrir o assassinato de Prine.

– Ah – murmurou Myron.

Não era surpresa. Ele tinha visto algo a respeito no jornal de manhã. Ronald Prine, magnata do ramo imobiliário, tinha sido baleado na Filadélfia. Eles continuaram deitados ali por mais alguns minutos, ambos de costas, começando a respirar no mesmo ritmo.

– Preciso te contar uma coisa – disse Myron, enfim.

Terese não se mexeu.

– Em primeiro lugar, não aconteceu nada.

– Myron?

– Oi.

– Essa introdução não é tão tranquilizadora quanto você pensa.

– Fui na Emily ontem à noite – começou ele.

– Ao apartamento dela no Upper East Side?

– Não, à casa dela nos Hamptons.

– Aham.

– Ela dormiu algumas horas na mesma cama que eu. Não aconteceu nada. Jeremy chegou de viagem, então eu fui lá para vê-lo, e depois eu e ele fomos juntos falar com Greg na manhã seguinte, por isso acabei passando a noite no quarto de hóspedes. Emily entrou quando eu estava na cama. A gente conversou. Ela meio que se deitou do meu lado e perguntou se podia ficar.

– Você falou que podia.

– Foram só... as emoções do dia, a comoção toda. Acho que ela estava se sentindo solitária.

Terese manteve os olhos no teto.

– Vocês dois têm um vínculo.

– É. Mas não desse tipo.

– Vocês têm um filho juntos.

– Sim.

– E um passado. Você a pediu em casamento.

– Eu tinha 22 anos.

– Então não foi a sério?

– Me casar com ela teria sido o maior erro da minha vida. Eu não sinto mais nada por ela.

– Engraçado – disse Terese. – Sabe no que eu estava pensando antes de você contar isso?

– Diga.

– Em como somos incríveis juntos.

– Nós somos.

– Duas almas feridas que curam uma à outra quando se unem. – Ela se sentou. – Você e Emily são o contrário: duas almas feridas que destroem uma à outra quando se unem.

– Foi há muito tempo, Terese.

– As feridas estão todas cicatrizadas, então? Não sobrou nenhuma?

– Ela não significa nada para mim.

– Ainda assim, você quis consolá-la. Quando ela estava lá. Naquele quarto.

– Não nesse sentido.

– Então por que me contou?

Ele também se perguntou isso.

– Achei que era algo que você precisava saber.

– Eu não precisava saber.

– Ah.

– As pessoas dão valor demais a esse negócio de saber tudo – disse ela.

– Tem coisas que você não me conta? – indagou Myron.

Ela suspirou.

– Vai parecer que estou dando o troco.

– Mesmo assim, eu gostaria de saber.

Ela se virou de lado, de modo a apoiar a cabeça na mão.

– Quando fui a Roma no mês passado, eu saí para beber com Charles.

Myron não gostou do que estava sentindo.

– Argh – disse ele.

Terese não falou nada.

– Ele deu em cima de você?

– É lógico que deu em cima de mim.

– Mas você não ia me contar.

– Não – respondeu ela.

– Por quê?

– Porque não tem importância.

– Não entendo. – Myron se sentou. – Você sabe como Charles é.

– Eu sei.

156

– Então por que raios você saiu para beber com ele, para começo de conversa?

– Esse seu tom é de brincadeira, né?

Agora foi a vez de Myron ficar calado.

– Ontem à noite, você e sua ex, com quem você tem um filho, dormiram na mesma cama. Uma ex que você já pediu em casamento. Por que você simplesmente não voltou para casa?

– Eu ia visitar Greg logo de manhã.

– Você podia ter feito isso saindo aqui da cidade – argumentou Terese. – Em vez disso, escolheu ficar na casa de praia de Emily.

– Ela precisava de alguém.

– E se eu falasse que Charles também precisava de alguém?

– Ah, faça-me o favor. Não é a mesma coisa. Você sabe.

Terese sorriu. Myron conseguia ver graças ao luar que entrava pela janela. Ela estava tão linda naquele momento... Ele se perguntou se já tinha visto uma mulher tão linda assim.

– Por que você está sorrindo? – perguntou Myron.

– Eu sei que é tóxico, mas é meio bonitinho quando você fica com ciúme.

Ele não conseguiu conter o sorriso.

– Também fui ver o ex-marido de Cecelia Callister hoje.

– Um dia cheio de ex.

– Ele me falou da dificuldade de ser casado com uma supermodelo. De como todo mundo vivia dando em cima dela. Eu sei muito bem como ele se sente.

– Está me comparando a uma supermodelo?

– Não – discordou Myron. – Você é muito mais gostosa.

– Muito insinuante – disse ela. – De verdade, agora.

– Fiquei pensando naquela música, "When You're in Love with a Beautiful Woman".

– Quem cantava essa?

– Dr. Hook, eu acho.

– Isso. Dr. Hook and the Medicine Show. Eles também cantavam "Sylvia's Mother".

– Viu por que me apaixonei tanto por você?

– O que é que tem o ex de Cecelia e essa música?

– Esse ex estava me contando que tinha sido muito ingênuo por achar que

157

era legal quando homens davam em cima dela, que ele meio que se sentia empolgado.

– E você não se sente.

– Não. E aí, um dia, o que aconteceu com esse ex... o nome dele é Ben Staples... foi que, aparentemente do nada, a esposa chegou e falou que estava grávida de outro homem e ia deixá-lo.

– Bom, a gente sabe que você não precisa ter medo de que isso aconteça comigo.

Myron fechou os olhos e se xingou internamente.

– Terese.

– Não.

– Desculpe. Eu não queria...

– Eu sei. Não tem problema. De verdade.

– Eu te amo.

– Eu sei – disse ela. Terese então se virou para ele. – Mas você está tranquilo em relação a isso?

– Estou.

– Eu não sou o que você queria.

– É melhor.

– Você sempre quis a esposa, os filhos, a cerca no jardim, o churrasco em família, a liga infantil de esporte...

– Terese.

– Você não pode ter essas coisas comigo.

– Eu sei.

– Não era o seu plano.

– Vai me fazer falar? – perguntou Myron.

– Argh – disse Terese, imitando Myron perfeitamente. – Não, por favor.

– *Der Mensch Tracht, un Gott Lacht*. O homem faz planos, Deus ri. Não era meu plano. É melhor. Eu te amo, Terese. Eu quero isto. Eu quero você. Está bem?

– Está. – Ele não sabia se ela acreditava em suas palavras. – Myron?

– Oi.

– Não faça amor com Emily.

– Não tenho interesse.

– Tem, sim. Foi por isso que você contou e eu não. Você ainda sente algo por ela. É o seu jeito de ser. Quando você entrega seu coração para alguém, a pessoa vai ter um pedacinho dele para sempre.

– E você não sente isso em relação a Charles?

– Nem um pouco.

Myron refletiu.

– Ainda posso dar um soco na cara dele?

– Não – disse ela. – Mas fico feliz que você queira.

capítulo vinte e três

MYRON SAIU DA CAMA às cinco da manhã.

Ele estava morando no quarto de hóspedes principal do apartamento de Win, com vista para o Central Park perto da 72nd Street. Tinha um Chagall de quase 2,5 metros de altura – sim, um legítimo – na parede entre duas janelas que davam para o parque. Da cama com dossel de mogno jamaicano, uma antiguidade da era de Jorge III, a vista de Myron (da esquerda para a direita ou da direita para a esquerda) era janela para o Central Park, Chagall deslumbrante, janela para o Central Park.

Havia lugares piores para se hospedar.

Win já estava acordado, arrumado e lendo um jornal – um jornal de verdade, de papel – na saleta. Estava tomando seu Earl Grey com uma xícara de porcelana fina de ossos estampada com o brasão da família. Myron se sentou na poltrona de couro cor de vinho ao lado dele.

– Como foi sua noite? – perguntou Win.

– Sensacional. Não ouvi quando você chegou.

– Provavelmente porque sua noite foi... qual foi a palavra excelente que você usou para descrever? "Sensacional."

Win era notívago. Ele saía para caminhar de madrugada. Bebia um pouco demais e galinhava – se é que ainda se usava essa palavra – noite adentro, mas dava um jeito de sempre acordar cedo com uma aparência revigorada. Antigamente, pelo menos. Não era algo que qualquer outra pessoa perceberia, mas Myron podia sentir os anos começando a pesar só um pouquinho no velho amigo. As pálpebras estavam ligeiramente mais baixas. A mão que erguia a xícara de chá não estava mais tão firme. Talvez fosse fruto da imaginação de Myron. Ou talvez Myron estivesse projetando – ele também não estava ficando mais jovem –, mas ele achava que não.

– Você... hã... usou seu aplicativo ontem à noite? – perguntou Myron.

– Usei.

Win tinha um aplicativo super-rico, superexclusivo, superanônimo, superluxuoso de transa casual – um Tinder para os ultra-abastados. Myron não sabia todos os detalhes – não *queria* saber todos os detalhes –, mas, em suma, duas pessoas megarricas dão match, se encontram em uma cobertura clandestina maravilhosa em algum lugar da cidade e, bom, balançam o edredom.

– Não peça detalhes – declarou Win.

– Não vou pedir.

– Todo mundo no aplicativo é obrigado a manter o sigilo.

– Ótimo.

– Quer dizer, eu poderia falar sem dar nomes. Tratar em termos hipotéticos.

– Dispenso.

– Por que perguntou, então?

– Eu também queria saber.

Win sorriu, virou a página do jornal e voltou a dobrá-lo. Ele fazia isso com muita precisão, como um matemático estudando formas geométricas ou a tia Selma de Myron dividindo a conta do almoço.

– Esperanza quer falar com você agora de manhã – informou Win. – Na sala dela. Já estão esperando.

Myron deu uma olhada no relógio chique Luís Qualquer Coisa na cornija de mármore acima da lareira.

– Meio cedo.

– É.

– Você falou que estão esperando – disse Myron.

– Muito observador.

– "Estão". No plural.

– Poderia ser sujeito indeterminado.

– É verdade, mas você já falou de Esperanza. Portanto, tem pelo menos *um* sujeito determinado.

Win sorriu, fazendo um gesto de aprovação com a cabeça.

– O plural, meu amigo esperto, se refere a Esperanza e Sadie Fisher.

Sadie Fisher era a sócia-fundadora do escritório de advocacia FFD – o primeiro F, por assim dizer, ao passo que Esperanza era o D.

– Então Sadie quer conversar comigo – disse Myron.

Win não respondeu.

– Por que Esperanza não me mandou uma mensagem?

– Porque ela não queria interromper você e Terese em flagrante delito.

Myron balançou a cabeça.

– Quantos anos você tem?

– Ela preferiu que eu desse o recado pessoalmente.

– Alguma ideia de qual é o assunto?

– Sim – respondeu Win. – Mas seria só especulação.

Uma hora depois, a limusine de Win atravessava a entrada especial no subsolo do edifício Lock-Horne. Eles pegaram o elevador privativo. Myron desceu sozinho no andar antigo. Na época em que a MB Representações dominava aquela área, a sala de espera tinha os tons neutros de cinza e bege que diziam "somos profissionais sérios". Quando Fisher, Friedman & Diaz ocuparam o espaço, elas pintaram as paredes com um vermelho-vivo que parecia inspirado no batom que Esperanza e Sadie estavam usando.

O recepcionista do escritório era um rapaz chamado Taft Buckington III, cuja aparência condizia exatamente com o nome. O pai de Taft, chamado Taft Buckington II – para a surpresa de ninguém, com um nome desses –, era sócio do clube de golfe ultraexclusivo de Win na Main Line conhecido como Merion. Quando Win, investidor do tal escritório, sugeriu que Sadie contratasse um advogado homem só para constar, a resposta dela tinha sido direta: "Nem pensar." Ela preferiu contratar o jovem Taft para atuar como recepcionista e auxiliar jurídico. Parecia estar dando certo.

– Oi, Taft – cumprimentou Myron.

– Bom dia, Sr. Bolitar. Vou avisar Sadie e Esperanza que o senhor chegou.

– Não precisa.

Foi Sadie quem falou. Ela e Esperanza vinham andando lado a lado na direção de Myron, de cabeça erguida, ombros para trás, como se estivessem em uma passarela, Myron pensou, o que sem dúvida era um pensamento sexista, mas paciência.

Esperanza cumprimentou Myron com um beijo no rosto. Ele não conhecia Sadie muito bem, mas ela fez o mesmo. Eles entraram no que antes havia sido a sala de Myron. Agora era de Sadie. Ela havia mantido a antiga mesa dele, mas só isso. O frigobar dos Yoo-Hoos de Myron tinha dado lugar a um móvel com uma impressora. Os cartazes de musicais da Broadway, as decorações esportivas e as lembranças da carreira de jogador dele não estavam mais lá. Agora não havia nada nas paredes. Nada na mesa.

– Sensação estranha, né? – observou Sadie.

– Um pouco.

– Não gosto de ter nada pessoal aqui – explicou ela. – Não estou tentando causar nenhuma impressão. Não quero que pensem que eu tenho vida pessoal ou qualquer vida que seja fora do escritório. Quando uma cliente entra aqui, não quero que ela se distraia com nada. Quero que pense que existo apenas para ajudá-la e representá-la.

Sadie se sentou no antigo lugar de Myron atrás da mesa. Myron se sentou na frente dela. Era uma perspectiva estranha. Esperanza ficou de pé, andando de um lado para outro, sem tomar partido. Sadie ajeitou os óculos de bibliotecária e anunciou:

– Nosso escritório assumiu a defesa de Greg Downing.

Isso pegou Myron de surpresa.

– Ah. – Ele precisou de um tempo. – E quem Greg contratou especificamente?

– Eu – respondeu Sadie. – Mas todo mundo faz parte da equipe, incluindo, a partir de agora, você. Você é licenciado para advogar na cidade de Nova York, certo?

– Certo.

– Então tudo o que dissermos entre nós está coberto pelo sigilo profissional entre advogado e cliente. Entendido?

– Perfeitamente.

– É por isso que Win não foi convidado a participar. Só para esclarecer. Não fosse isso, eu jamais o deixaria de fora.

Myron olhou para Esperanza e de novo para Sadie.

– Eu sei que vocês vêm atuando muito bem ao proteger suas clientes contra estupradores e perseguidores, mas já tiveram muita experiência com direito penal?

– Muita? Não. Um pouco? Sim. – Sadie tirou os óculos e pôs uma das hastes na boca. – E, para responder à sua próxima pergunta, ninguém no escritório pegou um julgamento de homicídio antes. Expliquei isso para Greg.

– Então, se me permite a pergunta...

– Por que nós? – concluiu Sadie por ele.

Myron assentiu.

– Sem querer ofender.

– Não tem problema. Se eu estivesse no seu lugar, essa também teria sido minha primeira pergunta. E eu a fiz para Greg. Indo direto ao ponto, Greg me conhece, gosta de mim, confia em mim. Sabe que eu sou boa e que vou lutar com unhas e dentes por ele, e que, embora eu nunca tenha pegado um julgamento de homicídio, ele sabe que vou encontrar as pessoas certas para ajudar.

– Greg me conhece, gosta de mim, confia em mim – repetiu Myron.

– Você quer saber como – disse Sadie. – Compreensível. Você conhece Emily, a ex de Greg.

Myron olhou rapidamente para Esperanza de novo. Esperanza deu de ombros.

– Conheço.

– É claro que conhece. Eu estava sendo sarcástica. Greg me contou a novela sórdida inteira que é a história de vocês. Você se lembra da irmã mais nova de Emily?

– Judy.

– Judy Becker agora. Judy foi minha colega de quarto na época da faculdade. A gente era muito amiga. Como você e Win na Duke, eu imagino. Foi assim que conheci Greg. Prestei uns serviços jurídicos pequenos para ele e Emily ao longo dos anos. Na verdade, Greg me apresentou a Win alguns anos atrás. Foi por isso que pensei nele quando precisei de um lugar para o escritório.

Myron levou alguns segundos para assimilar as informações. Ele olhou de novo para Esperanza.

– Por que você fica olhando para Esperanza? – indagou Sadie.

– Nós somos muito amigos.

– Eu sei. O que acha que eu não estou lhe contando?

– Nada.

– Então pare com isso. Me incomoda.

– Peço desculpas. É o costume. Imagino que você tenha falado com seu cliente.

– Falei.

– E?

– E... grande surpresa: Greg disse que não foi ele.

– Você acreditou?

– É agora que eu digo que não faz diferença ou que não ligo ou sei lá o quê? Não vou entrar nessa questão, tudo bem? – Sadie olhou o relógio. – Estou demorando demais para desembuchar, então deixe eu ir logo com isso. Tem uma coisa estranha nesse caso. No momento, o FBI está de bico bem fechado, mas tem um boato bizarro circulando.

– Que boato?

– Eles acham que não é a primeira vez que Greg matou alguém.

Myron quase se virou para Esperanza, mas, ao se lembrar da reação de Sadie, se conteve.

– Quem mais eles acham que ele matou?

– Não sei.

– Está por dentro do assassinato de Jordan Kravat em Las Vegas?

Sadie assentiu.

– Esperanza me contou.

– O boato provavelmente é sobre esse assassinato, não?

– Eu acho – disse Sadie devagar, mordiscando a haste dos óculos – que talvez seja mais do que isso.

– Como assim?

– Aqueles agentes do FBI foram ao seu escritório.

– E daí?

– E daí que o FBI não costuma lidar com homicídios.

– Isso é meio que um clichê de televisão – afirmou Myron –, essa coisa de ultrapassar jurisdições. Eles cooperam bastante. Além disso, Greg era famoso e supostamente estava morto. Achei que fosse da competência deles por causa disso.

– Você fez alguma pesquisa sobre a agente especial Monica Hawes?

– Não.

– A especialidade dela é elaboração de perfis – informou Sadie. – Tipo, perfis de assassinos em série.

Myron piscou.

– Eles acham que Greg é um serial killer?

– Não sei. Mas estou com um pressentimento. E não é bom. – Sadie pôs as mãos na mesa e inclinou o corpo para a frente. – É por isso que você está aqui. Eu esperava que pudesse nos ajudar.

– Como?

– Eu sei que você e Win têm uma história com o FBI... E, sim, foi Esperanza que me falou, então pode olhar para ela agora para confirmar. Vocês têm um contato lá dentro. Alguém no alto escalão, certo?

Myron pensou imediatamente em PT, seu antigo chefe.

– Talvez.

– Você fica uma gracinha quando se faz de sonso. Na verdade, não fica, não. Enfim, por favor, ligue para seu contato. A gente precisa saber o que vai enfrentar. Depois, venha nos relatar o que ele lhe contar.

Myron compartilhou com Win a conversa com Sadie e Esperanza. Ele entendia o cuidado de Sadie em relação ao sigilo entre advogado e cliente, mas acabou que nada do que foi falado naquela sala precisava ser mantido em segredo. Não que Win fosse dar com a língua nos dentes. Não que alguém fosse obrigar um cara na posição dele a depor. Porém, mesmo se conseguissem, no fim das contas tudo que Sadie queria era saber o que o FBI tinha contra o cliente dela. Não havia nada de comprometedor nisso.

– Eu sei que você já falou com PT – disse Myron.

– E ele deixou claro que sabe mais coisa – declarou Win. – Não custa nada procurá-lo.

Win pôs o telefone do escritório no viva-voz e discou o número de PT. Ele apoiou os pés na mesa enquanto soava o primeiro toque. Myron se sentou diante dele e esperou. No terceiro, a voz rouca já conhecida atendeu.

– Myron está aí com você? – perguntou PT, sem preâmbulo.

– Estou – respondeu Myron.

– Almoço no Le Bernardin. Só nós três.

Ele desligou.

– Parece que estava esperando nossa ligação – observou Myron.

– Realmente.

– O que você acha?

Win pensou um pouco.

– O FBI deve ter um baita orçamento para despesas gerais se ele vai levar a gente ao Le Bernardin.

capítulo vinte e quatro

PT ERA UM DAQUELES homens idosos que pareciam ficar mais fortes com a idade. Ele era grande, calvo e imponente. As mãos pareciam luvas de beisebol, com dedos grossos feito linguiças. A mão de Win sumiu dentro da luva de beisebol quando eles se cumprimentaram. A de Myron também.

– Há quanto tempo! – disse PT para Myron.

Foi um comentário peculiar. Fazia quase duas décadas que Myron não via PT. Até naquela época, PT tinha sido basicamente uma voz ao telefone. Existem pessoas que habitam as sombras do governo. PT *era* a sombra. Myron não sabia nem o nome verdadeiro dele.

– É – concordou Myron.

– Você está ótimo, Myron.

– Você também.

– Fiquei sabendo que se casou.

– A gente convidou você para a cerimônia.

– Sim, eu sei.

PT não disse por que não pôde comparecer. Por outro lado, Myron não esperara que ele fosse. Algumas pessoas podem achar isso estranho, mas a relação com PT nunca foi normal.

Eles estavam em uma sala privativa acima do salão principal do restaurante Le Bernardin. Uma parede era ocupada por um quadro do mar por Ran Ortner. A obra de Ortner parecia mais uma fotografia marítima do que uma pintura – simplista e minimalista em vários sentidos, mas Myron a achava hipnótica, intrigante. Ele parou para admirá-la. Os mares de Ortner tinham alguma coisa que faziam o coração de Myron bater mais devagar, no mesmo ritmo imaginado para aquelas ondas.

PT pôs a mão no ombro de Myron.

– É bom, né?

Myron assentiu.

– Procure sempre parar um pouco para apreciar a arte – sugeriu PT. – Nossa vida já é muito caótica. Isso serve para lembrar por que fazemos o que fazemos.

Myron sorriu.

– Estamos bem filosóficos hoje, hein?

– É a idade. Está feliz, Myron?

Pergunta estranha. Myron pensou, mas respondeu:

– Com certeza.

– Win?

Win abriu os braços.

– Ser eu é muito bom – disse ele.

PT sorriu.

– Isso ninguém pode negar.

– Por que a pergunta? – indagou Win.

– Porque eu mudei a trajetória da vida de vocês – respondeu PT.

Myron nunca tinha pensado muito nisso, mas era verdade. PT os havia recrutado ainda jovens para uma breve operação clandestina com um subgrupo do FBI sob o codinome Adiona. PT teve motivo para selecioná-los, treiná-los e colocá-los em campo, mas já fazia muito tempo. Mesmo assim, PT tinha razão. Foi ali que tudo começou para Myron e Win. Ali eles foram forjados, convencidos de que eram capazes. Eles haviam salvado muitas pessoas. Tinham perdido algumas também. O pensamento de Myron voltou para aquela lápide, para o nome de Brenda Slaughter, mas ele piscou e seguiu em frente. Os melhores atletas tinham essa capacidade: seguir em frente. Para ser o melhor em qualquer esporte, era preciso ter reflexo, habilidade física, a mentalidade certa, uma competitividade bizarra... mas também ser capaz de aperfeiçoar a simples capacidade de esquecer. Deixou o adversário empatar? Esquece. Mandou a bola fora? Esquece. Cometeu um erro no finzinho da partida? Sacode a poeira e continua.

Os melhores sabem esquecer.

– Sentem-se – disse PT.

Havia uma mesa redonda no meio da sala que daria para acomodar umas dez pessoas, mas no momento ela estava posta apenas para três.

– Tomei a liberdade de solicitar a Eric que fizesse nossos pedidos – disse PT.

Myron presumiu que estivesse se referindo a Eric Ripert, coproprietário e chef principal. Myron não o conhecia. Win, sim. E supôs que PT também. Um garçom apareceu e serviu vinho branco. Myron não gostava de beber vinho durante o dia. Ele ficava com sono. Mas, se PT tinha pedido aquele vinho no Le Bernardin, provavelmente valia a pena experimentar.

– O que o traz a Manhattan? – perguntou Myron.

A única coisa que eles sabiam de PT era que ele morava na região da capital, Washington – perto o bastante para chegar ao presidente num instante.

– Trabalho.

– Achei que você estivesse aposentado – comentou Myron.

– Quase sempre estou – disse PT. Então acrescentou: – Mas precisam da minha ajuda aqui.

– Isso acontece com frequência?

– Quase nunca – respondeu PT, tomando um gole do vinho. – Só quando um assunto importante demanda grande sensibilidade.

– E o caso de Greg Downing entra nessa categoria? – indagou Myron.

– Entra, sim.

– É um caso de homicídio – declarou Myron. – Homicídio duplo. Isso não deveria bastar para tirar você da aposentadoria.

– Um homicídio duplo não bastaria, realmente.

– Então não é um homicídio duplo?

– Antes de entrarmos nesse assunto – disse PT –, imagino que vocês tenham me procurado aqui porque Greg Downing é um cliente seu.

– Isso – confirmou Myron.

– Só para deixar claro: vocês querem ajudar na defesa dele. Estão do lado de Greg Downing.

– Acho que sim – retrucou Myron. – De que lado você está?

PT sorriu.

– Não vou tomar partido nessa briga. Só quero chegar à verdade. Se Greg Downing rodar por isso, então ele vai rodar. Se for inocente, então tudo que vou querer é limpar o nome dele. – O garçom veio e serviu o primeiro prato. – Acontece que estou com um pequeno dilema.

– Que é?

– Existem coisas que vocês precisam saber. Ou melhor, existem coisas que eu quero contar, embora nosso diretor novo não fosse gostar que eu as compartilhasse com vocês.

– Você gosta do diretor novo? – perguntou Win.

– Não – admitiu PT. – Mas ainda respeito o cargo. Portanto, para deixar claro: se vocês estão aqui como partidários de Greg Downing...

– Estamos – afirmou Myron.

– Então é melhor apenas aproveitarmos o almoço.

PT pegou o garfo.

– Eu não sou partidário de ninguém – declarou Win.

– Win.

Win se virou para Myron.

169

– Não estou aqui para proteger Greg – disse Win para ele. – Ele acabou com a sua carreira. Forjou a própria morte. O DNA dele apareceu numa cena de crime. Se ele matou Cecelia Callister e o filho dela, não quero ter nenhuma participação na liberdade dele. Você também não, né?

– Não, é lógico que não. Mas...

– Além disso, você *não é* o advogado nele nesse caso. Greg contratou Sadie, não você.

– Ela me incluiu na equipe jurídica dele.

– Então é melhor você ir embora – aconselhou Win. – Não vim aqui ajudar Greg Downing a ficar impune por assassinato.

PT levou a comida à boca, fechou os olhos e murmurou algo que tinha a ver com néctar dos deuses.

– Nem eu – declarou Myron. Ele se virou para PT. – Você sabe da nossa situação.

– Sei – concordou PT.

– Você sabia quando aceitou nos receber.

– Verdade.

– Então vamos parar com os jogos de semântica – disse Myron. – Você me conhece. Não vou obstruir a justiça para deixar um assassino em liberdade.

PT abaixou o garfo e limpou os cantos da boca com o guardanapo. Não houve nenhuma mudança aparente na sala, mas tudo parecia ter ficado mais quieto, imóvel. Essa era uma das características de PT. Ele tinha um magnetismo, um carisma quase sobrenatural, do tipo que fazia as pessoas se aprumarem e prestarem atenção por mais triviais que fossem as palavras dele. Quando ele estava pronto para falar, como naquele momento, a impressão era de que tudo à sua volta parava.

– Quando começamos a estudar assassinos em série a fundo no FBI, lá nos idos das décadas de 1970, 1980, eu diria que existiam centenas, talvez mil assassinos em série nos Estados Unidos. Mas e hoje? Estimamos que haja apenas cinco, no máximo dez em atividade. Não é porque temos menos psicopatas ou porque a humanidade melhorou como espécie. É porque é mais difícil ficar impune no mundo atual. Tem tecnologia demais, câmeras em todo lugar, ferramentas de rastreamento, metodologia de vigilância... as pessoas são vistas centenas de vezes por dia pelo governo ou por instituições privadas. O Grande Irmão está mesmo observando o tempo todo. Além disso, nossos cidadãos, as vítimas preferidas de um assassino em série, hoje são mais cautelosos. Eles aprendem isso com a TV ou o cinema. Não se deixam ser alvos fáceis. Ninguém mais pega carona na estrada, por exemplo. Profissionais do sexo também não atuam mais de forma tão clandestina quanto antigamente. As pessoas falam onde estão para amigos ou colegas de trabalho. Usam celulares que registram seus deslocamentos. Nossos computadores são capazes de analisar em segundos tudo quanto é pista: DNA, impressão digital, imagens de câmeras de vigilância, toda essa montanha de informações. Em resumo: a modernidade praticamente tornou o assassino em série uma espécie em extinção.

Myron e Win esperaram.

– Mas acredito que exista um em ação aqui.

A porta se abriu. O garçom apareceu, mas PT o dispensou com um gesto da mão. Ele voltou a sair e fechou a porta atrás de si.

– Você acha que Greg Downing é um assassino em série? – perguntou Myron.

– Antes de eu me adiantar, deixe-me dizer o seguinte: a maioria dos meus colegas no FBI acredita que este é mesmo um caso normal de homicídio. Ainda não temos uma motivação forte, mas Greg Downing conhecia Cecelia Callister, ainda que não fosse um contato próximo. Para muita gente, isso basta. Nós nos atemos ao que conhecemos. Seguimos as pistas e, respeitando o protocolo e o método, o que temos contra Greg Downing é contundente. Ele vai ser condenado por isso.

– E seus outros colegas? – quis saber Myron.

– Outros acreditam que Greg Downing é um assassino em série e que os Callisters foram só mais duas vítimas...

– Não vejo como...

– ... e outros ainda, um grupo pequeno porém sábio, acreditam na possibilidade de que Greg Downing seja uma vítima.

– Vítima? – repetiu Myron. – De um assassino em série?

PT bebeu mais um gole do vinho.

– Como Greg seria uma vítima?

– É aí que eu preciso dos seus talentos. – PT afastou o prato para o lado. – Eu sei que vocês dois deram uma boa investigada no assassinato de Jordan Kravat em Las Vegas.

Myron assentiu e disse:

– Você falou para Win que achava que Greg podia ter alguma relação com o crime.

– Ah, com certeza ele tem. Não significa que tenha sido ele. Mas a questão é a seguinte. Vamos supor que haja um assassino em série em ação aqui. Ainda estamos compilando tudo, mas até o momento identificamos sete mortes que acreditamos terem sido cometidas por ele.

– Ele? – indagou Myron. – O assassino em série é um homem?

PT suspirou.

– Estou falando no masculino porque sou velho e não quero complicar mais a situação falando "o(a) assassino(a)" o tempo todo. Além do mais, 91% dos serial killers são homens. Então, para simplificar, vou falar no masculino por enquanto, tudo bem?

PT se inclinou e pegou uma valise antiquada. Ele a apoiou na mesa, abriu os fechos com os polegares e retirou uma pasta. Tirou os óculos de leitura do bolso do paletó e colocou no rosto.

– Vocês sabem de Jordan Kravat e sabem dos Callisters. Então os mantenham em mente ao longo da conversa. Tem também o assassinato de uma mulher chamada Tracy Keating, em Marshfield, Massachusetts. Ela estava em uma casa alugada, escondendo-se de um namorado abusivo chamado Robert Lestrano. Ele a encontrou e a matou. Condenação fácil. Temos também um empreendedor rico da área de tecnologia em Austin, Texas, que foi morto pelo próprio filho por causa de dinheiro. Tinha um homem assediando uma mulher pela internet em Nova Jersey que foi morto pelo irmão dela. Um agricultor que foi assassinado em sua fazenda de soja perto de Lincoln, Nebraska, por dois lavradores imigrantes.

– Qual é a relação entre eles? – perguntou Myron.

– Digam-me vocês – sugeriu PT. – O que é que chama atenção nisso tudo que eu acabei de contar?

Myron assentiu. Ele estava começando a enxergar.

– Os casos foram solucionados.

– Boa! – exclamou PT, como um mentor satisfeito. – Continue.

– Vocês pegaram os responsáveis. Eles foram julgados e condenados.

– Alguns ainda estão em fase de julgamento – acrescentou PT, para esclarecer –, mas sim.

Myron balançou a cabeça.

– Minha nossa.

PT não conseguiu conter um sorriso.

– Explique – disse Win.

– Não percebeu? – respondeu Myron. – É assim que um assassino em série poderia se safar nos dias de hoje.

– Prossiga – insistiu Win.

– Não são casos em aberto. Muito pelo contrário. Esses casos são encerrados logo de cara. Então não tem jeito de descobrir algum padrão. – Myron se inclinou para a frente. – Quando um assassino em série mata alguém ou some com a pessoa, o caso fica sem solução. Com o tempo, os padrões começam a surgir. Ou um *modus operandi*. Ou um monte de assassinatos sem solução. A investigação passa a procurar conexões entre as vítimas. Mas, neste caso, se estou seguindo a lógica da coisa, esse assassino em série não está apenas cometendo homicídios. Ele está armando para outra pessoa pagar pelos crimes. Fez isso em Las Vegas, no Texas, em Nova York, em todos os lugares. Os casos então são – Myron fez o gesto de aspas com os dedos – "solucionados". No caso de Jordan Kravat, por exemplo, Joey Turant foi incriminado pelo DNA. Joey leva a culpa. Caso encerrado. Com os Callisters, o DNA aponta para Greg Downing. Ele leva a culpa.

– Caso encerrado – disse Win, assentindo, entendendo tudo.

Myron se virou para PT.

– Imagino que tenha acontecido a mesma coisa nos outros casos que você citou... com o agricultor de soja, o pai e o filho de Austin?

– Sim.

Myron se recostou.

– Então alguém armou para Greg Downing.

– Vamos com calma – alertou PT.

– Não é essa a conclusão óbvia?

– Não, Myron, essa é a que mais atende à sua narrativa. – PT ajeitou o corpo grande na cadeira. – Outra perspectiva é que o FBI vem procurando meticulosamente por conexões entre os diversos casos. Esquadrinhando as provas em busca de pontos em comum. Os crimes aconteceram em estados distintos. As vítimas eram de gêneros e contextos variados. Não tem nada que ligue uma às outras, nada mesmo... só que agora achamos um ponto de contato entre o caso de Jordan Kravat e o dos Callisters. E esse ponto de contato é...?

PT parou e esperou.

– Greg Downing – respondeu Myron.

– Muito bem, Myron. Será que é só falta de sorte Greg Downing ter sido a única conexão que encontramos entre quaisquer vítimas?

– Poderia ser – disse Myron.

– Mas você acredita nisso?

– Não – retrucou Myron. – Não acredito.

– Então, com isso, qual é a única certeza que temos? – perguntou PT. – O que quer que esteja acontecendo aqui, quem quer que seja responsável por todas essas mortes... isso tem conexão direta com seu antigo arquirrival, Greg Downing.

capítulo vinte e cinco

Você fica embaixo do toldo vermelho do Michelangelo Hotel na 51st Street, perto da Sétima Avenida. Está caindo uma chuva tão fina que é quase uma névoa. O vento sopra as gotas por baixo do toldo. Por um instante, você fecha os olhos e aprecia a sensação da água no rosto. Aquilo remete a infância. Não sabe bem por quê. Você sempre gostou do mar. Lembra-se de se sentar na beira das pedras do quebra-mar, com as ondas arrebentando bem perto, e de fechar os olhos assim e sentir o borrifo de água. Você abria a boca e botava a língua para fora a fim de sentir o gosto do sal.

Você abre os olhos e espera. Tem paciência. Foi uma das qualidades que você aprendeu. Não era um talento inato, mas agora poderiam chamar você de pessoa detalhista, excessivamente cautelosa e até morosa. Mas você sabe. Um erro poderia ser o seu fim. Isso nunca esteve tão claro.

E um erro foi cometido.

Passa-se meia hora. Você percorreu a 51st Street de um lado para outro entre esse toldo na Sétima Avenida e a loja oficial da Major League Baseball na Sexta. Tem uma fila na porta da loja de beisebol. Você faz uma careta. Homens adultos compram camisetas de beisebol por 200 dólares. Não crianças. Homens adultos. Eles usam camisetas de beisebol de seus "heróis" em público.

Você balança a cabeça.

Não consegue deixar de pensar que seria legal dar um tiro na cabeça de um daqueles caras só para se divertir.

E você está portando uma arma.

Você não pensava assim antes. Ou melhor, talvez pensasse. Talvez todo mundo pense. Só por um breve instante. A gente fala consigo mesmo: veja só aquele babaca usando camiseta de time. Seria legal... Mas aí a gente para, é claro. Dá um sorriso. É só brincadeira. Não queremos machucar ninguém de fato. Nunca nos deixamos levar porque, se fizermos isso, se cedermos uma vez sequer, talvez não tenha mais volta.

Foi isso que aconteceu com você, não foi?

Você ouve falar da natureza viciante da heroína, por exemplo. Talvez você sinta vontade de experimentar, mas, se fizer isso, se provar uma única vez, dizem que talvez nunca mais consiga parar. Pode ser verdade, pode não ser. Você não sabe.

Mas, para você, foi verdade com assassinatos.

É nesse momento, quando olha de novo na direção da Sétima Avenida, que você vê Myron e Win saírem do Le Bernardin.

Você se vira para a loja de beisebol e finge olhar a vitrine. Tem manequins totalmente equipados, inclusive de chuteira com trava e aquelas meias de estribo bizarras, que só cobrem a canela e a panturrilha e deixam o pé de fora. Você se pergunta se alguns trouxas chegam a comprar mesmo o uniforme completo de seu jogador preferido. Você se lembra de ter ido ao US Open de tênis no Queens e ver alguns espectadores todo paramentados – camisa polo, bermuda, testeira –, como se estivessem prontos para a possibilidade de um dos jogadores profissionais chamá-los para a quadra no meio da partida.

Que ridículo.

Pare, você pensa. Está se distraindo.

Você chega mais perto da vitrine. Sua gola está virada para cima. Você está com um disfarce sutil porque sempre tem a sagacidade de usá-los. Nada chamativo. Mas ninguém que te conhece reconheceria você. Testemunhas teriam dificuldade de fazer uma descrição sua.

Myron e Win atravessam a Sexta Avenida. Eles não conversam. Parecem não precisar. Estão só andando lado a lado.

Você está com a arma.

Você se concentra mais em observar Myron Bolitar. Queria ter mais tempo. Está agindo às pressas, e isso nunca é bom. Mas agora não tem opção. Está tudo andando depressa. Você pondera.

Atire nele agora, diz uma voz dentro de você.

As ruas estão cheias de gente. O tiro provocaria pânico. Você poderia até matar mais uma ou duas pessoas, iniciar um tumulto. Isso seria uma distração. Você conseguiria escapar.

Às vezes vale a pena brincar. Às vezes vale a pena agir logo.

Talvez agora seja o momento de agir.

Você está de sobretudo. Põe a mão no bolso e segura a arma. Ninguém tem como saber, é lógico. Se alguém olhasse, você seria só mais uma pessoa andando na calçada com as mãos nos bolsos.

Sua mão encontra a arma – e, quando isso acontece, quando sua palma envolve o cabo, quando seu dedo encontra o gatilho, você sente a onda. Ela atravessa seu corpo feito um relâmpago. É como se o poder fluísse através de você – o poder sobre a vida e a morte. Todo mundo que possui uma arma, todo mundo que segurou uma arma na vida já sentiu isso. Pode ser um pequeno barato. Pode ser algo maior. Segurar uma arma é empolgante. Não deixe os do contra falarem que não.

Myron e Win continuam andando pela 51st Street no sentido leste.

Você sabe para onde estão indo. Para o edifício Lock-Horne na esquina da 47th Street com a Park Avenue. Será que vão cortar caminho pelo Rockefeller Center? Talvez. Você pode se apressar e chegar a um lugar mais perto do destino deles, esperar, mirar. Atirar. O edifício Lock-Horne fica perto da Grand Central Station. Daria para atirar, provocar o pânico, correr para ela.

Você começa a andar, mantendo os olhos nos dois.

Win então para e se vira.

Você não está em risco. Está com seu disfarce. Há uma boa distância entre vocês.

No entanto, mesmo assim, você se vira para a vitrine de outra loja, para não ter a menor chance de verem seu rosto. Seu coração está martelando no peito.

Agora não, diz uma voz dentro de você. O risco é grande demais. Há pedestres demais. Câmeras demais. E tem Win também. Mesmo quando ele começa a andar de novo com aquela descontração, com os olhos escondidos atrás dos óculos escuros, parece que está olhando para todos os lados ao mesmo tempo, como aqueles retratos renascentistas cujo olhar acompanha o observador pelo salão.

Você conhece a reputação de Win. Sabe o que ele fez em Las Vegas.

É arriscado demais.

Atenha-se ao plano.

Para Myron, o terror já vai acabar.

Para ele, o pesadelo estará apenas começando.

capítulo vinte e seis

Do LE BERNARDIN ATÉ o edifício Lock-Horne eram quinze minutos de caminhada. Win pôs óculos de sol espelhados que lembravam os dos pais de Myron, só que, em termos de moda, eram o extremo oposto. Nos primeiros minutos, Myron e Win não falaram nada. Pegaram a 51st Street no sentido leste.

Após um tempo, Win disse:

– Interessante.

– O que é interessante?

– Você não confia em PT.

Myron sabia aonde Win queria chegar.

– Está se perguntando por que eu não falei nada das agressões que Greg sofreu naquele jogo de basquete.

– Explicariam a presença do DNA dele na cena do crime.

– Acho que revelar isso seria uma violação do sigilo profissional entre advogado e cliente – argumentou Myron.

– E você quer preservar essa informação – afirmou Win.

– Quero. Sempre haverá oportunidade para falar alguma coisa depois.

– Como uma surpresa para o tribunal.

– Provavelmente nada tão dramático – retrucou Myron –, mas não sei qual é o interesse do FBI nisso. Você sabe?

– Não sei, não.

– Não vejo motivo para a gente dar uma vantagem para eles.

– Mesmo se inocentar Greg.

– Se inocentar – disse Myron –, então vai ser a gente que vai descobrir e controlar a informação.

Win assentiu.

– Faz sentido.

Eles seguiram pela 51st Street.

– Tem uma quantidade grande demais de interesses ocultos em jogo aqui – comentou Myron.

– Tipo?

– Tipo, se o FBI acha que tem um assassino em série à solta, por que estão mantendo segredo?

– Para não gerar pânico.

– A população deveria saber – declarou Myron. – Sadie Fisher, sendo advogada de Greg, deveria saber.

– Nós dois sabemos o motivo. Conversamos sobre isso antes... com a condenação de Joey Dedinho.

– Exato – disse Myron. – É por isso que estou falando de interesses ocultos. O FBI está com medo de que, se isso se espalhar, todas essas condenações, especialmente a de Joey Dedinho, sejam anuladas.

– Sendo assim, é prudente eles esperarem.

– Será mesmo? Por quê? Para eles não constrangerem alguns promotores muito diligentes? Pode haver pessoas inocentes cumprindo penas pesadas na cadeia por crimes... de homicídio, ainda por cima... que elas não cometeram. Dá para imaginar um pesadelo pior?

– Se o FBI revelar agora, vai criar um problema enorme. Se guardar segredo, bom, também vai. – Win ficou pensativo. – Quando a gente para e pensa, nenhuma das duas opções é desejável.

– Então é melhor optar pela transparência.

– E gerar pânico ao revelar para as pessoas que um assassino em série pode estar à solta?

– Você subestima as pessoas comuns.

– Você superestima – discordou Win.

– Ben Franklin disse que é melhor ter cem homens culpados livres que um único inocente sofrendo na cadeia.

Win assentiu.

– A proporção de Blackstone.

– Isso.

– E você concorda com isso?

– Blackstone na verdade falou de dez homens culpados, não cem – explicou Myron. – Mas, sim, se o FBI tem a mínima dúvida quanto à culpa dessas pessoas, eles deveriam se pronunciar imediatamente.

Quando chegaram à Catedral de St. Patrick, na Quinta Avenida, a quantidade de gente na calçada aumentou e o ar se encheu com conversas em uma infinidade de idiomas.

– Eu confio em PT – afirmou Win.

– Eu também.

– Então, por enquanto, vamos respeitar isso. Não podemos falar nada.

– Por que acha que ele nos contou tudo? – perguntou Myron.

– Você sabe por quê.

– Ele já pensou em tudo que estamos discutindo agora – afirmou Myron.
– Sobre revelar a verdade à população.

– Sim.

– E a única saída que ele enxerga para esse dilema é solucionar rápido a questão.

Win parou, virou-se devagar, observou à sua volta.

– Esqueceu alguma coisa?

Win franziu o cenho.

– Eu nunca esqueço nada.

– Já vi você esquecer guarda-chuvas no meio de tempestades.

– Eu não esqueço. Eu os deixo para outras pessoas.

– Um homem do povo.

Win pegou o celular e olhou a tela. Ele franziu a testa e começou a digitar uma resposta.

– Problemas? – perguntou Myron.

– Não, só uma questão de negócios da família. Vou de helicóptero para a Filadélfia. Devo estar de volta daqui a algumas horas.

Em questão de segundos, a limusine de Win apareceu. O motorista abriu a porta de trás para ele. Win começou a se dirigir para o carro, parou e se virou para Myron.

– É errado eu querer que seja um assassino em série e que o assassino seja Greg Downing?

Myron sorriu.

– Você é rancoroso.

Win ficou calado.

– E mesmo assim você trabalhou com ele – disse Myron. – Você o ajudou com as finanças.

– Não cabia a mim perdoar ou guardar rancor.

– Cabia a mim.

– Sim.

– Não sei se é certo ou errado – declarou Myron. – Acho que seria a opção mais fácil.

– As coisas nunca são fáceis.

– Nunca – concordou Myron.

Win sumiu para dentro do carro.

Quando Myron voltou ao escritório, Big Cyndi o recebeu no elevador. Ela falou baixinho:

– Tem visita para o senhor.

– Quem é?

– Ellen.

– Ellen do quê?

Big Cyndi passou a cochichar.

– Ela não quis me dizer o sobrenome.

Myron entrou na área de espera perto da mesa de Big Cyndi. Uma mulher idosa – Myron estimou que devia ter mais ou menos a idade de sua mãe – estava em pé, segurando a bolsa com as duas mãos. Era miúda, tendo talvez encolhido com a idade, com cabelo curto grisalho e um cardigã todo abotoado também cinza. Ela usava um colar de pérolas e pequenos brincos de camafeu. Tinha um xale branco enrolado no pescoço, preso por um broche de metal em forma de borboleta.

– Posso ajudar? – perguntou Myron.

– Sim, por favor – disse a mulher. – Podemos conversar a sós na sua sala?

– Eu conheço a senhora?

Ela abriu um sorriso tão grande que ele quase deu um passo para trás.

– Pode me chamar de Ellen.

– É o nome da minha mãe.

– Puxa vida, que coincidência – comentou ela, com um entusiasmo um tanto exagerado. Então abaixou a voz e disse: – Só preciso de um minutinho. É importante. Tem a ver com meu neto. Ele foi recrutado recentemente pelo Dodgers, mas... – Ela olhou para Big Cyndi atrás de Myron. – Por favor – implorou ela. – Não vai demorar.

Myron acenou positivamente e a levou até sua sala. A idosa caminhou devagar na direção do janelão com vista para a cidade.

– Esta vista é magnífica – declarou ela.

– É, sou uma pessoa de sorte.

– Vistas não têm nada a ver com sorte – disse ela. – A gente se acostuma. Esse é o problema das vistas. Elas são bacanas no começo, mas a gente se acostuma e para de dar valor. Isso vale para quase tudo, naturalmente. Quando eu era pequena, meus pais tinham uma casa deslumbrante. Foi construída no início do século XX, no estilo rainha Ana. A gente morava em Florala, no Alabama. Já ouviu falar?

– Não, sinto muito.

– Enfim, eu me lembro da primeira vez que a vimos. Eu tinha 8 anos, e nenhuma casa era mais grandiosa que aquela. Dezesseis cômodos. Lambris de pinho com veios ondulados. Uma varanda maravilhosa que envolvia a casa toda. Sacadas no segundo andar, inclusive no meu quarto. Eu amei a casa por, sei lá, um mês. Talvez dois. Depois me acostumei. Minha família também. Virou simplesmente o lugar onde a gente morava. Era por isso que meu pai gostava de receber visita. Ele adorava ver a expressão no rosto de alguém, não porque queria impressionar. Bom, talvez fosse um pouco por isso. Todo mundo gosta de se exibir, não é? Mas, acima de tudo, quando a gente via a reação das outras pessoas à casa, aquilo fazia a gente valorizá-la. Todo mundo precisa disso de vez em quando, não acha?

– Acho que sim, senhora...

– Já falei. Pode me chamar de Ellen.

Myron se sentou atrás da mesa. Ellen se acomodou à sua frente. Ela pôs a bolsa no colo, ainda a segurando com as duas mãos.

– Você falou que seu neto foi recrutado pelo Dodgers.

– Falei, sim, mas não é verdade. Foi só porque sua recepcionista estava ouvindo.

Myron não sabia bem como interpretar isso.

– Então o que posso fazer pela senhora, Ellen?

Ela deu um sorriso, um sorriso largo, o tipo de sorriso que – Myron estava tentando não ser etarista – lhe deu arrepios. E então ela indagou:

– Onde está Bo Storm?

Myron ficou calado.

– Meu nome não é Ellen. Eu trabalho para algumas pessoas que têm laços fortes com um homem chamado Joseph Turant. Você sabe quem é?

Joey Dedinho. Myron continuou quieto.

– Fui informada de que você teve contato recente com colegas do Sr. Turant em Las Vegas. Em troca da sua saída em segurança daquele lugar pecaminoso, você ficou de fornecer o paradeiro atual de Bo Storm, um jovem que causou muito mal ao Sr. Turant. Estou aqui para obter essa informação para ele.

Myron só fez encará-la.

– Antes de você responder – continuou a idosa –, posso fazer uma sugestão?

– Qual?

– Você vai acabar me contando o que eu preciso saber. – O olhar dela era penetrante. – Vai ser muito mais fácil para todo mundo se fizer isso agora.

– Não sei onde ele está – respondeu Myron.

Ela fez um beicinho exagerado.

– Não sabe?

– Ainda estou procurando Bo.

– Sr. Bolitar?

Myron quase falou "*Sr. Bolitar? Eu sou o quê, seu pai?*", mas não parecia hora para isso.

– Sim?

– Você está mentindo para mim.

– Não estou, não. Se for só isso...

– É fácil rastrear rotas de aeronaves particulares, como você e o Sr. Lockwood já devem saber. Nós estamos cientes de que você foi de Las Vegas para Montana no avião dele. Por que a parada no aeroporto de Havre?

Myron abriu a boca para responder, mas Ellen ergueu o dedo para silenciá-lo.

– Eu perguntei para facilitar – disse ela, com a voz de uma professora de escola de ensino fundamental que ficou muito decepcionada com o aluno preferido. – Só isso. – Ela deu um suspiro dramático. – Eu desconfiava que você não fosse ouvir. Mas eu perguntei, não foi?

Myron imaginou que fosse uma pergunta retórica, então não falou nada. Ela continuou com o olhar fixo nele. Por fim, Myron quebrou o impasse.

– Olha, qualquer que seja o seu nome, não sei o que quer de mim.

– Não deixei claro?

– Eu não sei onde Bo Storm está.

– Que pena, então. – Ela balançou a cabeça e abriu a bolsa. Myron achou que ela ia sacar uma arma... estava mesmo tendo um dia daqueles. Mas, em vez disso, ela tirou um celular e falou: – Allen, você escutou tudo?

Uma voz recém-conhecida soou do celular no viva-voz:

– Tudinho, Ellen.

Myron sentiu o sangue gelar.

A idosa virou a tela para ele, de modo que Myron pudesse ver. Ali, no FaceTime ou qualquer que fosse o aplicativo de chamada de vídeo que ela usava, estava Allen Castner, o novo parceiro de *pickleball* e quiz do pai dele.

– Oi, Myron!

Myron ficou imóvel. Ele sentiu o sangue subir até as orelhas.

Allen Castner chegou o rosto bem perto da tela. Estava com AirPods nos ouvidos.

– Seu pai me convidou para jogar baralho na casa dele depois da nossa

183

partida de *pickleball*. Ele deu um pulo no banheiro, para mijar. Deve ter alguma coisa errada na próstata dele. Já é a quarta vez que ele vai.

Myron engoliu em seco.

– O que é que está acontecendo?

– Ah, eu acho que você sabe, Myron.

A imagem na tela deu uma guinada como se Allen Castner tivesse deixado o celular cair. Quando a imagem voltou, ele estava segurando uma Beretta M9A3 com silenciador encaixado na boca do cano.

– Fale com a gente, Myron.

Foi Ellen quem disse isso. Ele sabia, é lógico, que esse não era o nome verdadeiro dela. E que aquele cara tampouco se chamava Allen. Tinham usado o nome dos pais dele para abalá-lo. Como se fosse precisar disso.

– A propósito – continuou a idosa –, Allen está com headphone.

– Fone de ouvido – corrigiu Allen.

– Engano meu, fone de ouvido, obrigada. A questão é que Allen consegue escutar você. Seu pai, não.

Myron então escutou a voz do pai.

– Com quem você está falando?

– Sente-se aqui, Al – ordenou Allen Castner.

– Que história é essa? Isso é uma arma?

– Pai!

– Não grite – alertou Ellen. – Sua recepcionista vai escutar, e isso será um problema. Onde está Bo Storm?

Os olhos de Myron estavam grudados na tela, no pai dele.

– Já falei, eu não...

E então, na tela, Myron viu Allen Castner bater no rosto do pai dele com a arma. O pai gemeu de dor e caiu para trás.

– Pai!

– Já expliquei – disse a idosa com uma voz calma, quase reconfortante. – Ele não consegue ouvir você.

O pai de Myron desmoronou no chão, cobrindo o rosto com as mãos. O sangue escorria por entre os dedos. Myron olhou para a idosa. Ela se limitou a sorrir.

– Eu perguntei, não foi? Perguntei *educadamente*.

Myron quase pulou por cima da mesa – quase a atacou ali na hora. Esqueça que era uma mulher idosa. Danem-se as consequências.

Ela, porém, apenas balançou a cabeça.

– Seria a sentença de morte do papai.

Na tela, Myron ouviu o pai gemer.

– Fale para nós onde está Bo Storm – exigiu a idosa.

– Está em Montana.

Myron percebeu o pânico na própria voz.

– Isso a gente já sabe. Onde em Montana? Seja bem específico.

Do outro lado da ligação, o pai de Myron gritou, com teimosia:

– Seu desgraçado! Você quebrou meu nariz!

Ellen olhou nos olhos de Myron, que tentou recuperar alguma vantagem na situação ou pelo menos diminuir um pouco o ritmo da coisa, dar um tempo para todo mundo respirar.

– Vamos conversar um pouco.

Ellen suspirou e se inclinou para o microfone do celular.

– Allen?

– Oi, Ellen.

– Atire na cabeça dele e espere a mãe voltar para casa.

– Não! – gritou Myron.

– Ande logo com isso, Allen.

Então Allen Castner disse:

– Ellen, desligue o vídeo.

A idosa hesitou por um instante, então recolheu a mão por cima da mesa, saiu do modo viva-voz, tirou um brinco e pôs o telefone na orelha para que Myron não escutasse. Ela ouviu por um segundo, assentiu e respondeu:

– Entendido.

Em seguida, ela encerrou a chamada.

– O que aconteceu? – perguntou Myron.

O pânico ainda era perceptível na voz dele.

– Vamos sentar e esperar.

– O quê?

– Não vai demorar.

Nem pensar. Myron pegou o próprio celular.

– Largue isso – exigiu ela. – Se você ligar para alguém... – A idosa balançou a cabeça. – Preciso mesmo ameaçar? Achei que você fosse mais esperto.

A perna de Myron começou a tremer.

– Não sei quem você é – disse ele –, mas, se acontecer alguma coisa com meu pai...

– Espere, deixe-me adivinhar. – Ela passou a mão no queixo. – Você vai

185

revirar o mundo inteiro até me encontrar e me fazer pagar. Faça-me o favor. Olhe para mim, Myron. Acha que é a primeira vez que eu faço isso? Acha mesmo que eu deixei alguma ponta solta?

Myron nunca tinha se sentido tão impotente em toda a sua vida.

– Então o que a gente faz agora?

– A gente espera.

– Espera o quê?

– O tempo que for preciso.

– Não o machuque. Por favor. Eu falo...

Ela pôs o dedo indicador na frente da boca.

– Shh.

Eles ficaram sentados. Myron nunca tinha imaginado que o tempo podia passar tão devagar.

– Teria sido mais fácil se você houvesse colaborado.

– Como assim? O que é que está acontecendo agora?

O celular dela vibrou, finalmente. Ela atendeu.

– Alô? – Ela ficou ouvindo por um instante e depois retrucou: – Tudo bem.

Ela desligou e guardou o celular na bolsa. Apoiando-se nas duas mãos, a idosa se levantou da cadeira.

– Agora eu vou embora.

– O que está acontecendo? Meu pai está bem?

– Se eu não chegar ao meu carro nos próximos dez minutos, a coisa vai ficar pior para você. Muito pior. Sente-se aí. Não se mexa. Não ligue para ninguém. Dez minutos.

E então ela se foi.

capítulo vinte e sete

MYRON SUCUMBIU AO PÂNICO.

Ele ligou para o celular do pai. Ninguém atendeu. Ligou para o da mãe. Ninguém atendeu.

Ele cogitou ligar para a portaria do prédio e mandar o segurança seguir a idosa, anotar a placa do carro, fazer alguma coisa, mas como isso ajudaria seu pai? Não ajudaria. Talvez fosse fazer justiça mais tarde, porém, no momento, essa ideia era algo que o cérebro dele não queria nem considerar.

Então o que deveria fazer?

Ligar para a polícia da Flórida? Ligar para alguém que trabalhava no condomínio de aposentados dos pais dele?

Parecia tudo muito inútil. Myron se sentia impotente, assustado, vulnerável, e, caramba, ele não gostava disso.

Saiu correndo para a sala de espera. Big Cyndi não estava lá. Ele sentiu o pânico aumentar ainda mais.

Atrás dele, Big Cyndi disse:

– Sr. Bolitar?

– Onde você estava?

– No banheiro das meninas – respondeu ela. – Foi só o número um.

Ele estava prestes a contar o que tinha acontecido quando seu celular vibrou.

O identificador de chamada dizia MAMÃE.

Ele apertou o botão de atender com a rapidez de um pistoleiro em um antigo filme de faroeste.

– Alô?

– Adivinhe que destrambelhado quebrou o nariz jogando *pickleball*?

Ele então ouviu a voz do pai.

– Ah, pare com isso, Ellen, estou bem.

Uma onda de alívio percorreu as veias de Myron.

– Foi você que insistiu que eu devia ligar logo para ele, Al.

– Eu não queria que ele ficasse preocupado.

– Por que ficaria? Ele nem sabia que você tinha se machucado.

– Mãe – disse Myron, lutando para manter um tom casual –, só me conte o que aconteceu.

– Seu primo Norman, o filho de Moira. Você se lembra de Norman, né? A gente foi ver quando ele participou de *A tia de Carlitos* no sétimo ano na escola.

– Mãe.

– Enfim, Norman está levando a gente para o pronto-socorro, mas seu pai está bem. Sério, Myron, quem é que quebra o nariz jogando *pickleball*? Sabe aquele tapete novo da nossa sala? O que a gente comprou no... Al, como é que era o nome daquele lugar?

– Sei lá. Quem se importa?

– Eu me importo. Foi naquela loja de artigos para o lar na Central Avenue. Myron, você sabe qual é. Fica do lado daquela lanchonete onde você levou a gente para almoçar daquela última vez em fevereiro.

– Ellen.

– Começa com D. Demarco Home and Carpeting? Deangelo? Enfim, esse tapete. Agora está todo sujo de sangue. Parece até que nossa sala é aquela cena do chuveiro de *Psicose*. Quem é que volta para casa ainda sangrando e, sei lá, tira uma soneca no chão?

– Eu não sabia que ainda estava sangrando – justificou o pai dele.

– Como podia não saber? Enfim, ele estava jogando *pickleball*. E aí alguém... seu pai se recusa a dizer quem foi...

– Porque não faz diferença!

– ... bateu a bola na direção do seu pai. E seu pai, um verdadeiro multiatleta, usou o nariz no lugar da raquete.

– Mãe? – disse Myron.

– Oi?

– Vou pegar o próximo voo para ver vocês.

– Não vai, não – rebateu o pai dele. – Estou bem. Você tem que trabalhar. Está ocupado.

– Ah, é – disse a mãe. – A gente leu que Greg Downing foi preso. Ele matou mesmo aquela moça bonita e o filho dela?

– Não pergunte isso, Ellen. Você é advogada. Devia ter noção das coisas.

– Ué, não posso fazer uma pergunta de mãe para filho?

– Myron – disse o pai –, não venha para cá.

A voz não deixou brecha para discussão. Myron entendeu. O pai não queria que a mãe se preocupasse. Se Myron fosse para lá, a mãe iria saber que havia algum problema grave.

– Com quem você estava jogando, pai?

A mãe se prontificou a responder.

– Ele estava jogando com Allen, o amigo novo. Você se lembra dele, Myron? É aquele que é muito fã seu.

– Lembro.

– Ele foi embora – declarou o pai.

– Ah, Myron? – De novo a mãe. – Acabamos de chegar ao pronto-socorro. Depois eu ligo de novo.

Quando a mãe desligou, Myron se deu conta de que estava com o corpo inteiro tremendo. Ele ligou para Win e contou o que havia acontecido.

– Eles simplesmente recuaram do nada – disse Myron, no final. – Não entendi.

– Eu entendi.

– Como assim?

– Vou mandar umas pessoas ficarem de olho nos seus pais. Estarei no escritório em quinze minutos.

– Achei que você fosse pegar um avião para a Filadélfia.

– Cancelei.

– Por quê?

– Quinze minutos, Myron.

Win desligou. Myron pegou o celular e ficou olhando por um tempo, como se estivesse esperando que fosse tocar de novo.

E agora?

Ele ligou para Terese. Ela atendeu no terceiro toque.

– Oi, gato.

– Oi.

– O que foi?

– Eu só queria ouvir sua voz – disse ele.

– Merda, o que aconteceu?

Ele demorou um segundo para responder.

– Foi ruim assim?

– Fale daquela matéria em que você está trabalhando.

– Eu poderia dizer "Você primeiro", mas parece que você precisa de um tempinho.

Myron não conteve o sorriso.

– Eu te amo, sabia?

– É, eu sei. Ronald Prine foi assassinado por uma empreiteira que tinha tomado calote dele. O nome dela é Jacqueline Newton. Um monte de provas.

Ela jura que é inocente. O único contratempo para a polícia é que o pai doente dela confessou o crime.

– Tentando assumir a culpa por ela?

– É – disse Terese.

– Alguma chance de ter sido ele mesmo?

– Não, acho que não. – Então Terese acrescentou: – Já protelamos o bastante?

– Eles foram atrás dos meus pais.

Ele contou tudo – a conversa com PT, a teoria dele de que um assassino em série talvez tivesse armado para Greg, a volta a pé para o escritório, o ataque ao pai dele, tudo.

Quando terminou, Terese perguntou:

– Quer que eu volte para Nova York?

Sim.

– Não – disse ele.

– Posso pedir para outra pessoa cobrir esse caso de homicídio.

– Não venha. Estou bem.

– Hum.

– Que foi?

O celular de Myron vibrou, avisando de outra chamada.

– Terese, é meu pai.

– Vai lá.

Ele atendeu.

– Pai?

– Estou bem. Estou esperando o médico vir me atender, mas é um nariz quebrado, só isso. Vou ficar bem. Escute, não vou guardar segredo de você, mas também não vou contar tudo.

– Sobre?

– Sobre sua mãe.

– O que tem ela?

– Na maior parte dos dias, ela está bem. E fica melhor quando está falando com os filhos ao telefone. Ela tem ansiedade. Ela se apavora muito, Myron. Não quero que ela se apavore, tudo bem?

Myron engoliu em seco.

– Tudo bem, pai.

– Vamos manter isso entre nós por enquanto, entendido?

– Entendido.

– E não venha para cá, Myron. Você é um livro aberto para sua mãe.

Sempre foi. É por isso que nunca escapou impune de nada quando era pequeno. Imagino que essa história toda tenha a ver com algo em que você e Win estejam trabalhando, né?

– É.

– Então proteja sua mãe e siga em frente. Não se distraia.

– Já foi providenciado – garantiu Myron. – O que aconteceu depois que eles desligaram?

– Aquele cretino do Allen... A propósito, já tive minhas brigas. Eu cresci num bairro complicado. Tinha a fábrica em Newark. Enfim... Eu vi a arma vindo na minha direção. Virei a cabeça e fiz um drama. Então é mesmo nada de mais, tudo bem? Acredite em mim. Foi só o nariz. Não fiquei tonto nem nada.

– Certo, obrigado por me contar.

– Enfim, depois que Allen desligou, ele ficou só apontando a arma para mim. Estava esperando alguma coisa acontecer.

Igual à idosa que disse se chamar Ellen.

– Alguma ideia do que eles estavam esperando?

– Alguém ligou no celular dele. Allen murmurou alguma coisa sobre avisarem se o achassem e depois falou algo sobre gente longe.

Myron sentiu os pelos da nuca se arrepiarem.

– "Gente longe"?

– É, também não entendi.

No entanto, Myron entendeu. Shanty Lounge. O bar onde Bo/Brian/Stevie trabalhava em Montana. Myron assentiu consigo mesmo, já compreendendo. O pessoal de Turant sabia que Myron tinha viajado para Montana. Eles mandaram gente para lá, começaram a sondar os lugares onde Myron havia estado, talvez tenham feito umas perguntas, talvez houvesse um rastreador no carro alugado de Myron, enfim. De algum jeito, eles descobriram onde Bo estava na mesma hora em que estavam ameaçando o pai de Myron. Então eles aguardaram, ficaram apontando a arma para o pai dele, até que...

O pessoal de Joey deve ter achado Bo.

– Doutor, estou falando com meu filho. Tudo bem, vou desligar. Myron, depois eu ligo. Não se preocupe, estou bem.

E desligou.

Myron fez uma pesquisa rápida no Google sobre o Shanty Lounge de Havre, Montana. Ele acessou o link e ouviu o telefone chamar. Depois de três toques, alguém atendeu e disse:

– Quem é?

– Quero falar com Stevie, seu barman.

– E eu perguntei quem é.

Myron não respondeu imediatamente.

– Estamos vendo seu número no identificador de chamadas. Por que alguém com um número de Nova Jersey está ligando?

A voz era um barítono grave e forte.

Como a do Caubói Cal.

– Você é o Cal, né? Meu nome é Myron Bolitar. Estive aí outro dia.

– Você prometeu que estaríamos em segurança.

Myron segurou o celular com mais força.

– Ele chegou a perguntar a você – continuou Cal.

"Estou realmente seguro aqui? Se não estiver, Cal e eu podemos nos mudar."

"Não vou contar para ninguém."

Myron engoliu em seco.

– O que aconteceu?

– Você entregou a gente, foi isso que aconteceu.

– Cal, cadê o Bo?

– Pegaram ele, seu filho da puta. Entraram armados aqui e o levaram.

Quando Win chegou, eles foram para a sala de Myron, que fechou a porta.

– O pessoal de Turant pegou o Bo – informou Myron.

– Botei gente para vigiar seus pais, por precaução – disse Win. – Mas, agora que acharam Bo, seus pais devem estar fora de perigo.

– O que a gente faz em relação a Bo?

– Nada. Ele não é problema nosso.

– Nós revelamos onde ele estava.

– Não significa que ele seja responsabilidade nossa. Aliás, Greg também não é. Se tivermos alguma obrigação nesta história toda, e nem sei se temos, é de ajudar PT a capturar um assassino em série.

– Então a gente faz o quê, lava as mãos e pronto?

– Em relação a Bo? Sim.

– Não vamos nem ligar para as autoridades?

– Ele tem família. Tem amigos e entes queridos. Essas pessoas vão entrar em contato com as autoridades se acharem que ele corre perigo. A gente precisa parar um pouco e pensar bem nisso tudo. Uma hora atrás, PT nos informou de que talvez haja um assassino em série à solta.

– Certo.

– Ele também nos informou de que esse tal assassino encobriu os próprios rastros ao incriminar outra pessoa, um bode expiatório, por assim dizer. A única conexão que eles encontraram até o momento...

Ele esperou.

– É Greg Downing – terminou Myron.

– Justamente. Ele conecta os Callisters a Jordan Kravat – continuou Win. – Podemos concluir que, se Kravat foi vítima do mesmo assassino dos Callisters, quem é o inocente que está cumprindo pena pelo crime?

– Joey Dedinho.

– E quem foi a testemunha que ajudou na condenação de Joey?

– Está querendo dizer que Bo Storm mentiu no julgamento?

– Bo mentiu para você. Mentiu sobre o câncer de Greg. Mentiu sobre a morte de Greg.

– E tem as outras provas encontradas no local do assassinato de Jordan Kravat – disse Myron. – O DNA, sei lá. Isso bate com o *modus operandi* desse assassino em série.

– Tendo isso em vista, a explicação oficial do assassinato não faz muito sentido. Joseph Turant, o poderoso chefão, se me permite a referência, de uma família criminosa importante, conseguiu passar décadas longe da cadeia por ser cauteloso. Parece lógico que de repente ele fique burro a ponto de matar esse stripper/profissional do sexo ou cafetão dele? E ainda deixar para trás uma testemunha como Bo Storm e tantas pistas?

– Não – concordou Myron.

– Outra coisa: Joey Dedinho veio com força para cima da gente. Com muita força. Ele passou cinco anos procurando Bo Storm em tudo que é canto. Se uma testemunha tivesse dado um depoimento verdadeiro sobre ele, mesmo que isso resultasse na prisão de Joey, acha mesmo que ele se desdobraria tanto só para se vingar?

– Talvez, mas parece mesmo um exagero. Contratar aqueles matadores para ameaçar meus pais. Mandar suas tropas para Montana. Vasculhar a área. Eu nem sei como os Turants encontraram Bo.

– Não o encontraram – disse Win.

– Como assim?

– O pessoal de Joey não encontrou Bo Storm. Fui eu que falei onde ele estava.

Myron ficou sem ação.

– Era o único jeito – justificou Win.

– Você o entregou?

193

– Não somos à prova de balas.

– Eu sei.

– Nós matamos os homens de Turant.

– Para me resgatar.

– E acha que ele compreende essa distinção? – perguntou Win. – Eu fiz um acordo com Turant quando a gente estava em Las Vegas. Um salvo-conduto em troca de informação. Quando vi que estavam com seu pai...

– Você também estava naquela ligação?

Win assentiu.

– Eles iam matá-lo. Iam matar sua mãe. Iam vir atrás da gente também. Simplificando: Bo Storm não vale tudo isso. Então, sim, eu o entreguei.

– Por isso pararam de machucar meu pai – refletiu Myron.

– Sim.

– E aí eles continuaram lá com ele e deram uma conferida no Shanty para ver se você estava falando a verdade, foi isso?

– Foi. – Win esfregou o rosto com a mão, um gesto que Myron nunca o tinha visto fazer. – Eu errei – disse ele. Também eram palavras que Myron nunca achou que ouviria de Win. – Eu devia ter imaginado que eles poderiam rastrear meu avião. Subestimei o desespero de Turant até ver a arma apontada para seu pai.

– E sua única opção foi entregar Bo?

Win pôs as mãos nos ombros de Myron.

– Nós somos pessoas boas, Myron... mas ninguém é tão bom assim. Não tive escolha. Agora já era.

– E Bo Storm?

– Uma baixa da guerra.

– Não sei se fico bem com isso.

– Não faz diferença se fica ou não. Você entende o que está em jogo. Se serve de consolo, a morte de Bo não ajuda Turant. Ele precisa que Bo fale a verdade sem parecer que foi coagido.

– Não serve de consolo.

– Imaginei.

– Você está bem com isso?

– Não se trata do meu conforto pessoal. Eu tomei a decisão. Não achei que foi uma decisão difícil.

– E se Bo tiver falado a verdade? E se Bo tiver mesmo visto Joey Dedinho matar Jordan Kravat naquela noite?

Win sorriu.

– Você adora mesmo um dilema moral.

– Quero saber se você fica minimamente incomodado. Quero saber se ainda consegue dormir bem à noite.

– Não me incomoda nem um pouco – respondeu Win. Depois acrescentou: – E eu nunca durmo bem à noite.

Myron balançou a cabeça.

– Você não existe.

– Não me importo com Bo Storm. Eu me importo com seus pais. Todo mundo é assim. A gente só se importa com pessoas desconhecidas num sentido teórico. É só da boca para fora.

– Você tomou a decisão para que eu não precisasse tomar.

– Foi uma escolha fácil para mim. Eu sacrificaria mil Bo Storms para salvar seus pais. E, mesmo que não queira admitir, você faria o mesmo.

Era uma verdade incômoda.

– É perigoso pensar assim – comentou Myron.

– Então você provavelmente não quer saber quantas vidas eu sacrificaria para salvar a sua – disse Win. – Ou talvez você queira.

capítulo vinte e oito

ALGUNS MINUTOS DEPOIS, JEREMY ligou.

– Onde você está?

– No escritório – respondeu Myron. – E você?

– No apartamento da mamãe – disse o filho dele. – Pode vir aqui?

– Claro, o que foi?

– Grace está aqui.

Myron tentou formar uma imagem mental: a alma gêmea atual de Greg no apartamento de Emily, a ex-mulher de Greg.

– Grace está na casa da sua mãe?

– Ela acabou de chegar. Está bem nervosa. Falou que precisa falar com você com urgência.

Certamente tinha a ver com Bo, o filho dela.

– Estou indo.

No caminho, ele ligou para o celular do pai. Ninguém atendeu. Ficou tentado a ligar para a mãe, mas o pai tinha deixado claro que não queria isso. Myron não gostava da ideia de esconder a verdade dela. Quando ele era pequeno, a mãe sempre tinha parecido a mais forte dos dois, uma força da natureza, a pessoa que batia boca, defendia a família e dava bronca em qualquer um que atravessasse seu caminho. Mas Myron também entendia o argumento do pai. Havia uma fragilidade ali agora, tanto pela questão óbvia do Parkinson quanto por uma que parecia mais vaga, algo a ver com envelhecer, sentir medo e talvez se dar conta da própria mortalidade. Fosse como fosse, Myron não pretendia contrariar a vontade do pai.

Quando ele chegou ao apartamento, Emily abriu a porta. Myron esperou a alfinetada de sempre, mas ela o encarou com uma expressão preocupada.

– Você está bem?

– Estou, por quê?

Ela pôs a mão no braço dele.

– Conte o que aconteceu.

Pelo visto, ele não era um livro aberto só para a mãe.

– Agora não dá. Está tudo bem.

Ele viu Jeremy parado atrás dela, então educadamente abriu caminho entre ela e a porta. Seu filho estendeu a mão para cumprimentá-lo. Myron a apertou e resistiu ao impulso de puxá-lo para si, contentando-se com um tapinha constrangido no ombro.

Grace Konners estava com o celular colado na orelha. Ela deu as costas para eles e ficou falando em voz baixa. Myron lançou um olhar inquisitivo para Jeremy.

– Ela está hospedada sob um pseudônimo num hotel aqui na rua – informou Jeremy.

– E você já a conhecia?

– Já. Eu te contei. Eles foram me visitar quando eu estava no Kuwait.

Myron olhou para Emily. Ele se lembrou de como Emily tinha ficado preocupada, como ela não quis que Jeremy criasse esperança sem ter certeza de que Greg estava vivo. Mas ele já sabia, havia anos. Emily olhou nos olhos de Myron e deu ligeiramente de ombros.

Grace desligou o telefone, ficou em pé e foi até Myron.

– Vamos sair para caminhar nós dois.

– Não se preocupe – interveio Emily, já com a mão na maçaneta. – Eu vou. Vocês podem ficar.

Ela não esperou resposta. Saiu de casa e fechou a porta atrás de si.

– Seu filho da puta mentiroso – disse Grace. – Você dedurou meu filho.

– Não foi isso que aconteceu, mas teremos tempo para tratar de culpa depois. Agora, precisamos entrar em contato com o pessoal de Joey Turant.

– Eu estava falando com Bo ao telefone – explicou ela.

Isso pegou Myron de surpresa.

– Ele está bem?

– Não o machucaram, se é isso que quer saber.

– Onde ele está?

– Vão levá-lo de volta para Las Vegas.

– Mas deixaram que ele ligasse para você?

Grace assentiu.

– Não queriam que eu chamasse a polícia.

Fazia sentido, pensou Myron.

– E queriam me garantir que não tinham a menor intenção de machucar Bo.

– Como ele parecia estar?

– O que você acha?

– O que posso fazer para ajudar? – perguntou Myron.

Grace deu uma risadinha fraca. Ela olhou para Jeremy.

– Agora eu sei de quem você puxou.

– Puxei o quê? – perguntou Jeremy.

– Seu complexo de herói. É genético. Seu pai... quer dizer, isso é confuso pra cacete, mas eu me refiro a Greg... ele se importa somente conosco. É assim que a maioria das pessoas é. Mas alguns, como vocês dois, insistem em ajudar mesmo se isso prejudicar outras pessoas. Na superfície, vocês parecem muito melhores, não é? Vocês se sacrificam pelos outros e tal. Mas não são. Vocês *precisam* bancar o herói. – Ela se virou para Myron. – Foi você que descobriu que Greg estava vivo?

– Foi o FBI que me contou.

– E aí você deduziu que Greg forjou a própria morte, certo?

– O que está querendo dizer?

– O que eu quero dizer é que você descobriu que Greg tinha tomado a decisão consciente de fazer você e o resto do mundo acharem que ele havia morrido. E você respeitou a escolha dele? Pensou "Ah, Greg deve ter tido seus motivos, é melhor não interferir"? Não. O que você fez foi virar o mundo do avesso na tentativa de resgatá-lo. E agora ele está preso, e um monte de mafiosos sádicos pegou meu filho... tudo porque você precisava "ajudar", sem se importar com as consequências.

A paciência de Myron tinha se esgotado.

– Grace? – disse ele.

– Quê?

– Tem alguém matando pessoas por aí. Você, Greg e Bo estão todos metidos nessa história. Então, se está tentando me culpar por alguma coisa...

– Não é isso que estou tentando fazer.

– Então que tal nos concentrarmos em trazer Bo de volta em segurança?

– Você falou para os homens de Turant onde Bo estava?

– Não – respondeu Myron. – Dou minha palavra.

Não era mentira. Não era necessariamente toda a verdade. Mas não era mentira.

Jeremy interveio:

– Talvez a gente possa ajudar, Grace.

Grace foi para a janela e contemplou o Central Park.

– Você falou que tem alguém matando pessoas por aí. O que quis dizer com isso?

– Você sabe de Jordan Kravat. Sabe de Cecelia Callister e do filho, Clay. Tem mais.

Grace se afastou da janela. Jeremy olhou para Myron.

– Como assim, mais? – perguntou Jeremy.

Myron se aproximou de Grace, querendo que ela se virasse e fizesse contato visual.

– Joey Turant não pegou seu filho só de vingança pelo testemunho. Se fosse isso, seu filho já estaria morto a esta altura. Ele quer que Bo mude o depoimento.

– E quando ele mudar?

– O que aconteceu de fato com Jordan Kravat? – perguntou Myron. – Precisamos da verdade agora. Estamos só nós aqui. Eu sou advogado. Você pode me contratar, se quiser essa proteção. Jeremy pode sair...

– Não – disse ela. – Quero Jeremy aqui.

– Aceita uma água? – perguntou Jeremy para ela.

– Estou bem, Jeremy.

– Pode confiar em Myron – assegurou Jeremy. – Talvez ele devesse ter cuidado da própria vida e tal. Eu sei. Mas você precisa contar para a gente o que aconteceu de verdade.

– Seu pai – disse ela. – Ele não queria que você se envolvesse com nada disso.

– Eu sei – afirmou Jeremy. – Mas agora é tarde para isso. Você precisa conversar com a gente.

Grace se sentou. Jeremy se acomodou na frente dela. Myron continuou de pé, tentando sair da linha de visão dela. Era nítido que Grace confiava em Jeremy. Talvez ela se abrisse mais se Myron ficasse em segundo plano.

– Tudo que Greg e eu falamos antes era verdade – começou ela. – A boate de Donna Kravat entrou em conluio com a máfia. Jordan era uma peça-chave. Bo se enrolou na confusão e não conseguia sair. A situação entre eles ficou ruim. Uma noite, Jord falou que tinha um plano para os dois se safarem. Ele disse que ainda amava Bo e que, se eles conseguissem dar esse último passo, iam se libertar da máfia e poderiam ser felizes de novo. Eu não sabia de nada disso na época. Se Bo tivesse vindo falar comigo, eu teria dito que ele não fosse naquela noite. E acho que nem o próprio Bo botou fé. Ele já havia decidido colaborar com a polícia. A gente contou isso para você. Bo ia se tornar um informante. Era a saída para ele.

Grace olhou para Myron. Myron assentiu, com uma expressão neutra no rosto. Queria que ela continuasse falando.

– Parte disso é especulação de Bo. Então me escutem. Assim que voltou para casa naquela noite, Bo teve a sensação de que havia alguma coisa errada.

Jordan serviu bourbon para os dois. Era o que os Kravats bebiam... Jord e Donna eram de Louisville e adoravam esse tipo de uísque. Eles consumiam bastante Maker's Mark. Mas Bo... ele sabia que Jord tinha o costume de drogar os caras no trabalho para deixá-los mais, digamos, obedientes. Alguns clientes gostavam disso. Jord fazia piada, chamava de Bill Cosby Gay. Perturbador, né?

– Muito – concordou Jeremy.

Ele se inclinou para a frente. Foi estranho ver o filho nessa posição, mas Jeremy era obviamente um oficial militar altamente treinado. Myron observou cheio de admiração e orgulho, mas tinha também uma parcela de dor, dor pelo que ele tinha perdido, dor pelo que ele sabia que jamais recuperaria ou saberia.

– Então, quando Jordan não estava olhando – continuou Grace –, Bo trocou os copos. Então, se a bebida estivesse batizada...

– Entendi.

– E, como esperado, Jordan começou a ficar sonolento. Ficava balbuciando para si mesmo. Bo disse que a certa altura Jordan estava sorrindo, a cabeça dele caía para trás e ele ficava falando "Tchau, dedinho" e "Joey tá vindo" e rindo.

Ela se recostou. A mão subiu para o rosto. Ela piscou para afastar as lágrimas.

A voz de Jeremy era suave, confiante, reconfortante.

– O que aconteceu depois, Grace?

– Ele saiu.

– Bo saiu da casa?

Ela assentiu.

– Depois que Jordan apagou com o sedativo, Bo saiu.

– Que horas foi isso? – indagou Jeremy.

– Não sei. Por volta de meia-noite, talvez? Faz diferença?

– Não. Continue.

– Ele tinha um flat alugado na East Harmon Avenue.

– Certo, então foi para lá que ele foi?

– Foi.

– E aí?

– Ele ficou vendo TV. Tentou dormir. Em algum momento, me ligou e disse que estava com medo. Sugeri que viesse ficar com a gente, mas ele garantiu que ia ficar bem.

– Vocês estavam onde?

Apenas Jeremy fazia as perguntas. Myron continuava calado e tentando parecer invisível.

– Greg e eu estávamos hospedados numa suíte do Bellagio. A gente já contou essa parte. Tínhamos ido lá na esperança de ajudar Bo a se livrar da máfia antes de sairmos do país.

– Isso – disse Jeremy. – Tudo bem. Continue.

– Às cinco da manhã, a polícia bateu à porta de Bo. Falaram que Jordan Kravat tinha sido assassinado.

– Durante o julgamento – comentou Jeremy –, Bo disse ter visto Joey Turant saindo da casa.

– Isso... – Ela parou, respirou fundo. – Isso não era verdade. Mandaram Bo falar isso.

– Quem?

– A polícia, o promotor de justiça... não sei. Um deles, todo mundo. Quando o exame de DNA ficou pronto e ligou o assassinato a Joey Turant, os agentes piraram. Fazia muito tempo que estavam tentando pegar Joey, e agora eles tinham os meios para isso. Mas o DNA não bastava. Muita ciência e pouca emoção, algo nessa linha. Eles queriam uma vitória garantida. Então voltaram a falar com Bo. Queriam que ele declarasse ter visto Turant saindo da casa naquela noite. Quando Bo disse que não queria fazer isso, eles vieram com ameaças. Iam contar para Turant que ele tinha colaborado. Iam denunciar Bo com os crimes menores que sabiam dele antes disso tudo. Então, no fim das contas, que escolha meu filho tinha? Diga para mim. – Ela encarou os dois homens. – O que mais ele poderia ter feito?

– Nada – disse Jeremy. – Seu filho não tinha opção.

– Ele não queria depor.

– Eu entendo.

– E lembrem-se – enfatizou ela. – Turant *realmente* matou Jordan Kravat. A polícia deixou bem claro. Não iam mandar um inocente para a cadeia. A polícia tinha provas. Ninguém tinha a menor dúvida.

Jeremy assentiu.

– Certo, então vamos pular para o que aconteceu há alguns minutos. Você conversou com Bo ao telefone?

– Sim.

– E?

– E ele está com o pessoal de Joey. Querem que ele diga a verdade para a imprensa. Para mostrar a corrupção da polícia. E, se ele vier a público, eles prometem que não vão machucá-lo. E, sim, eu acredito neles. Se o machucarem agora, a polícia vai poder dizer que Joey Dedinho o obrigou a mudar o depoimento.

Myron não sabia se esse argumento era motivado por esperança ou por uma tentativa de racionalizar as coisas. Parecia que ela estava tentando se convencer, o que fazia todo o sentido. Assim como o argumento. Win tinha falado algo parecido. A mudança do depoimento de Bo só funcionaria para Joey Turant se Bo continuasse vivo, saudável e sem aparentar estar sendo coagido.

Um celular vibrou. Jeremy pegou seu aparelho, olhou a tela, franziu o cenho.

– Tudo bem? – perguntou Myron.

– Tudo. Mas preciso atender. Já volto.

Ele entrou em outro cômodo e deixou Myron e Grace a sós.

Por um instante, os dois evitaram se olhar. Myron estava sem jeito ali de pé. Ele não sabia o que fazer, então ficou calado.

– Ele é um homem bom – declarou Grace. – Jeremy.

Myron concordou.

– Assim que liguei para falar do pai dele, ele pegou o primeiro voo. Chegou aqui em três horas.

Um silêncio pesado e incômodo se insinuou entre eles.

Ela então disse:

– Eu sei que, biologicamente, ele é seu filho.

Myron não respondeu.

– Sei o que você e Emily fizeram – afirmou Grace, com um tom de voz que era quase de desgosto. – Greg me contou recentemente.

Myron ficou calado.

– Isso acabou com ele, sabe? Greg demorou muito tempo para superar a dificuldade de confiar nas pessoas.

Myron continuou mudo.

– Estou falando de quando você e Emily dormiram juntos na véspera do casamento.

– É – disse Myron. – Eu já tinha imaginado.

– Não estou falando que a reação de Greg não tenha sido errada...

– Grace? – disse ele, pela segunda vez no dia.

Ela parou.

– Não quero remoer o passado com você, está bem?

Myron se afastou e tentou ligar para o pai de novo. Dessa vez, a mãe dele atendeu no segundo toque.

– Seu pai está bem – afirmou a mãe. – É um nariz quebrado.

– Cadê ele?

– Ainda está falando com o médico. Mas ele está bem. Quanto ao nariz, vai ter um calombo novo. Não conte para ele, mas acho que é meio sexy.

– Imagino – disse Myron.

Uma pausa.

– Mãe?

– Qual é o problema, Myron?

– Como assim?

– Quando eu falo que é sexy, geralmente você responde com algo tipo "Não preciso ouvir isso" ou "Que nojo, mãe, apenas pare".

Caramba, o pai dele tinha mesmo razão sobre a capacidade dela de decifrá-lo.

– Ele quebrou o nariz – disse Myron. – Estou preocupado com ele. Ele caiu? Bateu a cabeça? Veja se o médico conferiu se tinha sinais de concussão. Tem alguém aí para ajudar vocês? Além do primo Norman? Ligue para a tia Tessie também. E quero que vocês contratem um enfermeiro.

– Um o quê?

– Um enfermeiro. Só para passar a noite.

– Sabe quanto custa um enfermeiro?

– Eu pago.

– Obrigada, Tio Patinhas, mas não quero nenhum desconhecido na minha casa.

– Não seria alguém desconhecido...

– E agora eu também vou ter que fazer sala?

– Um enfermeiro, mãe. Falei enfermeiro, não hóspede.

– Por falar nisso, a casa está uma zona. Seu pai é um bagunceiro. Não quero nenhum enfermeiro estranho para vir e...

– Está bem, esqueça, sem enfermeiro. Vou ligar para a tia Tessie e...

– Já liguei. Temos bastante ajuda. Até demais. Por falar nisso, Tessie acabou de chegar. Depois a gente se fala.

capítulo vinte e nove

DEPOIS QUE GRACE FOI embora, Jeremy disse que estava com fome, então Myron perguntou no tom mais casual possível se ele gostaria de sair para comer. Jeremy topou, e agora eles estavam acomodados a uma mesa de canto no Friedmans da 72nd Street, não muito longe do Edifício Dakota.

– O que você acha do que Grace falou? – perguntou Jeremy.

– Não sei – disse Myron. – E você?

– Achei difícil ler a mente dela. Fui treinado para interrogar combatentes inimigos. Quando eles são capturados, é óbvio que o nível de estresse é alto. Eles estão nervosos, com medo, geralmente são jovens. A gente leva isso em conta. Não temos prática em interrogar uma mulher de meia-idade em um apartamento de luxo da Quinta Avenida.

– Mas...?

– Não acho que ela esteja mentindo, e você?

Myron inclinou a cabeça em um gesto de dúvida.

– Tem algo estranho na história dela.

– Tipo o quê?

– Aquele detalhe sobre a marca de bourbon que eles bebiam.

– Isso faz a história parecer mais ou menos verossímil para você? – perguntou Jeremy.

– Parece um detalhe peculiar. Mas a parte sobre Bo ter trocado os copos...

– Para que Jordan Kravat tomasse a bebida batizada?

Myron assentiu.

– Parece tirado de um filme. E aquela coisa de ele murmurar "tchau, dedinho".

– Então você acha que ela mentiu?

– Ou que mentiram para ela – sugeriu Myron.

Jeremy olhou para o nada, perdido em pensamentos, e nessa hora algo na expressão dele foi um eco da expressão de Myron. A gente não observa a si mesmo com muita frequência, mas aquele homem diante de Myron jamais havia parecido tanto alguém sangue do seu sangue.

– O que foi? – indagou Myron.

– Se a gente acreditar no que Bo contou para Grace, então ele estava sofrendo abuso de Jordan Kravat e sendo obrigado a cometer crimes.

– Certo.

– Ao ponto de Bo decidir se tornar um informante para se livrar daquilo. Está acompanhando?

Myron tentou manter os olhos secos. Quando ele se emocionava, seus olhos inevitavelmente se enchiam de lágrimas. Ali estava ele, discutindo um caso com o filho, conversando com ele de um jeito que nunca tinha feito, e cada centímetro do corpo dele parecia subjugado pelos sentimentos.

– Estou – disse ele, enfim.

– Então talvez a resposta seja muito mais simples – declarou Jeremy. – Talvez Bo tenha matado Jordan Kravat. Talvez tenha sido premeditado ou talvez tenha sido no calor do momento ou até em legítima defesa.

Myron assentiu.

– E aí Bo inventa a história toda de ter trocado os copos de bourbon e deixado a cena do crime. Também explicaria por que ele depôs contra Joey Turant.

– Um furo – afirmou Jeremy.

Myron arqueou a sobrancelha.

– Só um?

Jeremy sorriu.

– Se Bo é o assassino, como é que o DNA de Joey Turant foi parar na cena do crime?

O garçom veio anotar o pedido deles. Os dois pediram o sanduíche de pastrami em lascas e sopa de tomate.

– Acabei de perceber outra coisa – disse Jeremy, depois que ele se afastou.

– O que foi?

– Faz séculos que a gente não passa tanto tempo junto.

Myron quis acrescentar "uma vida inteira", mas guardou o pensamento para si.

– É mesmo.

– Myron?

– Quê?

– Não fique todo emotivo comigo.

Myron abanou a mão.

– Quem, eu?

Os dois permaneceram calados por um instante. Jeremy rompeu o silêncio.

– Quero saber – começou Jeremy – o que você descobriu sobre... Tudo bem se eu falar só "meu pai"?

Myron assentiu.

– É claro.

– Não quero dizer nada de mais com isso.

– Não, eu entendo.

– Mas eu não o chamo de Greg nem nada do tipo.

– Ele é seu pai – disse Myron, com a boca seca de repente. – Pode chamar do que você quiser.

– Valeu. É importante para mim.

– Tranquilo – assegurou Myron, percebendo a fraqueza da própria voz. – Conversei com um antigo contato do FBI antes de encontrar você.

Jeremy se curvou para a frente e concentrou toda a atenção em Myron.

– Para resumir – continuou Myron –, o FBI acha que o assassinato de Jordan Kravat e o da família Callister estão relacionados.

Jeremy franziu o cenho.

– Não vejo como. Kravat morreu, tipo, há uns cinco anos em Las Vegas. Os Callisters morreram há mais ou menos um mês em Nova York. Será que a relação é o filho?

– O filho?

– O filho de Cecelia Callister foi assassinado – disse Jeremy. – Clay, né? Quantos anos ele tinha?

– Acho que uns 30.

– Acho que Jordan Kravat devia ter mais ou menos a mesma idade.

– Não é essa a conexão – contestou Myron. – Ou melhor, não sei, mas talvez seja bom alguém investigar isso.

– Então qual é a conexão?

– Não são só esses assassinatos.

– Como assim?

– O FBI acha que houve mais.

Myron informou o que pôde a Jeremy. Tentou evitar os detalhes, o que não foi muito difícil, já que ele mesmo também não sabia muita coisa. Ele sabia que Esperanza ia investigar mais a fundo essa ideia toda de assassino em série. Eles precisavam descobrir sobre as outras vítimas, os outros casos, mas Myron compreendia sua limitação. O pessoal do FBI não era burro. Ele não se achava um investigador melhor que agentes profissionais da lei. Eles tinham recursos e contatos.

Jeremy estava de olhos arregalados quando Myron terminou.

– Uau.

– É.

– Mas ainda não entendo por que eles acham que meu pai está por trás disso.

– Não sei se eles acham – rebateu Myron. – Só que, no momento, ele é a única conexão que eles têm.

– Mas só conseguem associá-lo a dois dos casos?

– Até agora, sim.

– A gente precisa se aprofundar nisso.

– Concordo.

Os sanduíches e as sopas chegaram. Myron mergulhou a extremidade do sanduíche de pastrami na sopa de tomate antes de dar a primeira mordida. O que PT tinha murmurado no Le Bernardin? Néctar dos deuses.

– Você está na casa de Win no Dakota? – perguntou Jeremy.

– Estou.

– Sua esposa está onde?

– Ela estava aqui ontem à noite. Veio a trabalho.

– Ela é boa na TV.

– É, valeu.

Jeremy ainda não conhecia Terese. Ele não tinha ido ao casamento. Myron queria dizer que torcia para que eles pudessem se encontrar, se conhecer melhor, mas não pareceu adequado.

Myron ficou um tempo olhando Jeremy comer o sanduíche e depois falou:

– Posso fazer uma pergunta?

– Diga – respondeu Jeremy.

– De onde você veio ontem à noite?

– É confidencial.

– Do exterior?

Jeremy parou no meio de uma mordida e olhou para Myron.

– Por que a pergunta?

– Sua mãe disse que você estava vindo do exterior.

– E daí?

– E daí que Grace disse que você chegou aqui em três horas.

Um meio sorriso se formou no rosto de Jeremy.

– Ou seja, eu não poderia estar no exterior – disse ele, balançando a cabeça. – O eterno detetive, né, Myron?

– Eu só... só quero saber mais de você, eu acho. Não é minha intenção ser intrometido.

– Não se preocupe. Não falei para a mamãe que "estava no exterior". Mas ela deve ter presumido.

– Tudo bem.

– Na verdade, agora estou destacado aqui.

– Ah. E você não pode me dizer onde.

– E não posso dizer onde – repetiu Jeremy. – E acabei de ser chamado de novo. Vou partir amanhã de manhã e passar dois dias fora. Mas depois eu volto, tudo bem?

– Beleza.

Jeremy abaixou o sanduíche.

– É engraçado.

– O quê?

– Quando eu era pequeno, não curtia muito o mundo dos esportes.

– Por causa da sua doença – sugeriu Myron.

– Principalmente. Era para a anemia de Fanconi ter me matado. A gente sabe disso. Você salvou minha vida, Myron.

Myron olhou para o próprio prato.

– Eu cheguei a agradecer de verdade por isso?

– Sim – disse Myron, com esforço, ainda de cabeça abaixada. – Acho que sim.

– Enfim, o que eu quero dizer é que, quando fiquei saudável e pude fazer esforço, percebi, sei lá, que devo ter herdado alguns dos seus genes atléticos. E, é lógico, tinha o meu pai. Quer dizer, ele não é meu pai biológico, mas fui criado por um jogador profissional de basquete. Então, em termos atléticos, tenho você no quesito biológico. No quesito criação, tenho ele. Você entende, né?

– Entendo – respondeu Myron, perguntando-se aonde ele pretendia chegar.

– Então foi por isso que demorei para me desenvolver. Quando eu tinha 17 anos, percebi que tinha potencial para ser um atleta de elite, mas, como não pratiquei nenhum esporte na infância, estava muito atrás dos outros em termos de habilidade. Eu tinha, digamos, dotes físicos, mas nenhuma forma de expressá-los. Acho que foi por isso que acabei direcionando essa capacidade para o que eu faço agora.

– Nas Forças Armadas?

– É.

Myron assentiu.

– Parece que você aplicou seus "dotes físicos" em algo muito mais relevante do que eu ou... ou seu pai.

Jeremy sorriu.

– "Seu pai" – repetiu ele. – Você se esforçou bastante agora, Myron.

Myron deu de ombros e sorriu também.

– Estou tentando.

– Agradeço por isso.

– Então, aproveitando que estou me esforçando... – começou Myron.

Jeremy olhou para ele.

– A gente nunca conversou sobre como foi para você – disse Myron. – Digo, descobrir sobre mim.

– Conversou, sim.

"Você não é meu pai. Poderia ter sido, mas na prática não é."

– Certo, só daquela vez. Assim que você descobriu. Mas você tinha 13 anos.

– Agora é um pouco tarde.

– É?

– Eu falei tudo que queria. Olha, Myron, você não fez nada de errado. Não, espere, você com certeza *fez* algo errado, você e a mamãe, mas, como ela já repetiu mil vezes para mim, o resultado desse erro fui eu. Aconteceu há muito tempo. Podemos deixar isso para trás?

– Sim, com certeza. – Mas Myron se deu conta de que não podia recuar. Não agora. – Só quero pedir um favor.

Algo no tom de Myron fez Jeremy parar tudo o que estava fazendo. Ele abaixou o sanduíche.

– Tudo bem.

– Não é bem um favor. Não sei direito o que é.

– Você está me assustando um pouco, Myron.

– Não é para ter medo. É o contrário de medo.

– Myron.

– Você quis manter sua paternidade em segredo por respeito a Greg. Eu entendi. E sempre respeitei isso.

– E agora?

– Agora seus avós... seus avós biológicos... estão ficando velhos. Sua avó não está bem. E hoje seu avô...

Myron se deteve.

– Meu avô o quê?

Porcaria de olhos cheios de lágrimas. Ele piscou.

– Myron?

– Eu quero contar para eles, Jeremy. Sobre você. E quero que vocês se conheçam.

Jeremy pensou por um instante. Depois, ele disse:

– Que hora para pedir isso.

– Eu sei.

– Enquanto meu pai está na cadeia.

– Eu sei. Não foi nada planejado.

Jeremy olhou para o vazio de novo. Myron lhe deu espaço. Depois de um tempo, Jeremy perguntou:

– A gente pode conversar sobre isso quando eu voltar?

– Claro. Sem pressão.

capítulo trinta

COM OS OLHOS FOCADOS no tablet em seu colo, Esperanza perguntou:

– Então, os únicos nomes que PT chegou a falar foram Tracy Keating e Robert Lestrano?

Eles estavam na saleta de Win, cada um dos três aninhado em uma poltrona de couro cor de vinho.

Esperanza olhou para Myron e suspirou, perguntando:

– O que foi?

– Quando foi a última vez que nós três ficamos aqui desse jeito?

– Mês passado – respondeu Esperanza. – No aniversário de Ema. Seu sobrinho estava aqui.

– Não digo para uma festa. Digo, só nós três. – Myron gesticulou com os braços. – Assim.

Esperanza balançou a cabeça.

– Você é um banana. – Ela se virou para Win e ergueu a taça de conhaque. – Este aqui é do bom.

– Conhaque Louis XIII de Remy Martin Black Pearl da Grande Champagne – disse Win.

– Se você está dizendo...

Win franziu a testa.

– Myron?

– Oi.

– É deselegante pesquisar o preço no celular.

Myron parou de digitar.

– A garrafa custa mais que um carro?

Win refletiu.

– Que o *meu* carro não.

Touché.

– A gente pode retomar isso aqui? – indagou Esperanza. – Hector volta para casa hoje.

– Ele está onde?

– Lá na Flórida com o pai.

Esperanza compartilhava a guarda do filho com o pai dele.

– Hector está com que idade agora? – perguntou Win. – Tem 9, 10 anos?

– Ele tem 15, Win.

Win ficou pensativo.

– Nada envelhece mais a gente que o filho de outra pessoa.

– Que profundo – comentou Esperanza, com uma ligeira sugestão de sarcasmo. Os três carregavam uma pitada de sarcasmo na própria voz, mas ninguém entregava o *pot-pourri* completo de ervas e condimentos sarcásticos como Esperanza. Ela era uma expert. – Por falar em filhos, como está indo com Jeremy?

– Está indo – respondeu Myron. – Falei que queria apresentá-lo aos meus pais.

– Ótimo – disse Esperanza. – Eles deviam participar da vida dele.

– E ele não está mais em missão no exterior.

Win arqueou a sobrancelha.

– Desde quando?

– Não sei.

– Está onde, então?

– É confidencial.

Win não gostou.

– É em algum lugar nos Estados Unidos?

– Foi o que ele disse.

– A gente pode retomar o assunto aqui? – repetiu Esperanza. – Como eu disse, preciso voltar para casa.

– É claro. – Win pousou a taça e se levantou. – Você precisa da tela grande?

– Ajudaria.

Win foi até o que parecia ser um busto de bronze de Shakespeare na cornija de mármore em cima da lareira, mas que na verdade era um objeto cênico do seriado do Batman dos anos 1960. Bruce Wayne (Batman) ou Dick Grayson (Robin) inclinavam a cabeça de Shakespeare para trás e revelavam um botão oculto. Ao apertar o botão, uma estante de livros atrás da Dupla Dinâmica se afastava e revelava dois postes (em um estava escrito "DICK" e no outro, "BRUCE", como se eles fossem esquecer qual era de quem), e aí Bruce Wayne, interpretado pelo genial Adam West, exclamava: "Para os Batpostes!"

Do mesmo jeito que o famoso super-herói, Win inclinou a cabeça de Shakespeare para trás, apertou o botão e, *voilà*, a estante deslizou para o lado. Em vez de Batpostes, havia uma televisão grande de tela plana instalada na parede. Cortinas de blecaute desceram automaticamente diante das janelas, transformando a saleta de Win em uma sala de cinema – mas que

212

dispunha de conhaque Louis XIII de Remy Martin Black Pearl da Grande Champagne.

Myron olhou para Win. Win sorriu e arqueou a sobrancelha. Ele adorava seus brinquedinhos.

Esperanza logo pareou o tablet com a televisão para todo mundo poder ver os arquivos na tela grande.

– Bom, isto é o que eu juntei a partir do que PT falou para vocês – começou ela. – A gente já sabe de Jordan Kravat em Las Vegas. E tem os Callisters em Nova York. Além disso – ela clicou no tablet e foi para outro slide –, PT mencionou Tracy Keating. Tirei isto da página dela no LinkedIn.

Apareceu a fotografia de uma mulher loura de cabelo cacheado e óculos escuros, com um sorriso que se estendia pelo rosto inteiro dela e fazia a gente querer retribuí-lo.

– Tracy Keating supostamente foi morta em Marshfield, Massachusetts, por um ex que a perseguia, um cara chamado Robert Lestrano. Ela estava no processo de obter uma medida protetiva. PT já revelou algumas destas coisas para vocês, mas consegui montar arquivos bem detalhados sobre esses três casos: Kravat, Callister e Keating. Win, talvez você fique feliz de saber que o filho do seu amiguinho, Taft Buckington, foi prestativo ao montar isto para mim.

– Estou enlevado – disse Win. – Arrebatado, inclusive.

– Maravilha. Então... depois a gente investigou um pouco mais a fundo para descobrir os outros casos. PT citou um agressor virtual que foi morto por um irmão. Acho que encontramos o caso. – Esperanza tocou no iPad, e apareceu o rosto de um homem. – A vítima foi Walter Stone. Tinha 52 anos, dois filhos adultos, esposa. Passava a maior parte dos dias cometendo agressões verbais pela internet e estava atacando com força uma mulher chamada Amy Howell. Ela mora no Oregon.

Myron leu o arquivo.

– Caramba, esse cara era bem perturbado.

– Você nem imagina o que a gente vê lá no escritório – comentou Esperanza. – As pessoas surtam. Elas jamais se comportariam assim pessoalmente. Mas na internet? Sem querer aprofundar muito, as redes sociais querem plateia. Ponto-final. Sabe a melhor forma de conseguir isso? Segregando as pessoas. Deixando-as com raiva. Transformando-as em extremistas.

– Não muito diferente dos canais a cabo de notícias – disse Myron.

– Exato. Medo e segregação produzem engajamento. Concordância e moderação, não. Enfim, estas são as provas contra Edward Pascoe, o irmão de Howell.

Myron leu a lista.

– Carro avistado, imagem do carro captada por câmera de segurança perto de uma represa, arma do crime encontrada lá... É muita coisa.

– É. Para a polícia, é um caso simples. Mas tem duas coisas a favor de Pascoe. Uma é que a esposa dele estava em casa naquela noite. Ela disse que o marido não saiu de casa, mas também admitiu que ela estava no quarto, no andar de cima, e que ele estava vendo televisão no térreo. A promotoria alegou que, em primeiro lugar, como esposa, ela poderia estar mentindo para proteger o marido e, em segundo lugar, ele poderia ter saído escondido sem que ela percebesse. A mulher declarou que essa segunda opção era impossível, que eles têm um alarme na casa que sempre apita quando a porta é aberta, mas é óbvio que a promotoria vai argumentar que seria fácil desligá-lo. Tenho todos os detalhes do caso, mas vamos seguir em frente por enquanto.

Ela tocou no iPad.

– PT também relatou um assassinato envolvendo pai e filho em Austin, Texas. O interessante é que não foi nem um pouco difícil descobrir de quais casos ele estava falando. A gente acha que assassinatos são comuns, mas casos assim são bem raros. Eu simplesmente fiz uma busca por "pai filho executivo de tecnologia assassinado em Austin" e o caso apareceu na hora.

A tela foi preenchida por reportagens e fotos da cena do crime.

– Pelo que deu para entender, o pai morto era um cara rico e o filho, um inútil. Alguns meses antes do crime, o pai, Philip Barry, deserdou o filho, Dan. Segundo a hipótese da polícia, numa reação ao que ele considerou uma traição enorme, Dan Barry matou o pai com uma faca. A polícia recebeu uma ligação anônima de um suposto vizinho falando de um homem que estava gritando por socorro. Foram até a casa. A porta da frente estava aberta. O pai foi encontrado morto na cozinha, com a garganta cortada. Encontraram o filho ainda dormindo no andar de cima. Tinha uma faca ensanguentada embaixo da cama dele. Havia também manchas de sangue nas roupas e nos lençóis, na escada, no caminho da cozinha até o quarto do filho. O DNA deve mostrar que o sangue pertencia à vítima. Somente um conjunto de impressões digitais na faca: isso mesmo, do filho.

– O assassino mais burro de todos os tempos – concluiu Win.

– Tinha um bocado de drogas no organismo dele. A hipótese da polícia é clássica: ele estava chapado de cocaína, lembrou que tinha sido deserdado, matou o pai e provavelmente nem percebeu.

– Ainda assim – disse Myron. – Fácil de condenar.

– Na verdade, o advogado do filho ofereceu outra hipótese: alguém invadiu a casa enquanto o filho dormia, matou o pai, plantou a faca no andar de cima e depois fez uma ligação anônima para a polícia. Ele destacou que, quando a polícia apareceu, nenhum vizinho admitiu ter ligado e ninguém ouviu grito algum. A ligação foi feita de uma linha impossível de rastrear.

– Então talvez o assassino tenha feito a ligação – sugeriu Myron.

– Sim.

– Isso não colou no julgamento? – perguntou Win.

– Não o bastante. Dan Barry não era uma testemunha que despertava muita compaixão. Ele tinha antecedentes, incluindo homicídio culposo ao volante. Ele matou alguém quando estava dirigindo entorpecido.

– A polícia investigou isso? – indagou Myron.

– Como assim?

– Será que alguém da família da vítima do atropelamento quis se vingar?

– Não sei. Mas você tocou numa questão importante.

– Qual?

– Motivação. Em todos esses casos, a pessoa condenada pelo crime tinha motivação, então, quando alegavam que tinham sido incriminadas por alguma artimanha bizarra...

– Era fácil desconsiderar – completou Myron.

– Isso. Imaginem, neste caso, por exemplo, o tanto de tempo e planejamento necessários para entrar na casa de Barry, drogar o filho, etc. Bom, quem acreditaria que alguém ia se dar a esse trabalho todo? Qual seria a motivação do assassino?

– A menos que – interveio Win – não houvesse motivação.

– Como no caso de um assassino em série – acrescentou Myron. – Tudo faz sentido de um jeito horrível. Algo mais?

– Não muito. PT citou um agricultor de soja que foi morto por dois imigrantes que trabalhavam para ele. A mídia foi mais discreta neste. Acho que não queriam criar problema para outros imigrantes na região. Ainda estou investigando, porém, mais uma vez foi encontrado sangue da vítima no alojamento dos imigrantes.

Myron e Win ficaram um tempo examinando as informações na tela.

– As provas – disse Win – são exageradas.

– Concordo – afirmou Esperanza.

– Assassinos costumam ser descuidados, sem dúvida – continuou Win. – E, se considerarmos esses casos separadamente, as condenações são sólidas. Mas, vendo tudo em conjunto, é de admirar o nível de estupidez generalizada. Quem neste mundo moderno não sabe que é possível rastrear a localização de um celular? Quem não sabe de câmeras de vigilância ou cobrança eletrônica de pedágios ou DNA?

– E a arma encontrada no galpão de ferramentas de Robert Lestrano – acrescentou Myron, levantando-se e apontando para a foto na tela. – Segundo o boletim de ocorrência, ele admitiu prontamente à polícia que era dono de uma arma. Ele disse que a guardava numa maleta com tranca ao lado da cama. A polícia até o viu abrir a gaveta para pegá-la, e a própria polícia admite que ele pareceu genuinamente surpreso ao constatar a ausência dela. Quem é burro a ponto de usar a própria arma, dizer que ela fica bem ao lado da cama e a esconder num galpão no quintal?

– Exagero – repetiu Win.

– Só que promotores nunca questionam exageros – acrescentou Esperanza.

– Porque bate com a narrativa preconcebida deles.

Win concordou.

– E, verdade seja dita, quando se considera qualquer caso isoladamente, não haveria motivo para questionar a culpabilidade de ninguém.

Myron foi até a tela na parede.

– Tem outra coisa que está me incomodando.

Esperanza e Win ficaram esperando.

Os olhos de Myron foram de caso em caso. Ele então perguntou:

– Como o FBI relacionou uma coisa a outra?

Ninguém respondeu.

– Quer dizer, pensem só. Não tem nada que conecte esses casos. Nenhum fio de cabelo. Nenhum local. Nenhum tipo de vítima. O assassino teve cuidado com isso. Astúcia, até. Então o que fez eles juntarem os pontos agora?

– Greg Downing? – questionou Esperanza. – Não é essa a questão? Ele é o elemento de conexão.

– É, mas só em dois dos casos, separados pelo quê, cinco anos? Como saíram disso e chegaram a um assassino em série? Cronologicamente, o primeiro assassinato foi de Kravat. Greg está associado a essa morte porque o filho da namorada dele estava se relacionando com a vítima.

– Uma associação bem fraca – apontou Win.

– E, de novo, pela ordem cronológica, o terceiro ou quarto assassinato foi o de Cecelia Callister. Certo, a associação com esse é forte, obviamente. DNA e tudo o mais. Mas como o FBI juntou esses dois assassinatos a Keating, Barry, Stone...? Espere aí.

Myron parou, olhou para cima, ficou imóvel.

Win se inclinou para Esperanza e disse a meia-voz:

– Acho que nosso garoto teve uma ideia. Quem dera ele gritasse "Eureca" para termos certeza.

– Engraçadinho.

Myron pegou o celular do bolso de repente e ligou para o quarto número da lista de favoritos. Terese atendeu na hora.

– Oi – disse ela.

– Você está no viva-voz – avisou Myron. – Estou com Win e Esperanza. Todo mundo se cumprimentou rapidamente.

– E aí? O que foi? – perguntou Terese.

– O assassinato de Ronald Prine.

– O que é que tem?

– Ele morreu há quanto tempo, dois dias?

– Isso.

– E você disse que já prenderam alguém.

– Uma mulher chamada Jacqueline Newton – respondeu Terese. – Ah, já entendi aonde você quer chegar. Eu estava começando a pensar a mesma coisa.

– Pode falar.

– Newton insiste que não teve nada a ver com a morte, mas a arma do crime foi a espingarda de caça do pai dela.

– Onde a espingarda foi encontrada?

– No guarda-roupa dela. Bem no lugar onde ela disse que estava. Newton alegou que a arma não era usada havia anos, mas um teste rápido no laboratório revelou que foi disparada recentemente.

– Alguma amostra de DNA que a relacione ao crime?

– Ainda não, mas está muito cedo. Faz só 48 horas que Prine foi morto.

– Onde Newton está neste momento? – perguntou Myron.

– Detida. A audiência de custódia é amanhã de manhã.

– Você conhece o advogado dela?

– Muito bem. Um cara chamado Kelly Gallagher. É um defensor público sério. Vai fazer o possível.

– Consegue dar um jeito de eu visitá-la?

– Visitar Jacqueline Newton?

– É.

Terese pensou um instante.

– Vou ligar para Kelly.

– Eu te amo, sabia? – disse Myron.

– Eu também – acrescentou Win.

– Eu só te acho gata! – gritou Esperanza.

– Eu aceito – retrucou Terese pelo viva-voz. – Quero um abraço coletivo da próxima vez que estivermos todos juntos. Myron?

– Oi.

– Estou hospedada no Rittenhouse Hotel, quarto 817. Acabei de conferir meu aplicativo de GPS. Dá para você chegar aqui em uma hora e 48 minutos.

– Pode iniciar o cronômetro – disse Myron.

Myron fez a viagem em cerca de noventa minutos.

Terese tinha deixado uma chave para ele na recepção. Ele subiu de elevador até o oitavo andar. Terese abriu a porta enxugando o cabelo louro-escuro com uma toalha. Quando ela deu um sorriso para Myron, ele repercutiu até nos dedinhos do pé e Myron se esqueceu completamente de pessoas mortas e assassinos em série. Pelo menos por um instante. Ela vestia o roupão atoalhado do hotel. Myron foi lançado de volta à primeira vez que tinha visto Terese de roupão atoalhado, quando eles se encontraram no Hôtel d'Aubusson, na rue Dauphine, em Paris.

– Olá, olá – disse Myron.

– Eu amo que você sempre começa com as frases mais insinuantes.

– Foi "olá" em vez de "oi".

Pode esquecer o espartilho, a lingerie de renda com babados, o fio dental, o baby-doll, a camisola, o *body*, o que seja. Não tem nada mais sexy que a mulher que você ama de roupão atoalhado de hotel enxugando o cabelo.

– Quer ver um negócio que vai deixar você excitado de verdade? – perguntou ela.

Myron conseguiu assentir.

Ela se afastou para o lado. Tinha um fichário abarrotado na cama.

– São fotos suas de roupão?

– Quase isso – respondeu Terese. – É uma cópia da pasta do caso de homicídio de Ronald Prine.

– Sou todo seu.

– Nossa, como você é fácil. Podemos começar?

Eles se sentaram na cama. Terese folheou o fichário e contou a história. Myron ouviu atentamente e resistiu ao impulso de desamarrar a faixa do roupão dela. Quando eles chegaram aos e-mails que Jackie Newton enviou para Ronald Prine, Myron começou a perceber um padrão. No começo, quando a Organização Prine estava protelando, os e-mails de Jackie Newton eram profissionais porém firmes. A frustração e a raiva neles aumentaram de forma completamente orgânica. Na maioria das mensagens, Jackie Newton estava escrevendo para uma vice-presidente da Prine chamada Fran Shovlin com Ronald Prine em cópia.

Os Newtons tinham feito o serviço. Ela apresentou fotos e vídeos, faturas e contracheques como prova. Os Prines não deram a mínima.

– Como empresas saem impunes depois de fazer esse tipo de coisa? – indagou Myron.

– Você fica bonitinho quando é ingênuo.

– Fico?

– Não muito – disse Terese. – Quem dera os Newtons tivessem vindo falar comigo. Quer dizer, como jornalista.

– Quem é que está sendo ingênua agora?

Terese ponderou sobre isso antes de assentir.

– Verdade.

Mesmo assim, o arco narrativo dos e-mails, que evoluíram da frustração para a raiva até acabarem no desespero, parecia natural. Então, uma semana antes, após meses sem contato, Ronald Prine recebeu um e-mail que a polícia alegou ter vindo da rede de internet doméstica de Jackie Newton. Dizia apenas:

Não esquecemos o que você fez conosco.

E, depois, dois dias antes do assassinato, um último e-mail:

Você acha que pode destruir a nossa vida sem pagar nenhum preço. Prepare-se.

– Exagero – disse Myron.

– Hein?

Ele explicou o que Win tinha comentado.

– Jackie Newton fez alguma declaração?

– Ela apenas insiste que é inocente.

– E o pai dela?

– Ele tentou assumir a culpa, mas não tem capacidade física para ter cometido o crime.

– Isso não deve pegar bem para ela – comentou Myron. – O pai achando que precisa se incriminar. Faz ela parecer culpada.

– Pois é. Gallagher o convenceu a retratar a confissão.

– Esse é o advogado dela, né? Por falar nisso, posso conversar com Jackie Newton amanhã?

– Gallagher disse que, se você se registrar como parte da equipe jurídica dela, sim, pode falar com Jackie. Amanhã bem cedo. – Terese conferiu a hora. – Está ficando tarde. Que tal você tomar um banho para a gente poder ir para a cama?

– Suas ideias são boas.

– Tem outro roupão atoalhado no banheiro. Pode usar, se quiser.

– E se eu não quiser?

– Vai logo.

Myron não precisou ouvir duas vezes.

Uma hora depois, já deitados e cansados no escuro, Myron puxou Terese para junto de si, para aquela conchinha perfeita antes de o sono chegar.

Terese sussurrou:

– Está pensando em quê?

– Que seu cheiro é gostoso.

Ela sorriu.

– Que mais?

Ele ficou pensando.

– Por hoje, pode ser só isso?

– Me abraça mais forte.

O braço dele estava relaxado em cima da cintura dela. Ele a puxou para mais perto, fechou os olhos, sentiu o calor de sua pele.

– Mais – sussurrou ela.

– Se eu abraçar mais forte, vou esmagar você.

– Agora você está pegando a ideia.

capítulo trinta e um

– Você PRECISA ASSINAR ESTES papéis.

Kelly Gallagher, o defensor público designado para Jackie Newton, apertou a caneta retrátil e a entregou para Myron. Gallagher era mais jovem do que Myron esperava, devia ter no máximo 30 anos, com um terno cinza cor de asfalto molhado que parecia estar se desfazendo a olhos vistos. Ele usava uma gravata frouxa o bastante para servir também de cinto. A camisa branca podia ter sido de um tom moderno de creme, mas estava aparentando mais ter sofrido um acidente na lavanderia.

– O que é que eu vou assinar? – perguntou Myron.

– É o que expliquei para Terese – disse Gallagher. – Se você quiser entrar para conversar com Jackie, precisa fazer parte da equipe jurídica dela. Sei que você passou na prova da ordem em Nova York, mas a Pensilvânia tem uma política de reciprocidade. Então preciso que assine aqui. E aqui.

Myron passou os olhos pelo documento enquanto pegava a caneta.

– Então você é casado com Terese Collins – comentou Gallagher.

– Sou.

– Se a situação da minha cliente não fosse tão desesperadora, eu estaria odiando você por isso.

Myron conteve o sorriso.

– É, eu entendo.

Ele assinou os documentos e os devolveu para Gallagher.

– O que você pretende conseguir aqui, Myron? – perguntou Gallagher.

– Qual é sua tese?

– Tese sobre...?

– Terese falou que você é um excelente defensor público.

Ele balançou a cabeça.

– Como se ela já não fosse a mulher perfeita.

– Ela também falou que você é cínico.

– Se ela acha isso atraente, eu sou mesmo.

– Que percentual dos seus clientes você acha que cometeu os crimes pelos quais são acusados?

– Setenta e três por cento.

– Bem específico.

– Se eu falasse que eram três em cada quatro, você ia achar que eu estava inventando. Os 73% passam a ilusão de especificidade e, portanto, de credibilidade.

– Cá entre nós, e sabendo que vou defender Jackie Newton de qualquer jeito até as últimas consequências, você acha que ela matou Ronald Prine?

– Não.

– Essa foi rápida.

– Acha que já não pensei nisso antes de você perguntar? Olha, quando recebi o caso, imaginei que ela fosse cem por cento culpada. Eu nem considerei a possibilidade de que não fosse. E quase não me importei. É que, como a maioria das pessoas racionais, conscientes e vivas, eu detestava Ronald Prine. O cara era um crápula insensível que tinha prazer em arruinar a vida das pessoas. Então, antes mesmo de conhecer Jackie, eu já estava planejando uma defesa à la Robin Hood de homicídio justificado ou inimputabilidade ou semi-imputabilidade por motivo de insanidade temporária, algo assim. O cretino acabou com a vida dela, o pai dela está doente, ela surtou. Deu para entender, né?

– Deu.

– Então era isso que eu pensava.

– E o que fez você mudar de ideia?

– Jackie. Veja bem, um cliente carismático pode me enganar, sem dúvida. Mas neste caso? Aos meus olhos, não chega nem perto. Ela não cometeu o crime.

– Como você explica as provas?

– Por "provas" você se refere à espingarda e às mensagens ameaçadoras enviadas da rede doméstica dela?

– Sim.

Kelly Gallagher sorriu.

– É por isso que você está aqui.

O guarda acenou para eles.

– Chegou a hora – disse Gallagher.

Ele se levantou primeiro; Myron foi atrás. Quando eles entraram na salinha de visitação, Jackie Newton já estava sentada. Ela fitou os dois com olhos fundos, abatidos pelo medo e pela privação de sono. Talvez Myron estivesse sugestionado por conhecer a história dela, mas parecia haver um misto de incredulidade e derrota naquele rosto. Ela não conseguia acreditar que estava ali – e, ao mesmo tempo, entendia que a vida raramente sorria para alguém como ela. O mundo era arbitrário, aleatório e cruel.

– Jackie, este é Myron Bolitar. Ele veio me ajudar com o caso.

Ela dirigiu o olhar para Myron.

– Por quê?

– Por que o quê?

– Por que você quer ajudar?

– Acho que você é inocente – afirmou Myron.

Os olhos dela se encheram de lágrimas de repente, como se estivesse surpresa. Ela as conteve, não deixou que caíssem.

– E repito a pergunta – disse ela com uma voz que batalhava para continuar firme. – Por quê?

– Eu lhe devo uma explicação, mas não temos tempo – respondeu Myron. – Posso ir direto ao ponto?

Ela olhou para Kelly Gallagher. Ele assentiu.

– Vá em frente – concordou Jackie.

– Você tem algum álibi para a noite do crime?

– Eu estava trabalhando.

– Seu empregador pode confirmar?

– Você sabe que estou falida, né? Quer dizer, você sabe que não posso pagá-lo se...

– Não estou aqui por dinheiro – assegurou Myron.

Ela parecia desconfiada. Era compreensível. As pessoas não fazem as coisas por pura bondade. A experiência de vida dela deixava isso claro.

– Não tenho empregador propriamente dito – explicou ela. – Meu pai está doente. Eu cuido dele, então não posso ter um emprego fixo. Trabalho por conta própria como faz-tudo, principalmente. Faço uns bicos por meio de aplicativos, essas coisas.

– E foi isso que aconteceu no dia do crime?

Ela assentiu.

– É, peguei um serviço. Era para montar um brinquedo de madeira num quintal por 40 dólares a hora, com três horas de prazo para finalizar o trabalho. Foi esse o acordo que eu negociei com a proprietária.

– Então a pessoa que a contratou pode confirmar essa história?

Jackie olhou para Kelly. Kelly respondeu:

– Em parte. Sim, uma mulher chamada Leah Nowicki confirmou que contratou Jackie por aplicativo. Mas, depois que Jackie chegou e elas se falaram, Nowicki saiu para o trabalho e deixou Jackie sozinha no quintal da casa para terminar o serviço.

223

– Então, teoricamente – disse Myron, falando agora com Jackie –, você poderia ter saído e voltado.

– Mas não saí.

– Ainda estamos trabalhando nisso – acrescentou Kelly Gallagher. – Talvez tivesse alguma câmera por perto que confirmasse seu álibi.

– E depois? – Myron manteve a atenção fixa em Jackie Newton. – Você terminou o serviço e foi para casa?

– Sim.

– Que horas foi isso?

– Cheguei em casa por volta das sete da noite.

– Tinha mais alguém lá?

– Carol DeChant tinha dado uma passadinha por cinco minutos, mas ela já havia ido embora.

– Quem é essa?

– Uma vizinha. É viúva. Ela aparece às vezes e faz companhia para ele. Fica de olho nele para mim quando passo muitas horas fora de casa. Mas o papai fica irritado de ter alguém para tomar conta dele. – Jackie Newton chegou a sorrir. – Então o que a Sra. DeChant faz é fingir que está interessada nele. Sexualmente. Ela só faz isso para que não fique bravo quando ela vai ver como ele está.

– Isso é que é vizinha – comentou Myron.

– Existem algumas pessoas boas no mundo, Sr. Bolitar.

– É verdade – concordou Myron. – Certo, e a Sra. DeChant já tinha ido embora quando você chegou?

– Isso.

– Fazia quanto tempo?

– Eu liguei para ela quinze minutos antes de voltar. Ela disse que estava de saída, que o papai estava tirando um cochilo.

– Aí você chegou em casa. O que aconteceu depois?

– Comecei a preparar o jantar para quando meu pai acordasse. Devia fazer uma meia hora que eu estava em casa quando a campainha tocou. Eram dois policiais. Eles falaram que uma espingarda Remington de alguém no prédio havia sido roubada. Quiseram saber se eu tinha alguma. Falei que sim. Perguntaram se poderia ter sido a minha. Eu falei que ia dar uma olhada. Acho que isso os surpreendeu.

– Eles deviam estar esperando que você fosse tirar proveito da história da arma roubada – supôs Myron. – Acharam que você ia se livrar da espingarda depois do crime, como a maioria dos assassinos faz, e que depois inventaria alguma desculpa estranha que os ajudaria a enquadrá-la. E o que aconteceu? Eles pediram para entrar?

– Pediram. Eu falei que guardava a espingarda no meu guarda-roupa.

– E eles a acompanharam até lá?

Jackie Newton assentiu.

– Abri o guarda-roupa, afastei o casacão grande do fundo e, realmente, lá estava a espingarda, apoiada na parede. Aí eu falei: "Não, a minha arma não foi roubada", mas eles já estavam surtando. Um deles sacou a arma.

– O que você achou que estava acontecendo?

– Eu não fazia a menor ideia. Falei: "Ei, calma, a espingarda nem está carregada." Aí eu vi que eles estavam de luva. O policial com a arma pediu reforços pelo rádio. O outro mandou que eu não me mexesse. Perguntei o que estava acontecendo. Ele me perguntou se eu conhecia Ronald Prine. Naquela hora, achei que fosse só mais importunação por parte de Prine, que ele tinha mandado os dois me atormentarem. Fiquei brava e falei: "É, eu conheço o canalha. O que é que tem? Vocês trabalham para ele, por acaso?" Aí o policial perguntou de novo, mais devagar: "Você conhece Ronald Prine?" E aí eu não gostei nem um pouco do tom de voz dele. Então parei de falar. Pedi um advogado.

– Eles testaram a espingarda – disse Myron.

– É, eu sei.

– Você tinha atirado com ela recentemente?

– Não. Aquela arma não tinha sido usada desde que meu pai a levou para um estande de tiro há uns cinco ou seis anos.

– Você disse que a espingarda estava no guarda-roupa.

– Isso.

– Estava fácil de ver?

– Não, ficava bem no fundo, atrás do casacão velho do meu pai.

– Então com que frequência você a vê?

– Como assim, a espingarda?

– É – respondeu Myron. – A gente sabe que armaram para você. Que a espingarda foi a arma do crime. Isso significa que em algum momento o assassino conseguiu acesso à sua casa e pegou a espingarda. Então estou perguntando quando foi a última vez que você a viu.

– Não sei. Há meses, provavelmente.

– Certo, então o assassino pode ter pegado a arma em qualquer ocasião nos últimos meses. Não vamos ter como delimitar melhor isso, mas sabemos que a pessoa teve que a colocar de volta em algum momento entre o assassinato e a hora que você chegou em casa. É um intervalo bem curto. Nosso palpite mais provável é de que o assassino matou Prine, foi direto para sua casa e guardou a espingarda de volta no guarda-roupa. Imagino que seu pai passe bastante tempo sozinho em casa. Ele teria escutado se alguém entrasse?

– Ele dorme muito – contou Jackie. – Passa a maior parte do tempo no próprio quarto de porta fechada. Alguém poderia ter entrado de fininho se tivesse, sei lá, uma chave.

Myron se virou para Gallagher.

– O prédio tem câmeras de segurança?

– Só na rua.

– Temos que examinar todas as gravações.

– A rua é movimentada – informou Kelly Gallagher.

– Mas quantas pessoas estariam andando com uma espingarda? – perguntou Myron. – Não seria à vista de todo mundo. Mas a teriam colocado em um estojo de violão ou algo do tipo. Está fazendo calor demais para usar um sobretudo que a cobrisse, mas podemos ficar de olho nisso também.

– Espere, se a gente encontrar vídeos de Jackie sem a espingarda enquanto ela estava no transporte público indo para o serviço...

– Não vai adiantar – contestou Myron. – Vão falar que ela planejou cuidadosamente. Que ela tirou a espingarda do guarda-roupa dias ou semanas antes. Que colocou perto do lugar onde ia cometer o crime.

– Me desculpem – disse Jackie –, mas essa história toda é uma loucura. Por que eu? Não quero me fazer de coitadinha nem nada, mas eu não sou ninguém. Quer dizer, sou menos que ninguém. Por que jogar a culpa em mim?

Gallagher olhou para Myron.

– É uma boa pergunta. E desconfio de que você tenha uma teoria.

– Tenho, mas deixe-me chegar a ela do meu jeito. – Myron se virou de novo para Jackie. – Você tem algum inimigo?

– Ronald Prine – respondeu ela. – Mas meu palpite é que não foi ele.

– Algum outro? Um ex, talvez?

– O último cara que eu namorei foi um farmacêutico de Bryn Mawr. Ele me largou porque eu passava tempo demais com meu pai. Sr. Bolitar?

– Pode me chamar de Myron.

– O que está escondendo de mim?

– Estou tentando ajudá-la, Jackie.

– Por que tem tanta certeza de que não fui eu?

Foi nesse instante que Myron sentiu o celular vibrar. Ele tinha desativado quase todas as notificações. A vibração estava ativada apenas para mensagens da esposa dele, dos pais, de Win ou de Esperanza, e apenas para alguma urgência. Ele pegou o telefone e olhou. Era uma mensagem de texto de Terese.

Saia agora. Estou do outro lado da rua.

capítulo trinta e dois

WIN ESTAVA DE FRENTE para quatro quadros de Vermeer.

– O que o senhor acha? – perguntou Stan Ulanoff, o curador.

Eles estavam no museu Frick, o original situado na mansão de Henry Clay Frick, na Quinta Avenida, entre a 70th e a 71st Street. No momento, a mansão do final do século XIX estava fechada ao público para um amplo processo de reforma que finalmente chegava ao fim.

O número de pinturas de Vermeer que existem pelo mundo é motivo de debate. Há quem diga que são 34. Outros falam de 35 ou talvez 36. O Metropolitan Museum of Art, a um pulo do Frick (se a pessoa tivesse pernas capazes de pular por cima de dez quadras), tinha a maior coleção de Vermeers do planeta Terra: cinco. O museu Frick, muito menor, tem uma coleção impressionante de três, e estavam todos agora na parede diante de Win.

– Nós mantínhamos os Vermeers na Galeria Oeste – explicou Stan –, mas, para esta mostra muito especial, os trouxemos para este espaço novo. Nosso baile de gala de reinauguração vai ser o evento da temporada, e esperamos que o senhor aceite ser nosso convidado de honra.

– Não, obrigado – disse Win.

– Como?

– Não, obrigado.

– O senhor não quer ser nosso convidado de honra?

– Isso mesmo.

– Mas nós gostaríamos de reconhecer sua generosidade...

– Não, obrigado – repetiu Win. – Por favor, continue a apresentação.

O sorriso vacilou um pouco, mas Stan o recuperou. Ele levantou o braço, bem ao estilo de curador/guia, e continuou.

– Da esquerda para a direita, e também em ordem cronológica do mais antigo para o mais recente, temos *Soldado e moça risonha*, *Moça interrompida ao tocar música*, *A patroa e a criada* e, é claro, nesta parede, sozinho para se destacar, não temos palavras para agradecer, Sr. Lockwood, pelo empréstimo...

Sua voz foi diminuindo quando ele olhou para o Vermeer instalado sozinho em uma parede perto dos outros três. O Met tinha cinco, o Frick tinha três e Windsor Horne Lockwood III, vulgo Win, tinha um.

– ... *Moça ao piano.*

Uma voz perto de Win murmurou:

– Pintor excelente, não tão bom com nomes.

Win se virou. Era Kabir, seu assistente pessoal.

O curador franziu o cenho.

– Vermeer não dava nome a seus quadros. Outras pessoas atribuíram títulos mais tarde, com base no...

– É, eu sei – disse Kabir para ele. – Eu estava brincando.

Kabir havia acabado de fazer 30 anos. Tinha uma barba comprida e, por ser sique, usava um turbante azul-escuro. Como ainda tiramos conclusões precipitadas com base na aparência, muita gente esperava que Kabir falasse com sotaque ou curvasse o corpo ou algo assim, mas Kabir havia nascido em Fair Lawn, Nova Jersey, era formado na Rutgers, adorava rap, curtia noitadas como qualquer jovem de 30 anos morador de Manhattan, mas, ainda assim, nas palavras de Kabir, "sempre tinha que explicar o turbante".

Stan continuou olhando com desagrado para Kabir por mais um segundo e então se virou para Win e avivou o sorriso.

– O senhor gosta?

Win seria franco a ponto de admitir que *Moça ao piano*, a peça central da mostra, era o menor e menos impressionante dos quadros, mas, por outro lado, era o mais famoso. *Moça ao piano*, que havia sido roubado décadas antes, e o mistério trágico por trás do assalto tinham sido descobertos havia pouquíssimo tempo. Quando finalmente recuperou o Vermeer, Win decidiu enviá-lo por uma turnê para que o mundo pudesse apreciá-lo. A primeira parada do quadro tinha sido no histórico museu-mansão da prima de Win em Newport, Rhode Island. Infelizmente, isso também tinha acabado em muita controvérsia, o que reforçou a aura sinistra e misteriosa do quadro.

– Gosto – respondeu Win.

O curador ficou feliz.

– Se puder nos dar licença um instante – disse Win.

Ele e Kabir foram para outro cômodo. Os dois pararam diante de mais uma preciosidade do Frick, *La Promenade*, uma obra-prima de Renoir sobre uma mãe e duas filhas pequenas fascinadas. As meninas fascinadas pareciam bem alimentadas e abastadas em seus casacos com pele nas bordas. A mãe estava com as mãos nas costas delas. Estaria escoltando as filhas de forma protetora ou as empurrando? Win não sabia, mas algo parecia estranho naquele passeio.

– Articule – disse Win para Kabir.

– Em primeiro lugar, aquelas partidas de rua em que alguém poderia ter obtido o sangue ou sei lá o que de Greg Downing – começou Kabir. Ele estava lendo do celular. Era assim que ele fazia anotações, como muitos jovens. Mas Win ainda achava estranho. – Mandamos um de nossos melhores investigadores para Wallkill. Só existe uma quadra aberta lá que recebe partidas informais. É perto da Wallkill High.

– E?

– Nada. As partidas acontecem geralmente com as mesmas pessoas, embora, como é comum, qualquer um possa entrar. Rola um monte de troca de insultos e discussões sobre bolas divididas, mas ninguém se lembra de nenhum incidente envolvendo sangue no último ano. E ninguém se lembra tampouco da presença de Greg Downing.

– Downing alegou que ia disfarçado.

– Ah, é? Como? Com bigode falso? Peruca?

Win não falou nada.

– Conversei pessoalmente com um cara chamado Mike Grenley. Ele é tipo o organizador dos jogos de rua de Wallkill: conhece todo mundo na cidade, escolhe os times, leva a bola, anota a pontuação, esse tipo de coisa. Obcecado por basquete. É megafã de Myron, aliás.

– Vou contar para Myron.

– Enfim, ele disse que teria reconhecido Greg Downing mesmo se Downing tivesse jogado com as duas mãos amarradas nas costas.

– Pode ser que o Sr. Grenley tenha faltado no dia.

– Ele disse que não falta a um jogo desde 2008, quando rompeu o menisco.

– Tente jogos de rua em cidades vizinhas.

– Já estou vendo isso, chefe.

– O que mais?

– Você pediu que eu investigasse Jeremy, o filho de Greg Downing.

Kabir, assim como todo mundo fora do círculo mais íntimo, não fazia a menor ideia de que Jeremy Downing era filho de Myron. Apenas biologicamente, é claro. Win achava importante fazer essa distinção, até na própria cabeça. Pensando assim, Win se sentia um pouco menos traidor por fazer o que estava fazendo.

– O que você descobriu?

– Aqui tem um resumo – retrucou Kabir, entregando-lhe uma folha de papel. – Mandei o arquivo completo para o seu e-mail.

Win começou a passar os olhos pelo texto quando percebeu a discrepância. Estava prestes a ler mais quando Kabir encostou no ombro dele e disse:

– Epa.

Kabir estava com os olhos arregalados no celular.

– Epa o quê?

– A gente precisa assistir a isto agora mesmo.

Terese encontrou Myron na cafeteria que ficava em frente ao lugar onde Jackie Newton estava detida. Ela estava com o notebook aberto e, quando Myron entrou, deu-lhe um fone sem fio e colocou o outro na própria orelha.

– Sadie está prestes a entrar ao vivo – informou ela.

– Você não sabe o que ela vai falar?

Terese balançou a cabeça.

– Mas meu canal jamais entraria ao vivo se ela não garantisse ser algo importante. – Terese empurrou a xícara para ele. – Puro. Torra mais escura.

– Eu te amo, sabia?

– Você também não é de se jogar fora.

– Kelly Gallagher tem uma quedinha por você.

– Sério?

Myron fez uma careta.

– Até parece que você não sabia.

– Sou bem mais velha que Kelly Gallagher. Não daria certo.

– Além disso, você é casada com um gostosão.

– Ah, é – disse Terese. – Tem isso também.

O âncora de barba branca e óculos de armação de metal anunciou que havia uma notícia urgente. Myron se sentou e se inclinou para a frente. A mulher no púlpito era ninguém menos que Sadie Fisher, fundadora da Fisher, Friedman & Diaz. À direita de Sadie, a pouco mais de um palmo de distância, estava o recém-sequestrado Bo Storm. Myron não conseguiu deixar de sentir alívio. O garoto parecia relativamente bem.

Sadie, bastante à vontade, olhava para o público como se fosse devorá-lo. Bo parecia o extremo oposto.

As palavras URGENTE: AO VIVO DE LAS VEGAS deslizavam na parte inferior da tela.

– Agradeço a presença de todos – começou Sadie Fisher.

Ela estava com óculos estilosos e batom de cor viva. O cabelo estava amarrado em um coque apertado, passando mais ainda a imagem fetichizada de bibliotecária. A blusa parecia excepcionalmente branca em contraste com o terninho preto justo. O queixo estava erguido.

– Nosso sistema judiciário se ampara sobre certos princípios fundamentais, e o maior de todos é a presunção de inocência. Em nosso país, você é inocente até prova em contrário. Essa ideia é sacrossanta na nossa sociedade. Nenhum homem, nenhuma mulher jamais, *jamais* deveria perder a liberdade, a menos que o governo prove sua culpa acima de qualquer dúvida razoável. Sem exceção.

Terese se inclinou para Myron.

– Acho que devia estar tocando o Hino Nacional ao fundo.

– E, naturalmente – continuou Sadie na tela –, existe pouca coisa mais impactante para qualquer pessoa decente do que um homem ou uma mulher inocente cumprindo pena na cadeia por um crime que não cometeu. Se uma promotoria obcecada demais ou, pior, ambiciosa demais condena alguém indevidamente, por engano, se tira a liberdade dessa pessoa, isso para mim já é um crime. No entanto, se descobrimos que a promotoria não só condenou indevidamente um ser humano como o deixou definhar na cadeia depois... *depois*... de saber que a condenação foi um erro, aí é injustificável. Corrijam o erro; não o acobertem. Assumam. Não deixem suas vítimas passarem mais um dia sequer atrás das grades.

Sadie pôs as mãos nas laterais do púlpito e segurou a madeira com firmeza.

– Estamos aqui para falar de um absurdo e um perigo para toda a população.

Terese cochichou:

– Ela tem um dom para a hipérbole.

– É advogada – respondeu Myron.

Na tela, Sadie gesticulou com a cabeça na direção de Bo. Ele avançou um passinho pequeno, olhando para todos os cantos menos para a frente.

– Este jovem foi obrigado por um promotor obcecado a prestar falso testemunho em um julgamento de homicídio. A Promotoria de Clark County o ameaçou com um processo penal, mesmo sabendo que estavam exigindo que ele mentisse. Mas a corrupção vai além de um promotor desonesto. A Promotoria de Clark County, em conluio com agências de segurança, conspiraram para encarcerar pessoas inocentes. Elas sabem, por exemplo, não só que obrigaram meu cliente a prestar falso testemunho, como também que Joseph Turant, que passou quatro anos preso pelo assassinato de

Jordan Kravat, é inocente. Se não sabiam disso na ocasião do julgamento, com certeza sabem agora.

Ela fez uma pausa, ajustou os óculos e olhou de novo para a câmera.

– Existem pelo menos outros seis casos de homicídio no país em que pessoas inocentes estão definhando na cadeia. E o FBI sabe. O mais recente trata do assassinato de Cecelia Callister e o filho dela, Clay Staples, um caso em que o homem inocente que está sendo perseguido é meu cliente, Greg Downing. E vale ressaltar: o FBI *sabe* que não foi ele.

Houve uma explosão repentina de perguntas vindas dos repórteres na coletiva de imprensa. Era sempre assim. A maioria das pessoas é maria vai com as outras e fica quieta no seu canto até alguém tomar a iniciativa. Aí, todo mundo vai atrás...

– *Quais são as provas?*

– *Por que o FBI faria isso?*

– *Está dizendo que o FBI está encarcerando deliberadamente pessoas inocentes? Por quê?*

Sadie Fisher ergueu a mão e esperou todo mundo ficar quieto. Quando a ordem foi mais ou menos restabelecida, ela continuou:

– Tenho convicção de que a maioria dos promotores tratou esses casos inicialmente com boa-fé. Eles acreditavam que estavam lidando com os responsáveis certos e que as condenações seriam justas. Mas não aqui em Clark County. Aqui, eles estavam tão cegos pela ideia de condenar um homem que achavam ter forte relação com o crime organizado que abandonaram todas as regras e a ética. Eles usaram Bo Storm para enfeitar o pavão, para garantir o resultado de um caso já robusto.

Sadie Fisher ergueu a mão de novo, adiantando-se à explosão de perguntas seguinte.

– Mas, hoje, neste exato momento, o FBI sabe que as pessoas detidas por esses crimes são inocentes. E ninguém está tomando qualquer providência. Estão fazendo corpo mole...

– Por quê? – gritou uma repórter. – Diga por quê.

Soaram murmúrios de consenso entre os membros da imprensa. Sadie olhou para o mar de repórteres. Ela já os vinha enrolando por tempo suficiente.

– Estão fazendo corpo mole – repetiu ela – por dois motivos. Primeiro – ela ergueu o dedo indicador –, a anulação desses veredites e a admissão do erro nesses casos de homicídio vão resultar em enorme constrangimento e prejudicar carreiras. Sim, isso revolta a mim e a vocês também, mas todo mundo sabe que muitas vezes é isso que está por trás de acobertamentos da promotoria, e...

– Alguma prova?

– E, segundo – continuou ela, fazendo agora o sinal de paz e amor com os dedos –, o maior motivo do silêncio é...

Sadie fez uma pausa, para garantir que o mundo inteiro estivesse ouvindo.

– Caramba – disse Terese para Myron –, ela é boa.

Myron assentiu.

Quando estava pronta, Sadie soltou a bomba:

– ... que tem um assassino em série à solta.

Myron imaginou que haveria mais um rompante da imprensa, mas o silêncio foi absoluto.

– O FBI agora sabe que um assassino em série é responsável pelo assassinato de Jordan Kravat, Walter Stone, Tracy Keating, Cecelia Callister e Clay Staples, além de várias vítimas ainda desconhecidas, e que as pessoas condenadas ou detidas por essas mortes foram falsamente incriminadas: Joseph Turant, Dan Barry, Robert Lestrano e Greg Downing.

– Uau – murmurou Terese. – Ela está indo para cima com tudo.

O celular de Myron vibrou. Era uma mensagem de Win: Assistindo?

Myron: Sim
Win: PT não vai ficar feliz.

Myron respondeu com uma reação de joinha.

Um balão com três pontinhos piscantes apareceu por alguns segundos.

Win: Quando você voltar, precisamos conversar.

Myron releu a mensagem. Ele não gostou. Mais uma vez, não era do feitio de Win ser reticente ou contido – ou será que, depois de falar isso tantas vezes, era preciso aceitar logo que talvez ele fosse? Antes que Myron pudesse pensar em uma resposta, Terese o cutucou para chamar a atenção dele de volta para Sadie e a coletiva de imprensa.

– Na realidade – continuou Sadie Fisher –, acreditamos que Ronald Prine, magnata do ramo imobiliário, assassinado há apenas dois dias, também tenha sido vítima do Assassino em Série Incriminador...

234

– Assassino em Série Incriminador? – repetiu Terese.

– Um apelido verborrágico demais – concordou Myron.

– ... e – prosseguiu Sadie – que a jovem que foi detida ontem à noite, Jacqueline Newton, seja a nova vítima das armações dele.

– Acho que ela acabou de fazer o nosso trabalho – declarou Myron.

Terese assentiu, os olhos grudados na tela.

– Para encerrar – disse Sadie –, eu gostaria de me dirigir ao FBI e a Harry Borque, o atual diretor.

Sadie Fisher se virou e encarou a câmera, ajeitou os óculos e se lançou com tudo para a saraivada final.

– Se vocês quiserem negar o que estou falando, fiquem à vontade. Suas desculpas não vão colar. Não mais. A população tem o direito de saber que existe um assassino em série odioso em ação pelo país que não só está matando pessoas, como também incriminando inocentes pelos seus crimes. Imagino que vão dizer que estavam segurando a revelação sobre o assassino em série para não espalhar pânico ou porque seria mais fácil capturá-lo. Isso é um absurdo.

A raiva dela aumentou, parecendo prestes a explodir.

– Eu até poderia tentar ser mais tolerante em relação a essa estratégia tão fajuta de relações públicas não fosse o fato de vocês estarem *sabidamente* mantendo pessoas inocentes atrás das grades para mitigar o constrangimento dos erros da promotoria. Lamento, mas essa é uma conduta criminosa, e eu não vou me calar. Não vou permitir que inocentes passem mais um segundo atrás das grades. Liberte-os. Liberte-os agora. E que todos que permitiram isso se envergonhem. Vocês são cúmplices do assassino em série, e não vou descansar até a verdade vir à tona e todos os responsáveis de fato serem julgados.

Tendo dito isso, Sadie deixou o púlpito.

– Uau. – Terese se recostou. – Acho que preciso de um cigarro.

Os repórteres ali presentes começaram a gritar perguntas atrás dela. Bo a princípio não se mexeu, parecendo um animal na frente dos faróis, e então deu no pé.

– A repercussão disso vai ser muito ruim? – perguntou Terese.

– Em relação a mim?

– É.

Myron deu de ombros.

– Não sei. Não tem importância.

– Ela está falando a verdade, né?

– Até onde a gente sabe.

– Qual era o objetivo de Sadie com isso? – perguntou Terese.

– Conseguir a libertação do cliente dela.

– Greg Downing?

– Sim.

– Mesmo assim – disse Terese –, errada ela não está.

– Não – concordou Myron –, não está mesmo.

– Greg vai ser solto.

– Provavelmente.

– E Jackie Newton também.

– É, espero que sim.

– Então acabou, né?

Myron não falou nada.

– Você se envolveu nisso para ajudar Greg.

– Sim.

– Missão cumprida.

– É verdade.

– Então repito: acabou, né?

Myron pensou por um instante.

– Ia parecer arrogância minha falar "Ainda tem um assassino em série à solta"?

– Ia – disse Terese. – O FBI inteiro está em cima disso agora. A população vai ficar atenta. Não cabe a você pegar esse cara.

– É verdade.

– Você não tem os recursos deles.

– É verdade.

– E seria perigoso.

– Também verdade.

Terese olhou para ele.

– Ainda não acabou para você, né?

– Não, acho que não.

capítulo trinta e três

MYRON BEIJOU TERESE.

– Preciso voltar – disse ele.

– E eu aqui com um check-out tardio no hotel.

– Ou eu posso ficar um pouquinho mais.

– Não pode, não.

– Não posso, não.

– Você precisa voltar para Nova York e, sei lá, pegar um assassino em série e tal.

– Embora você não goste da ideia.

Terese enroscou os braços no pescoço dele.

– Você luta contra moinhos de vento, meu amor. Isso já me beneficiou no passado. É um dos motivos pelos quais eu te amo.

– O outro é minha habilidade na cama?

– Ou sua tendência ao delírio.

– Essa doeu.

Ela o beijou de novo.

– Você é a melhor coisa que já aconteceu na minha vida.

– Igualmente.

– Tome cuidado, por favor.

– Vou tomar.

Myron entrou no carro e atravessou a Ben Franklin Bridge para Nova Jersey. Para quem é de fora, Nova Jersey é um mistério; para quem é da área, Nova Jersey é um enigma. Na verdade, Nova Jersey é um quebra--cabeça denso definido pela indefinição e espremido entre duas cidades grandes. A metade de cima – o nordeste de Nova Jersey – é a periferia de Nova York. A metade de baixo – o sudoeste de Nova Jersey – é a periferia da Filadélfia. Sim, existem cidades litorâneas badaladas e lugares que provam que, apesar da monstruosidade industrial pós-moderna ou do labirinto de fábricas decadentes e armazéns deteriorados, Nova Jersey ainda merece o apelido de "Estado Jardim". Está tudo lá. Mas a maioria dos viajantes está de passagem, e, falando sério, o que é que vão colocar nas principais rodovias interestaduais: refinarias de petróleo feiosas ou campos rurais bonitos?

Myron telefonou para um número para o qual ele quase nunca telefonava. PT atendeu no terceiro toque.

– Você ligou para pedir desculpa por aquela coletiva de imprensa? – perguntou PT.

– Não exatamente. Algo me ocorreu.

– Tipo uma epifania?

– Exatamente uma epifania.

– E você se dignou a compartilhar essa epifania comigo?

– E somente com você. Por enquanto.

– Então me diga o que é.

– Foi você que fez isso – afirmou Myron.

– Sua epifania é essa?

– É.

– Quer explicar?

– Pode ser – disse Myron. – O FBI se deu conta de que tinha um assassino em série em ação, mas alguém, provavelmente o diretor novo de quem você não gosta, quis manter sigilo. Ele sabia que seria uma balbúrdia danada, por causa do monte de inocentes condenados injustamente e cumprindo pena na cadeia.

– Você usou mesmo a palavra "balbúrdia"? – perguntou PT.

– Passando tempo demais com Win... – respondeu Myron. – Enfim, você contou para mim e para Win. Não pediu que jurássemos segredo. Deu uma quantidade suficiente de informações para descobrirmos alguns dos outros casos. Você sabia que a gente ia fazer alguma coisa com essas informações e que elas iriam vazar, exatamente desse jeito.

Silêncio. Depois de um tempo, PT se manifestou.

– Nada a declarar.

– Eu não sou repórter – disse Myron. – Não precisa declarar nada.

– Acho que minha atuação precisa ser sempre clandestina, mas que o FBI propriamente dito deve ser transparente – explicou PT. – Estou sendo hipócrita, Myron?

– Você está sendo um homem de princípios que não gosta que pessoas inocentes sofram na prisão só para preservar as aparências.

Myron passou com o carro por Port Elizabeth, que tinha uma daquelas refinarias que devem ter inspirado o cenário do filme *O exterminador do futuro*, e depois pelo Aeroporto de Newark. Alguns quilômetros depois, surgiu o horizonte de Manhattan.

– A propósito – disse PT –, eu não sabia que o assassinato de Ronald Prine estava relacionado aos demais.

– Ainda não teve prisão.

– Mesmo assim. Bom trabalho.

– Valeu.

– Você e Win vão continuar nisso?

– Não posso falar por Win.

– Pode, sim.

– Tenho uma pergunta para você.

– Sou todo ouvidos.

– A gente deu uma boa olhada nesses casos ontem à noite – contou Myron.

– Quando você fala "a gente"...

– Win, Esperanza, este que vos fala.

– Prossiga.

– Estamos vendo os padrões, é claro, mas o que não vemos são as conexões.

– Ah – disse PT.

– Ah, o quê?

– O... Como é que Sadie Fisher chamou? O Assassino Incriminador?

– Assassino *em Série* Incriminador.

– Que nome horrível.

– Também achei.

– Tomara que a mídia invente um melhor – comentou PT. – Olha, eu detesto chamar assassinos em série de "gênios do mal", mas, convenhamos, esse cara chega bem perto. Ele foi cuidadoso. Foi esperto. Teve calma, não só no processo de seguir a vítima de assassinato, mas ainda mais no de incriminar as... vamos chamar de "vítimas secundárias".

– Duas vidas arruinadas pelo preço de uma – declarou Myron.

– É. Uma coisa é gostar de matar gente. Isso é uma perversidade com que estamos relativamente familiarizados na Unidade de Análise Comportamental do FBI. Mas sentir prazer também em mandar alguém inocente para a cadeia? É uma verdadeira dose dupla de comportamento psicótico.

– A menos que não seja pelo prazer – sugeriu Myron.

– Em que sentido?

– A menos que a armação seja só para cobrir o próprio rastro.

– Acha que é o caso?

– Não – respondeu Myron. – Acho que o assassino também gosta dessa parte. Geralmente é uma questão de poder. Um homicídio é uma coisa rápida e forte, uma onda intensa e completa. O ato de encarcerar um inocente é lento. É um golpe duplo. Mas não é aonde quero chegar agora.

– Aonde você quer chegar? – perguntou PT.

O carro passou rápido pela estação ferroviária Lautenberg, em Secaucus. Myron se lembrava de ter dirigido por ali pouco depois do Onze de Setembro. Ele ainda conseguia visualizar as Torres Gêmeas. Fez isso durante anos: dirigir por esse trecho da New Jersey Turnpike, olhar para a direita, ver o lugar exato onde antes ficavam as torres. Aí, um dia, ele não conseguiu mais visualizar as torres. Um mês depois, quando passou por ali de novo, não conseguiu lembrar nem onde as torres ficavam antes. Isso o deixou indignado.

– A questão é que – disse Myron – não conseguimos encontrar nenhuma conexão entre os casos.

– Certo.

– Então como o FBI concluiu que eram obra de um assassino em série?

– Eles não sabiam – retrucou PT. – Só quando Greg Downing foi preso.

– Sim, mas isso só ofereceria uma conexão entre os casos Kravat e Callister.

– Concordo.

– Então?

– Então uma fonte anônima deu uma quantidade suficiente de dicas.

Myron pensou nisso por um instante.

– Alguém vazou para o FBI?

– O novo diretor não admite. Ele alega que foi a investigação astuta deles. Mas sim.

– Quem faria isso?

– Poderia ser o próprio assassino, para se gabar. Poderia ser o assassino tentando chamar atenção. Poderia ser o assassino querendo ser pego. Poderia ser um monte de coisa.

Myron seguiu pela faixa de cobrança automática do pedágio no Lincoln Tunnel. O trânsito o retardou. Ele ficou olhando para a entrada do túnel, uma boca que se escancarava para engolir o carro inteiro.

– Pelo visto, você vai continuar no caso – comentou PT.

– Minha esposa acha que eu deveria parar agora. Ela falou que eu entrei nessa por causa de Greg. Que o FBI tem recursos. Eu não.

– É um bom argumento. Mas...?

– Mas parece que tem alguma coisa faltando.

– Também acho – concordou PT. – Myron?

– Quê?

– Greg Downing está relacionado a dois desses casos.

– Eu sei.

– Então você sabe que isso não é coincidência.

Ao voltar para o edifício Lock-Horne, Myron pegou o elevador até o quarto andar – seu andar de antigamente, que agora abrigava o escritório de advocacia Fisher, Friedman & Diaz. Taft Buckington Sabe-se Lá Quanto o cumprimentou de blazer azul, calça cáqui, gravata rosa, mocassim náutico. Myron achou que só faltava ele colocar um quepe branco de capitão da Marinha e botar para tocar umas músicas de "festa no iate".

– Esperanza está esperando o senhor – disse Taft, filho de um homem adulto que Win chamava de Taffy.

Taft levou Myron até a sala de reuniões. Esperanza estava em pé ao lado da janela, olhando para fora.

– Eu devia ter avisado da coletiva de imprensa de Sadie?

Myron deu de ombros.

– Não foi nada de mais.

– Sadie quis fazer desse jeito.

– Eu entendo.

– Você sabe que ela estava no direito dela.

– Eu sei.

– Ela já está voltando. Quer estar aqui para quando soltarem Greg.

– Ela sabe como aparecer na televisão.

– Por todos os motivos certos – declarou Esperanza.

– Eu sei. E concordo.

– Estamos fazendo um bom trabalho aqui.

– Também sei disso.

– Mas não sei se é a minha praia.

Myron assentiu lentamente. Esperanza enfim se virou para ele querendo avaliar sua reação. Myron tentou manter uma expressão neutra.

– Como vão os negócios lá em cima? – perguntou Esperanza.

– Uma porcaria.

– Você ainda quer que eu volte?

– Quero. A gente pode passar fome juntos.

Esperanza sorriu. Ela atravessou a sala e deu um beijo de leve na bochecha de Myron.

– Sinto falta de estar perto de você todo dia.

– Eu também.

– E não dá para esquecer Big Cyndi.

– Por mais que a gente tente – disse Myron. – Quer começar quando?

– Vamos deixar isso para depois – sugeriu ela. – O que que está pegando?

– Tem alguma coisa nessa história de assassino em série que não está batendo – respondeu Myron.

– Acho que Sadie explicou tudo muito bem.

– Sim. Só que ninguém sabe explicar por que Greg é a única conexão entre dois dos casos.

– Você tem alguma hipótese?

– Só uma bem simples: o assassino tem relação com ele.

– Ou quer prejudicá-lo.

– Ou é alguém próximo dele – completou Myron.

– E qual é o seu próximo passo?

– Quando Greg estava escondido, você descobriu a conta bancária secreta de Grace em Charlotte. Acho que precisamos investigar mais a fundo.

Ele explicou o que queria que ela fizesse. Ela ficou ouvindo em silêncio. Quando ele terminou, Esperanza disse:

– Pode deixar.

– Já falou com Win? – perguntou Myron.

– Não, por quê?

– Ele mandou uma mensagem enigmática.

– Ele já mandou alguma que não fosse?

– Falei com Kabir – contou Myron. – Ele me avisou que Win está treinando no porão.

Ela conferiu o relógio.

– É. Bem na hora. Fale com ele. Vou começar o que me pediu.

capítulo trinta e quatro

O ÚNICO JEITO DE CHEGAR ao espaço secreto de Win era pelo elevador privativo. Não tinha botão para chamar o elevador. Ele só podia ser acessado com uma chave. No elevador, não havia nenhum botão para levar a um andar abaixo do térreo – era preciso digitar a senha no teclado. Myron sempre digitava muito devagar com medo de que, se errasse algum número, o elevador fosse se autodestruir ou as paredes fossem se fechar lentamente como na cena do compactador de lixo em *Star Wars*.

Win gostava de seus brinquedinhos.

Myron chegou ao subsolo. As portas do elevador se abriram. Myron nunca sabia do que chamar aquele lugar. Academia? Sala de ginástica? Centro de treinamento? Área de exercício? Todos esses pareciam inadequados. Havia os artigos que alguém poderia esperar em uma academia de ginástica típica – pesos, barras, estações de musculação, *leg press*, um saco de pancada, um boneco de madeira Wing Chun, essas coisas. A iluminação era fraca, conferindo um clima cavernoso ao ambiente. No momento, Win estava descalço e sem camisa, suado, fazendo uma série tradicional de *kata*.

Win treina todo dia. A história de origem dele não é tão dramática quanto as do Batman (assassinato dos pais) ou do Homem-Aranha (picada de bicho e assassinato do tio), mas, quando era jovem, Win sentira insegurança e medo – melhor deixar os detalhes para outra ocasião. Ele decidiu que não queria sentir isso nunca mais e que precisava de aprendizado e treinamento constantes. Ele já estudou com mestres de luta e especialistas de alto nível em armamentos do mundo todo. Tinha um domínio quase sobrenatural de praticamente qualquer modalidade de luta corpo a corpo, entendia mais de lâminas diversas do que qualquer outra pessoa que Myron conhecesse, tinha pontaria certeira com pistolas e mais do que razoável com armas de cano longo. Win estava sempre armado, mas talvez não agora, já que usava só um short que parecia um calção de banho. A temperatura do lugar estava programada para 32 graus.

– Só um instante – disse Win, dando continuidade ao *kata*, uma sequência fluida de chutes, bloqueios e golpes que, de algum jeito, era ao mesmo tempo violenta e meditativa –, a menos que você queira participar.

Myron tinha treinado com Win ao longo dos anos, sobretudo tae kwon do e defesa pessoal. Eles não competiam entre si, mas seria difícil prever quem se sairia vitorioso em um combate de verdade. Win era mais esperto, instruído, bem treinado e implacável. Myron era maior, mais forte e tinha reflexos de atleta de elite.

– Dispenso – retrucou Myron.

– Um *sparring*. Um exercício rápido. Um banho quente. Você vai se sentir melhor.

Sem dúvida.

– Você falou que precisávamos conversar.

Win terminou o *kata* com um floreio, movimentando as mãos e os pés a uma velocidade estonteante. Quando acabou, ele fez uma reverência para um espelho (não surpreendia que o espaço de treino de Win tivesse um monte de espelhos) e pegou uma toalha e uma garrafa de água em temperatura ambiente. Win não bebia água gelada enquanto se exercitava.

– Kabir ainda está tentando localizar o jogo de basquete de Greg em Wallkill – relatou Win –, mas, até o momento, ninguém se lembra de ter jogado com ele.

Win contou para Myron o que Kabir havia lhe informado no Frick. Myron ficou escutando. Ele não gostou. Myron tinha participado desses jogos de basquete informais a vida toda. Jogos de rua eram celestiais, mágicos, o nirvana, um lugar onde todo mundo começa do zero, onde a riqueza ou o status das pessoas não valem nada, onde a única coisa que importa é a habilidade de cada um, onde é possível de repente ter um vínculo ou até uma amizade com gente que você nunca viu. Você não sabe o que os outros jogadores fazem da vida. Não sabe se são casados e se têm filhos, não sabe nada da vida deles, exceto que talvez um não saiba quicar com a mão fraca, outro bobeie demais na defesa ou, caramba, como o cara pula alto para pegar rebote. Eram Ronnie, Campeão, TJ ou, se houvesse dois caras com o mesmo nome, seriam Jim Grande e Jim Pequeno, e, na maioria das vezes, mesmo depois de anos jogando com o pessoal, talvez você não soubesse o sobrenome deles. Porque não tinha importância. A única coisa que importava era o jogo. Era infantil, acolhedor, competitivo, uma bolha. Tinha aquele cheiro rançoso de ginásio pequeno, o quique da bola, o rangido dos tênis no piso de madeira. Você comunicava um bloqueio, comemorava com um toca aqui, discutia se um contato tinha sido falta e, na maior parte das vezes, ah, dane-se: era só dar o troco na jogada seguinte.

No entanto, até quando Myron se continha, até quando ele via que o nível dos adversários não permitia que ele desse mais do que vinte ou trinta por cento de si, os outros jogadores sabiam – o cara manjava de basquete. O cara era ótimo. Myron nunca conseguiria disfarçar isso.

Nem alguém como Greg.

Era um problema, sem dúvida, mas, quando Win terminou, Myron disse:

– Você não me mandou mensagem por causa do jogo de Greg.

– Não.

– Então?

– Jeremy Downing não está nas Forças Armadas.

Myron levou alguns segundos para processar a revelação.

– Como é que é?

– Depois que você me disse que Jeremy não tinha vindo do exterior, iniciei uma investigação completa sobre ele.

– Sobre ele – repetiu Myron.

– É.

– Sobre o meu filho. Você fez uma investigação completa sobre o meu filho.

Win passou uma camiseta preta de manga comprida pela cabeça.

– É assim que vai ser?

Myron não falou nada.

– Você fala que ele é seu filho, eu lembro que é só biologicamente, que você mal o conhece, você fala que não tem diferença, que eu deveria ter pedido a você antes de fazer algo assim, eu digo que um levantamento de antecedentes não faz mal a ninguém, que se não desse em nada você nem ia saber, você fala que sim, mas que deveria saber, eu interrompo e lembro que você é mais importante para mim do que qualquer outra pessoa neste planeta, que eu jamais faria qualquer coisa para prejudicar você, que tudo que eu faço é para a sua proteção, porque eu te amo. A gente vai mesmo seguir essa linha?

Myron balançou a cabeça.

– Você não existe.

– Pois é. Podemos pular essa parte agora?

Myron assentiu.

– Podemos. Antes, tem uma coisa.

– Diga.

– Você entregou Bo sem me avisar. Depois, investigou Jeremy sem me avisar. Esse lance de guardar segredo de mim... precisa parar.

Win refletiu por um instante.

– Tem razão. Vou parar.

Nada era mais bizarro que um Win razoável.

– Então conte o que você descobriu – disse Myron.

– Jeremy de fato serviu em diversas unidades clandestinas de elite das Forças Armadas. Exatamente como ele disse. Mas recebeu baixa há três anos.

– Voluntariamente?

– Não sei ainda. Estamos falando do nível mais alto do nosso aparato militar. Tem desinformação e confusão intencional em tudo que é documento.

– Então talvez ele ainda esteja na ativa – sugeriu Myron. – Talvez a informação da baixa seja um disfarce.

– Pode ser – disse Win.

– Mas você acha que não.

– A baixa não foi anunciada. Eu tive que procurar muito para achar.

Win pegou uma barra específica e começou a executar a rosca Zottman. O movimento de subida é uma contração normal do bíceps com flexão, mas depois ele gira o punho para que a descida, lenta e controlada, trabalhe os antebraços.

– Além disso, Jeremy mora em Nova Orleans sob o pseudônimo Paul Simpson. "Paul" trabalha com TI em uma loja de departamentos Dillard's de Gretna, uma cidade lá perto.

– De novo: pode ser um disfarce – insistiu Myron.

– De novo: pode mesmo. Não estou tirando conclusões. Nós informamos, você decide.

Myron fez uma careta.

– Não acredito que você usou o slogan da Fox News.

– Pensando bem, eu preferia não ter usado. Seja como for, Kabir vai continuar investigando, a menos que você peça que ele pare.

Myron ficou pensativo.

– Provavelmente não é nada de mais.

– Então não tem motivo para não continuar – rebateu Win. O relógio dele vibrou. Ele conferiu. – Sadie acabou de aterrissar.

– Você emprestou seu avião para ela?

– Não emprestei. Aluguei. Vou mandar a conta, e ela, por sua vez, vai mandar a conta para Greg Downing.

– Faz sentido. Como ela e Bo Storm se juntaram?

– Você vai achar interessante – disse Win. – Ela recebeu um telefonema do nosso amigo grandalhão Spark Konners.

246

– O irmão de Bo.

– Você ficou mal com aquilo, né?

– Convencer Spark a vir com o pretexto de uma falsa oferta de emprego e depois segurar o cara contra a vontade? – perguntou Myron. – É, um pouco.

– Por isso você recomendou os serviços dele a Chaz.

– Pedi que Chaz o entrevistasse. Algum problema?

– Por mim, não. Aparentemente, quando os homens de Joey Dedinho soltaram Bo, Spark pegou um voo para Las Vegas a fim de ajudar.

– Ajudar como?

– Não sei. Dar apoio como irmão. Talvez você consiga perguntar pessoalmente. Ele e Bo acabaram de chegar com Sadie. Ah, outra coisa. A promotoria de Las Vegas disse que vai examinar a condenação de Joey com muita atenção, mas negou ter pressionado Bo a mentir.

– Não surpreende – comentou Myron. – Até parece que eles iam admitir prontamente.

– É verdade, mas eles alegam ter gravações de áudio que provam que Bo Storm mentiu. Na verdade... e esta é a parte interessante... eles dizem que só se concentraram em Joseph Turant porque Bo alegou ter visto Joey naquela noite.

Myron pensou nisso.

– Várias peças em movimento.

– Sim.

O celular de Myron tocou. Ele conferiu o identificador de chamadas e olhou para Win.

Win abriu os braços.

– E aí?

– É Jeremy.

Myron atendeu a chamada.

– Jeremy?

– Imagino que tenha visto a coletiva de imprensa de Sadie.

A voz de Jeremy estava com um tom animado.

– Vi, sim.

– Acabei de falar com ela ao telefone. Vão soltar meu pai daqui a algumas horas.

Meu pai.

– Sim, isso é ótimo.

– Estou voltando.

– Para Nova York?

– É.

Myron trocou o celular de mão. Win tinha se afastado para um canto a fim de lhe dar privacidade. Ele estava fazendo flexões de mão fechada, formando uma prancha perfeita com o corpo.

– Você não acabou de chegar em casa?

– É, mas não imaginei que isso fosse acontecer tão rápido. Quero estar aí para apoiá-lo.

– Entendo.

– Quero agradecer a você. Pela ajuda que deu a ele.

– De nada – disse Myron.

Houve um breve silêncio.

– Algum problema, Myron?

Win ainda estava fazendo flexões. O torso dele ia para cima e para baixo com a precisão de um motor a pistão. Ele fazia três séries de cem, duas vezes por semana. "Se fizer mais que isso", explicara ele, "vai lesionar o manguito rotador".

– Você está vindo de onde? – perguntou Myron.

– Já falei...

– Confidencial, eu lembro. – Uma pausa. – Você ainda é das Forças Armadas? Silêncio. Um silêncio longo.

– Ou teve baixa há três anos?

Mais silêncio.

– Você ainda é das Forças Armadas – continuou Myron – ou está trabalhando com TI na loja de departamentos Dillard's?

Mais silêncio ainda. Myron segurou o celular com mais força.

Por fim, Jeremy disse:

– Você andou ocupado.

– Quer explicar?

– Ao telefone? Não, acho que não.

– Quando você chegar?

– Pode ser – respondeu Jeremy. – Myron?

– Sim?

– Você deve estar esperando que eu fique indignado e grite "Como se atreve a fuçar meu passado?" ou "Não acredito que não confia no próprio filho!" ou algo do tipo.

248

Myron assentiu. É óbvio que Jeremy não tinha como ver, então foi mais para si mesmo. Mas era exatamente o que ele tinha pensado.

– Não estou chateado. Eu entendo por que você fez isso. A gente conversa quando se encontrar, certo?

– Certo.

– E não se preocupe – assegurou Jeremy. – Está tudo bem.

capítulo trinta e cinco

O METROPOLITAN CORRECTIONAL CENTER É um prédio de doze andares no Civic Center de Manhattan, perto de Chinatown, Tribeca e do Distrito Financeiro. Os mafiosos John Gotti e Sammy the Bull foram detidos lá. Bernie Madoff foi detido lá. El Chapo foi detido lá. Jeffrey Epstein foi detido – e supostamente se matou – lá.

E, agora, com bastante estardalhaço da mídia em torno do edifício, Greg Downing estava sendo liberado de lá.

Myron e Win observavam de um ponto do outro lado da rua.

– Greg podia usar uma saída interna – comentou Myron.

– Podia.

– É um centro de detenção. Tem outras formas de acesso além da porta principal.

– É verdade – concordou Win. – Mas a gente sabe que Sadie não vai deixar isso acontecer.

– Você gosta dela, né?

Win assentiu.

– Ela é muito competente na defesa das vítimas de opressão e violência.

– Veja só você – disse Myron. – Encontrou uma causa.

– E ela é lucrativa. Narcisistas inseguros e violentos são uma indústria em crescimento.

– Triste verdade.

– E Sadie também é de parar o trânsito.

Win.

Tinha um púlpito instalado na calçada. À direita, a uma distância suficiente para não fazer parte do evento, estava a família Konners – Grace, Spark, Brian/Bo. Parecia que Grace estava se escondendo atrás do gigantesco filho mais velho. Spark se virou e avistou Myron. Seus olhares se cruzaram. Spark estreitou o olhar. Ele falou algo para a mãe e começou a andar na direção deles.

Win soltou um "iihh".

Spark foi direto para Myron.

– Chaz Landreaux – disse ele.

Myron não respondeu.

250

– Você falou de mim para ele, não foi?

– Talvez eu tenha pedido que ele desse uma olhada no seu currículo – retrucou Myron.

– Acha que isso compensa o que você fez?

Win interveio.

– Ele não fez nada – contestou ele. – Fui eu.

– Win – disse Myron.

Win ergueu a mão para que o deixasse lidar com a questão. Ele se colocou entre Myron e Spark, de rosto virado para o peito-paredão de Spark, mais uma vez o desafiando a agir primeiro.

– Você mentiu para a gente, Sparkito. Sabia que Greg estava vivo. Sabia que seu irmão prestou falso testemunho no julgamento.

– Acho bom você se afastar – ameaçou Spark, estufando o peito.

– Ai, nossa. – Win sorriu e Myron não gostou do brilho que viu em seus olhos. – Quer brincar disso de novo?

– Win – repetiu Myron.

– Pode relaxar – disse Spark, olhando para Myron por cima de Win. – Só vim aqui para confirmar se foi você quem me botou na mira de Chaz.

– Fui eu, sim.

– Então eu não vou para a entrevista.

– É uma pena – comentou Myron. – Chaz teria levado você a sério.

Win fez beicinho, imitou um gesto de esfregar os olhos e balbuciou:

– Buá. – Pausa. – Buá.

Spark balançou a cabeça, virou-se com cuidado para não encostar em Win e voltou para junto da mãe e do irmão.

Quando ele se afastou o bastante, Win comentou:

– Falei para você deixar quieto.

– A gente sequestrou o cara, Win.

– Sequestrou. – Win bufou. – Não faça tanto drama. E pode parar com isso de "a gente", por favor? "A gente" não fez nada. *Eu* inventei o artifício da falsa oferta de emprego de técnico. *Eu* o levei para Las Vegas no *meu* avião. *Eu* o derrubei no chão lá no aeroporto.

– E eu sou inocente?

– Nesse caso? Sim. Qual é a dificuldade de entender?

Myron olhou para o outro lado da rua.

– Já teve um tempo... – Myron parou, começou de novo. – Já teve um tempo em que eu achava que você ia longe demais.

Win esperou.

– E eu chamava sua atenção. Falava que você não podia fazer aquilo de novo. Lembra o que você me dizia?

Win continuou sem responder.

– Você dizia: "Você sabe o que eu faço... e mesmo assim sempre me chama."

– Veja só você, me citando na íntegra.

– Mas você tinha razão. Eu não me livro da responsabilidade ao colocar a culpa em você.

Win balançou a cabeça.

– Tão idealista...

– Não, não sou mais. Queria ser. Mas agora eu o entendo melhor.

– E isso é ruim – disse Win.

Myron não sabia se aquilo fora uma afirmação ou pergunta.

– Você tenta me resguardar dos momentos de moralidade mais ambíguos – declarou Myron. – Mas estou bem ali do seu lado. Então, é, talvez a ideia não tenha sido minha, mas não significa que eu possa lavar as mãos em relação ao que você fez.

– Então, você achou que, se ligasse para Chaz, poderia mitigar um pouco a nossa, digamos, ambiguidade.

– É.

Win refletiu por um instante. Depois, balançou a cabeça.

– Seu esquisito.

Houve uma agitação em frente à porta principal. Greg Downing saiu com Sadie Fisher. Sadie, naturalmente, estava vestida para matar: blazer vermelho-vivo e blusa preta, saia-lápis preta. Greg vestia o mesmo conjunto de jeans e camisa de flanela que estava usando quando foi detido naquela casa em Pine Bush. Ele piscou com a claridade do sol como se tivesse acabado de sair do confinamento solitário para a luz forte do dia. O gesto pareceu um pouco teatral, mas Myron deixou para lá. Greg exibiu um meio sorriso e um meio aceno com a mão – ele também sabia se apresentar para coletivas de imprensa.

– Agradeço a presença de todos – disse Sadie Fisher.

Win cutucou Myron e apontou com o queixo. Myron olhou e viu Spark e Bo sumirem para dentro de uma daquelas vans pretas grandes que Myron costumava associar a veículos alugados para baladas. Grace também estava perto da porta. Ela se virou e lançou um olhar furioso para Myron. Myron não desviou o olhar. Em seguida, Grace entrou também.

Sadie Fisher continuou:

– Já falei tudo o que precisava na minha coletiva de imprensa hoje cedo em Las Vegas. Não vim aqui para aparecer, então não vou me repetir. O Sr. Downing se sente grato por estar em liberdade, mas se preocupa com as outras vítimas ainda encarceradas. Nós dois esperamos que elas sejam liberadas com celeridade. Também esperamos que o FBI realize uma investigação franca e transparente, para que o povo americano compreenda a ameaça e todos possamos ajudar a levar o criminoso à justiça. – Sadie exibiu um sorriso forçado para a multidão. – Meu cliente pede que todo mundo respeite sua privacidade após esse período de provação. Obrigada pelo tempo de vocês.

Houve aquela cacofonia previsível de perguntas entre os repórteres. Sadie e Greg a ignoraram e foram às pressas para a mesma van preta.

– Hum – disse Win.

– Quê?

– Jeremy não veio.

Emily Downing estava vendo a libertação do ex-marido pela televisão quando ouviu um zumbido estranho.

Todo mundo já ouviu aquela história batida de que existem momentos em que parece que a vida inteira passa diante dos nossos olhos. Essa imagem não é tão violenta quanto o que Emily estava prestes a vivenciar. A sensação nos últimos dias era a de que o passado inteiro dela tivesse se fechado em um punho imenso que a esmurrava sem parar. Ela havia cometido erros. Tinha arrependimentos. Quem não tinha? Ela não os remoía. Sua vida era boa. Pensava em Myron. Pensava em Greg. Mas, acima de tudo, a despeito da modernidade, a despeito de tudo o mais, a despeito da própria rebeldia, ela era, acima de tudo, uma mãe. Ela não falava isso para as amigas quando se encontravam. Mal admitia para si mesma. Parecia uma coisa antiquada demais, fora de moda, mas a melhor parte dela, a função mais importante de sua vida, tinha a ver com ser mãe. A própria mãe dela tinha falado isso, havia muito tempo, antes de Jeremy nascer. Sua vida é uma coisa antes de você ter filho; depois, se transforma para sempre em outra coisa. Nada é mais o mesmo. Emily havia desprezado essa narrativa. Sem dúvida algumas coisas iam mudar, mas ela tinha uma crença inabalável no fato de que sua trajetória não se desviaria do curso planejado. Ledo engano. O mundo gigantesco que ela conhecera antes do nascimento do filho se reduzira a uma massa de 3 quilos e 100 gramas no dia em que Jeremy nasceu. Foi divino, amoroso, selvagem.

O zumbido soou de novo.

Não era bem um zumbido, ela pensou, e sim algo vibrando, e, embora em circunstâncias normais essa ideia fosse fazê-la sorrir – talvez até inspirasse um trocadilho bobo que ia provocar risadas junto às amigas –, ela não se mexeu porque, ainda que não tivesse motivo para pensar isso com base em um simples ruído, o som lhe deu arrepios. O som era um precursor, ela supôs. O som, assim como o nascimento do primeiro filho, iria mudar a vida dela para sempre.

Chega de hipérboles, disse Emily para si mesma.

Depois da faculdade, Emily tinha ido para Iowa fazer mestrado em escrita criativa. Ela queria ser romancista. Não ignorava o fato de que o amor seguinte da vida de Myron, a pessoa por quem ele se apaixonou depois que eles terminaram e ela se casou com Greg, foi a escritora Jessica Culver. Culver tinha sido uma das escritoras preferidas de Emily, levando a vida que às vezes Emily imaginava que também podia ter tido. No fim das contas, Jessica Culver também havia terminado com Myron, e Emily se deu conta de que as duas mulheres tinham outra coisa em comum. Não apenas a escrita, não apenas o término com Myron, mas uma tendência à autodestruição disfarçada de independência.

O barulho estava vindo do quarto de Jeremy.

Aos 24 anos, Emily desistiu de vez da escrita. Ela nem sequer mantinha um diário. A ideia de botar a caneta no papel lhe causava repulsa. Ela não sabia por quê. Foi só recentemente, mais ou menos no último ano, que a vontade voltou. Ela havia começado um romance. Não sabia bem o que a impelia – a necessidade de comover as pessoas, de contar uma história, o desejo da fama, glória, imortalidade?

Precisava mesmo saber o motivo?

O barulho vinha de baixo da cama de Jeremy.

Emily ficou de quatro para ver melhor. O apartamento no Upper East Side tinha três quartos. Um para ela, um para Jeremy e um para Sara, a filha mais nova de Emily. Na maior parte do tempo, Emily tinha a casa só para si. Jeremy estava, bom, sabe Deus onde. Sara tinha arranjado um emprego em Los Angeles como assistente de produção para um serviço de streaming importante.

O barulho parou.

Não tinha importância.

Levou mais um ou dois minutos, mas Emily achou o celular. E, quando achou, o coração dela afundou no peito. Ela ficou de pé e voltou feito um zumbi para a cozinha. A cobertura ao vivo da libertação de Greg tinha acabado. Estava passando um comercial exaltando as virtudes de se vender o próprio ouro pelo correio. Pouco depois, Emily se largou na cadeira da mesa da cozinha e ficou com o olhar perdido. Ela então pegou seu celular e discou o número.

Myron atendeu no terceiro toque.

– Emily?

– Estou no meu apartamento – disse ela, com uma voz que a seus ouvidos parecia muito distante. – Venha aqui depressa, por favor.

capítulo trinta e seis

Enquanto você observa Myron Bolitar, dois pensamentos díspares e concorrentes ricocheteiam na sua mente.

Um: você perdeu o controle da narrativa.

Dois: as coisas estão indo exatamente conforme o plano.

Você não sabe mais qual deles é verdadeiro. Você se pergunta se existe algum mundo onde esse paradoxo poderia ser resolvido, onde a contradição se torna harmoniosa. Em certo sentido, não tem importância. Você está chegando ao final da jornada.

Isso significa a morte de Myron.

Você se pergunta se está pensando de forma analítica ou se está tentando racionalizar. A verdade – a *dura* verdade – é que você ainda tem sanidade suficiente para saber que não está com a mente sã. Você gosta de matar. Gosta muito. E acredita que tem muita gente que pensa – ou que pensaria – exatamente a mesma coisa que você. Você não é tão diferente dessas outras pessoas, mas elas nunca se permitiram "se jogar", para usar uma expressão moderna popular, então não sabem que monstro pode estar adormecido dentro delas.

Você, sim.

E foi transformador.

Você não esperava por isso. Se alguém tivesse pedido a você que refletisse sobre como seria o ato de matar outro ser humano, você teria falado sinceramente que a ideia não apresentava qualquer atrativo, que a noção de assassinato era abjeta. Como qualquer um diria. Como alguém supostamente "normal". Você estava entre essas pessoas. Você jamais ultrapassaria esse limite. E nunca foi sua intenção. Mas, quando aconteceu, bom, aí as coisas mudaram, não foi? Por um instante, você foi um deus. Você sentiu uma onda de êxtase incomparável. Foi uma surpresa arrebatadora. E foi aí que você soube.

Você iria perseguir essa sensação repetidamente.

Mesmo agora, você não se considera psicopata. Acha que é alguém que teve uma epifania, um vislumbre raro com subtons quase religiosos e, assim, você agora enxerga o mundo com uma clareza que reles mortais são incapazes de compreender.

Contudo, com essa mesma clareza, você também sabe que não está bem.

Você só não se importa. Um raciocínio circular, mas paciência. Os seres humanos são criaturas egoístas. Queremos o que queremos, e o resto do mundo é decorativo, pano de fundo, figurantes em um filme no qual nós somos o único personagem relevante. E assim você reconheceu que está tentando justificar isso que se tornou, mesmo sabendo que, no fim das contas, você não dá a mínima.

Você vê Myron atender a ligação.

Você está com a arma. Está com o plano.

Antes de o sol nascer de novo, o fim de Myron Bolitar terá chegado.

E quanto aos outros...

Desta vez, você não tem muita certeza.

capítulo trinta e sete

MYRON E EMILY ESTAVAM sentados um de frente para o outro à mesa da cozinha. O único objeto entre eles, na mesa, era um celular, um modelo dobrável pequeno e preto. Myron conhecia o tipo. Algumas pessoas chamavam de "pré-pago". Para outras, como Myron, eram celulares descartáveis ou anônimos.

Ele ainda não havia encostado naquilo.

– Você tem luvas de látex? – perguntou Myron a Emily.

– Tipo cirúrgicas?

– É.

– Isso aqui tem cara de hospital?

– E luva de limpeza?

– Tipo luva de borracha?

– É.

– Posso procurar. Para que você precisa?

– O que você acha, Emily? – A voz dele estava um pouco agressiva demais. Ele amenizou o tom e disse: – Não quero deixar nem estragar nenhuma impressão digital.

– Mas eu já toquei nele – revelou ela.

– Fale sobre isso.

– Falar sobre o quê?

– Onde exatamente você achou?

– No quarto de Jeremy. Já te contei. Estava preso com fita por baixo da cama.

– E você ouviu o celular vibrar?

– É. Mas, até onde eu sei, ele poderia ter passado meses ali.

Myron franziu o cenho.

– Sem descarregar a bateria?

– Ninguém estava usando. As baterias de celular não têm uma duração longa se não forem usadas?

Myron não viu motivo para discutir a questão com Emily.

– Myron?

Ele a encarou. Os olhos de Emily estavam cheios de lágrimas.

– Estou com muito medo.

Ele estendeu o braço por cima da mesa e pegou na mão dela.

– Uma coisa de cada vez, tudo bem?

Ela concordou.

– Como você tirou o celular de baixo da cama?

– Tentei arrancar com a mão, mas a fita não soltou. Então voltei para a cozinha e peguei uma tesoura.

– Você o abriu?

– Não. Liguei para você na hora.

Myron assentiu.

– Pode pegar as luvas?

Ela achou um par embaixo da pia, mas eram pequenas demais para as mãos dele. Myron desistiu bem rápido de calçá-las – paciência se ele estragasse algum DNA. O celular tinha sido colado com fita adesiva. Emily o tocara. Já estava contaminado.

– Espere – disse Emily. – A gente não deveria ligar para Jeremy antes?

– Tudo bem. Mas não vamos perguntar do celular para ele ainda.

– Não deve ser nada.

– Não deve mesmo.

– Ele é militar. Faz muito serviço clandestino. O telefone pode ter a ver com isso.

– É – disse Myron. – Concordo.

Eles ficaram um bom tempo olhando um para o outro.

– Ele é nosso filho – afirmou Emily, com uma voz suplicante. – Você entende, né?

Myron não falou nada.

– Talvez seja melhor não encostar nisso – continuou ela. – A gente deveria esperar até ele chegar aqui e deixar que ele se explique.

– Ligue para ele – sugeriu Myron.

Ela ligou para Jeremy, mas caiu direto na caixa postal. A mensagem tinha uma voz automática, não era a de Jeremy. Emily não se deu ao trabalho de deixar recado. Ela desligou. Eles continuaram sentados juntos à mesa. O cômodo estava em silêncio. Myron fitava o celular. Ele olhou para Emily, estendeu a mão por cima da mesa e pegou o aparelho. Então o abriu e conferiu as ligações recebidas. Eram quatro ligações ao todo, todas dos últimos três dias, e a mais recente tinha ocorrido havia uma hora.

Em todas o identificador de chamadas dizia Anônimo.

Não ajudou.

Myron procurou uma opção de retornar a ligação. Não havia nada ali. Ele clicou na seta da parte de cima da tela e foi para as chamadas realizadas. Bingo. Tinha duas ligações registradas. O mesmo número. Ao vê-lo, Myron ficou tenso.

– O que foi? – perguntou Emily.

Ele não respondeu. *Não se precipite*, disse ele consigo mesmo. *Um passo de cada vez.*

– Myron?

O código de área do número era 215. Foi isso que o espantou. Ele largou o celular e pegou o próprio aparelho.

– O que você está fazendo? – insistiu Emily.

Ele digitou o número de código de área 215 em seu telefone. Estava prestes a fazer o telefonema, mas pensou melhor. Para que deixar um rastro da ligação dele? Ele abriu o aplicativo do Google e digitou o número. Se não desse certo – se o número não estivesse registrado ou não aparecesse em lugar algum –, ele o mandaria para Esperanza. Ela conseguiria achar o dono do telefone em um instante.

Mas não precisou. A busca no Google funcionou.

O número de código 215, segundo a pesquisa de Myron na internet, pertencia à Organização Prine.

Myron fechou os olhos.

– O que foi? – perguntou Emily novamente.

O interfone tocou, dando um susto nos dois. Emily afastou a cadeira e se levantou.

– Já volto – disse ela.

Myron empurrou o telefone para fora do tampo de mármore da mesa. Ele caiu na palma da outra mão. Ele se recostou e enfiou o telefone no bolso da frente. Myron ouviu Emily falar para o porteiro que deixasse alguém subir. Myron se levantou e se dirigiu para a porta.

– Quando encontrei o telefone – explicou Emily –, eu liguei para você primeiro. Estranho, né?

– Não sei. É?

– Foi só uma reação instintiva. Mas, quando desliguei, fiquei com uma sensação esquisita.

– Aí você ligou para mais alguém – concluiu Myron.

– É. E agora ele está aqui também.

* * *

Os três – Myron, Emily e, agora, Greg Downing – estavam sentados em volta da mesma mesa da cozinha, com o celular dobrável no meio, equidistante dos três.

Greg foi o primeiro a falar.

– É uma armação.

– É – disse Emily, agarrando-se à explicação de Greg.

– É isso que esse assassino em série tem feito, né? – Greg se virou para Myron, preparado para fazer sua argumentação. – Ele mata alguém e depois arma para outra pessoa. Desta vez, armou para Jeremy.

– Exatamente – concordou Emily.

– Seriam duas armações diferentes, então – declarou Myron.

– Quê?

– O assassino armou para uma mulher chamada Jackie Newton. Ela já foi presa. Jeremy seria a segunda pessoa.

Greg olhou nos olhos de Myron. O gesto evocou a lembrança da primeira vez que os dois se encontraram. Sexto ano da escola. Quando o Kasselton All-Stars de Myron foi jogar contra o Glen Rock Greats de Greg em um ginásio escolar em Tenafly, os dois garotos já tinham a reputação de estarem entre os melhores do estado. Myron havia dominado todos os jogos da temporada até ali. O Kasselton All-Stars estava invicto. Mas, naquele dia, alguns dos meninos foram contar a ele que Glen Rock tinha um garoto tão bom quanto ele. Myron e Greg não se falaram antes da partida. Trocaram um aperto de mãos e jogaram com garra. Myron se saiu melhor naquela batalha, mas se lembrava de invejar a frieza de Greg sob pressão. Myron exibia emoção na quadra. Greg, jamais.

E ali estava também a primeira mulher que Myron tinha amado. Ela havia sido um despertar, uma explosão, uma erupção de páthos. Talvez não fosse algo feito para durar, mas, na época, quando a perdeu, Myron achara que jamais fosse sentir a mesma coisa de novo, por mais ninguém. Como ele estava enganado... Bom, ele era jovem e burro. Ainda assim, mesmo agora, mesmo depois de tantos anos, não fazia sentido. Ele compreendia a decisão (francamente) madura de Emily de não se casar com ele. Era cedo demais. Então por que ela não disse justamente isso? Por que terminar de vez? E, mesmo se isso fizesse sentido – e ele entendia que fazia, que é difícil voltar após um pedido de casamento recusado –, por que seguir em frente tão rápido com Greg Downing? Havia um milhão de caras no mundo. Por que o rival de Myron?

Quando Myron estava no ensino fundamental, a mãe dele vivia botando o álbum *You Don't Mess Around with Jim*, de Jim Croce, para tocar sem parar no carro. A música preferida da mãe, que ela sempre cantava junto, era "Operator", uma canção triste sobre um homem pedindo a ajuda de uma telefonista para tentar em vão encontrar o amor da sua vida que tinha perdido. Era difícil de escutar, às vezes: o homem queria mostrar para o ex-amor que tinha seguido com a vida, que estava indo bem, embora nitidamente fosse o oposto, mas o que deixava a música mais dolorosa ainda para Myron, mesmo naquela época, quando as paqueras no recreio eram a única experiência que ele tinha com relacionamentos, era que o amor da vida daquele homem tinha fugido com o ex-melhor amigo dele, Ray. Não bastava ela ter partido o coração dele: tinha que tornar o lance terrivelmente pessoal.

– Não vamos falar disso para ninguém – orientou Greg. – Jeremy é inocente. A gente sabe disso. Se a polícia o acusar ou prender, a vida dele vai ser seriamente prejudicada. Não podemos permitir isso.

– É melhor destruir o telefone? – perguntou Emily.

– Ei – disse Myron –, vamos com calma.

– Não vamos destruir – replicou Greg, ignorando Myron. – Vou guardá-lo por enquanto. Se a situação piorar e se for necessário, eu falo que é meu.

– E se Jeremy estiver envolvido de algum jeito? – indagou Myron.

Greg o encarou.

– Você não é o pai dele.

– É, eu sei.

– Não, acho que não sabe – protestou Greg. – Se chegar a esse ponto, eu vou assumir a culpa por ele. Isto – ele ergueu o telefone – pertence oficialmente a mim. Eu o comprei. A polícia já encontrou meu DNA na cena de um dos crimes. Então eu sou o vilão. Fui eu que cometi o crime.

– Seja como for, a gente providencia a ajuda necessária para Jeremy – acrescentou Emily. – Não acredito que ele esteja envolvido. Nem por um segundo. Mas, se estiver, bom, talvez tenha acontecido alguma coisa com ele no exterior. Ele viveu experiências horrendas que não somos capazes de compreender. Vamos arranjar o melhor tratamento possível para ele.

– Myron – disse Greg, fazendo um gesto afirmativo com a cabeça –, precisamos saber se você está com a gente nessa.

Myron olhou para Greg e depois para Emily.

– Vocês não estão pensando direito – declarou Myron. – Nenhum dos dois.

Greg se virou para Emily. Ele balançou a cabeça e questionou:

– Por que você ligou para ele?

Emily não respondeu.

– A gente podia ter cuidado disso sozinhos. Como pais dele.

Emily pôs a mão no braço de Myron.

– Achei que você fosse entender.

– Eu entendo – assegurou Myron a ela. E se virou para Greg. – Pare e pense um pouco. Seu ponto forte como técnico era sua capacidade de formular um plano de jogo perfeito. Você assistia a gravações de jogos incessantemente. Lia relatórios de olheiros. Ninguém se preparava para uma partida como você.

Greg se inclinou para a frente.

– É por isso que eu sei que vai dar certo – afirmou ele.

– Vai? – indagou Myron. Ele apontou para o telefone. – Esse celular tem chamadas feitas para a Organização Prine.

– Sim.

– Ronald Prine foi morto enquanto você estava detido. Você vai falar que atirou nele de dentro da cela?

Greg dirigiu o olhar para Emily. Emily deu de ombros, impotente.

– Preciso que você me escute – disse Myron para Greg. – O FBI não sabe quantas pessoas foram mortas, e incriminadas, por esse assassino em série. Foi no mínimo meia dúzia, provavelmente mais. Teve no Texas, em Nova York, em Las Vegas, em Nebraska... em todo canto. Não havia a menor conexão entre os casos. Zero. Nada que o FBI pudesse captar. Nenhuma pista. O assassino podia ter continuado a agir da mesma maneira por anos. Podia ter ficado impune para sempre, só que uma coisa escancarou o caso.

Os dois esperaram. Greg pegou na mão de Emily por cima da mesa. Por um ínfimo instante, pareceu que ela não gostou, que sentiu até repulsa pelo toque, mas depois foi como se ela tivesse percebido que eles estavam juntos nessa, como pais de Jeremy, os dois contra um intrometido estranho chamado Myron.

– Você, Greg. Não percebeu? Seu DNA aparece na cena do crime dos Callisters. E você está relacionado a Jordan Kravat.

– Como? – perguntou Greg. – Jordan Kravat era o ex-namorado do filho da minha namorada. Quer dizer, não é uma conexão relevante.

– Mas não é coincidência, Greg. Preciso que você pare e pense nisso. Quem mais tem relação com os dois casos? Quem poderia ter incriminado você pela morte de Cecelia Callister e Joey Turant pela morte de Jordan Kravat?

– O que é que você está tentando dizer? – perguntou Greg. – Que a conexão é Jeremy?

– Não. Estou perguntando...

– Porque, antes de ir para Las Vegas, fazia meses que eu não via Jeremy. – Ele se virou para Emily. – Você lembra. Ele estava em alguma missão e passou quatro meses incomunicável.

– Eu lembro – concordou Emily.

Greg cruzou as mãos e as apoiou na mesa.

– Myron, me escute. Precisamos ganhar um pouco de tempo, para poder resolver isso entre nós... antes de contar para mais alguém, tudo bem? Talvez você tenha razão. Talvez eu precise recuar e fazer o que eu sei fazer de melhor. Observar. Planejar. Ser metódico. Nós três.

Foi aí que o celular de Myron tocou.

Ele conferiu o identificador de chamadas.

Era Jeremy.

Todo mundo na mesa ficou imóvel.

– Por que ele está ligando para você? – perguntou Emily.

Myron não esperou as recomendações de Greg e Emily sobre como reagir. Ele atendeu a chamada.

– Oi – disse Myron.

– Oi – respondeu Jeremy.

Seguiu-se um silêncio pesado. Myron trocou o celular da mão direita para a esquerda. Emily e Greg mantinham os olhos fixos nele.

– Achei que fosse ver você na libertação de Greg.

– Tive um contratempo – explicou Jeremy.

Myron percebeu que a voz dele devia estar alta o bastante para Greg e Emily ouvirem o que ele dizia. Myron ponderou se isso tinha alguma relevância e decidiu ignorar.

– Você está na casa de Win? – perguntou Jeremy.

– Agora não.

– Ah, desculpe. Estou interrompendo alguma coisa?

– Não, de jeito nenhum.

– Vou levar mais ou menos uma hora para chegar. A gente pode se ver?

– É claro.

– Eu quero explicar... bom, você sabe. Sobre a baixa e o trabalho com TI.

– Ah, sim, tranquilo. – Myron se sentia atordoado. – Pode ser na casa de Win?

– Perfeito. A gente se vê daqui a uma hora.

Quando Myron desligou, Greg disse:

– Que história é essa?

– Ele vai chegar daqui a uma hora. A gente vai se encontrar no Dakota.

Emily enfiou uma mecha de cabelo atrás da orelha.

– O que foi aquilo sobre baixa e TI?

Myron se levantou, e o rosto dos dois acompanhou o movimento.

– Não cabe a mim explicar.

– E que diabos isso quer dizer? – perguntou Greg.

– Quer dizer que você pode perguntar pessoalmente para ele.

– Baixa? – repetiu Emily. – Então ele não está mais nas Forças Armadas?

– Ele voltou para Nova York quando soube que você seria libertado – informou Myron para Greg. – Foi o que ele me falou algumas horas atrás. Com certeza vai entrar em contato com vocês dois.

– Espere – disse Emily.

– Quê?

– Você não pode... – começou Emily. Ela parou e começou de novo, com a voz mais firme. – Ele é nosso filho, não seu.

– É, vocês vivem me falando isso – disse Myron –, a não ser quando é conveniente.

– O que quer dizer com isso? – retrucou Emily.

– Quando ele tinha 13 anos e precisava de um doador de medula, de repente eu virei o pai dele. Agora mesmo, quando você encontrou esse telefone escondido no quarto dele, de repente eu era o pai dele. Veja só, eu não o criei, eu sei. Sou só um doador de esperma ou um acidente da biologia ou o que seja. Eu respeitei isso. Mantive distância. Pode não caber a mim determinar a relação que eu tenho com Jeremy, mas definitivamente também não cabe a vocês dois. Ele ligou para mim. Quer falar comigo. Estou indo nessa.

Myron se dirigiu para a porta. Emily e Greg o seguiram.

– Você vai falar do telefone para ele? – perguntou Greg.

– Não sei.

– Não fale – pediu Greg. – Confie em mim em relação a isso.

– Não confio em você em relação a nada – retrucou Myron, e foi embora.

capítulo trinta e oito

Você está na calçada do Central Park, de olho na porta.

O apartamento dos Downings fica na esquina da Quinta Avenida com a 80th Street. Ele tem uma vista deslumbrante do Central Park, do Metropolitan Museum of Art e até da antiga residência de Payne Whitney na 79th Street, que agora funciona como Centro de Serviços Culturais da Embaixada da França.

Você usa um boné preto. Está com um "disfarce", mas, de novo, não é nada complexo. É só o suficiente.

Você está observando a porta do prédio, para não perder a saída de Myron. Essa parte não é lá muito complexa.

O apartamento dos Downings fica no lado leste do Central Park. O Dakota, onde Myron costuma se hospedar com o amigo Win, fica no lado oeste do Central Park. Isso significa que Myron provavelmente vai atravessar o parque para voltar para casa.

Existe uma chance de que ele resolva pegar um táxi ou um Uber, mas parece pouco provável.

Você está contando com isso.

Está escurecendo. Você o vê sair. Ele fala alguma coisa com o porteiro e você o vê ir até a esquina e esperar para atravessar. Você entra no parque antes de o sinal abrir. Não tem necessidade de segui-lo.

Você sabe o caminho que ele vai pegar.

Você avaliou as opções. Deve matá-lo em alguma parte mais isolada desse percurso ou é melhor matá-lo em uma área movimentada? Pela lógica, seria melhor achar um lugar mais reservado, só que se trata do Central Park, um dos parques mais populares do mundo, e lugares reservados são algo relativamente raro. Logo você e ele estarão no meio do parque, longe das saídas e de rotas de fuga acessíveis. Tem também a questão de pegar Myron desprevenido. Quando se anda pelas partes mais sossegadas do Central Park – nos lugares que mais dão a sensação de se estar só –, é aí que se fica mais alerta. Um instinto natural de sobrevivência. Não é que o parque não seja seguro. É só que, quando se passa pelas partes mais escuras e com menos gente, é natural prestar mais atenção no entorno.

Sua resposta?

Qualquer que seja a rota de Myron pelo parque – passando pelo Belvedere

Castle ou pela Bethesda Fountain, ou talvez ao sul pelo Conservatory Water e pela escultura de Alice no País das Maravilhas –, ele certamente vai sair no lado oeste pela 72nd Street perto do Strawberry Fields. Você sabe disso. É lá que Win mora. A área do Strawberry Fields, um memorial em homenagem a John Lennon, é um lugar agitado, cheio, sempre tem um músico de rua cantando melodias de Lennon e uma multidão animada.

Então vai ser ideal.

Você decide correr para o túnel de arbustos ao lado da trilha. Seu plano é simples. Myron vai passar bem perto de onde você se esconde à espreita. Você dá alguns tiros. Isso vai provocar pânico. Vai haver gritaria e pandemônio. A multidão de turistas e passeadores de cachorro vai se dispersar. Você se dispersa com eles. Sai para a Central Park West, a poucos metros de distância. Do outro lado da rua fica a entrada do metrô para as linhas B e C.

Você vai sumir antes que alguém possa fazer qualquer coisa.

Você está com a arma. Está com o plano.

Você aperta o passo, encontra um bom ponto e espera.

capítulo trinta e nove

MYRON ATRAVESSOU A QUINTA Avenida e entrou no Central Park logo ao sul do Met. Sabia por experiência que a caminhada levaria quinze minutos. Ele contornou o edifício, passando pela Agulha de Cleópatra, um obelisco encomendado pelo faraó Tutmés II havia quase três milênios. Anos depois, Cleópatra teria usado o obelisco na construção de um templo romano dedicado a Júlio César, seu xodó, daí o apelido de Agulha de Cleópatra. O monumento está no Central Park desde 1881.

Myron sabia disso tudo – e se distraía com pensamentos sobre o assunto – porque Win era aficionado por história e adorava o parque. Ele seguiu a passos rápidos. O fantasioso Belvedere Castle surgiu acima do Ramble, uma aparente combinação magnífica de romanesco com gótico, embora na realidade fosse um *folly*, geralmente definido como uma construção ornamental custosa sem função prática. Esse tinha um observatório, um centro de visitantes e uma torre meteorológica, mas a noção de *folly* – algo criado para passar a impressão de ser algo mais impressionante do que é – ficou na cabeça de Myron.

Ele pensou no celular que Emily tinha encontrado. Talvez, a seu próprio modo, aquilo também fosse um *folly*.

Myron pegou seu próprio telefone e ligou para a mãe. Ela atendeu no primeiro toque.

– Que bom que você ligou agora – disse a mãe para ele.

– Está tudo bem?

– Ah, está, sim. Mas seu pai e eu acabamos de ingerir nossos comestíveis, e você sabe o que isso significa.

Myron fechou os olhos.

– Hum, não.

– Faz uma semana que a gente não toma.

– Aham.

– Vai fazer efeito daqui a pouco, e aí seu pai vai começar a me perseguir pelo apartamento.

– Alô? Aqui é seu filho ao telefone. Seu filho não precisa saber disso.

– Quer saber a verdade? Eu não dou muito trabalho para ele me alcançar.

– Mãe?

– Ah, pare de frescura. Fique feliz por nós.

– Eu fico. De verdade. Só dispenso as imagens.

– Qual é o problema das imagens?

Não valia a pena explicar.

– Então imagino que o papai esteja se sentindo melhor.

– Está. Todo mundo telefonou. Seu irmão. Sua irmã... Ah, e ela vai chegar de Seattle amanhã.

– Que maravilha.

– É mesmo. E Terese ligou.

Myron começou a andar pela trilha ao sul.

– Minha simpatia por ela está crescendo, Myron. Eu gosto muito dela.

– Fico feliz.

– Ela é firme.

– É mesmo.

– Você sabe que eu estava preocupada.

Ele sabia. Terese não pode engravidar. Os pais dele já tinham três netos – Mickey, o filho do irmão dele, Brad, era o mais velho –, mas sabiam que ele também sempre quisera filhos.

O celular dele apitou com outra ligação. Ele conferiu o identificador de chamadas e viu que era PT.

– Mãe, tenho que atender outra chamada, tudo bem?

A mãe percebeu a urgência no tom da voz dele.

– Vai lá – disse ela, rápido.

E desligou antes dele.

– PT?

– Está precisando me falar alguma coisa? – A voz áspera não parecia contente.

– Tipo o quê?

– Tipo que encontramos uma nota fiscal de um celular descartável comprado em um Walmart de Doylestown. Sabe onde fica Doylestown?

Myron sabia que Doylestown ficava a uma hora de distância da Filadélfia.

– Sei.

– Ah, que bom. Esse celular descartável específico ligou para a Organização Prine e fez ameaças. Está me acompanhando?

Myron não gostou do rumo que aquilo estava tomando.

– Estou.

– Adivinhe o que a gente acabou de fazer, Myron.

– Vocês rastrearam o celular?

– Fizemos mais do que isso. Nós ativamos o celular e identificamos a localização geográfica por meio de triangulação com recursos de sinalização dos telefones de emergência da rede.

– Eu não sabia que você estava tão por dentro da tecnologia.

– Não estou – declarou PT. – Estou lendo palavra por palavra de um relatório aqui na minha mesa. Preciso explicar o resto?

– Me dê uma hora – disse Myron.

– Você está de brincadeira, né?

– O telefone está no apartamento de Emily Downing. Eu sei.

– Então você vai mentir para mim?

– Não estou mentindo...

– O telefone não está mais no apartamento – rebateu PT. – Nem você.

– O quê?

– O telefone está no meio do Central Park. E adivinhe só. Também identificamos a localização geográfica do seu celular, então sabemos que você está atravessando o parque com ele.

Myron arregalou os olhos. Ele não alterou o passo. Não olhou para trás.

– Vocês estão com minha localização exata?

– Está na minha tela. Você está andando pelo Central Park no sentido sudoeste.

Myron engoliu em seco.

– E o telefone descartável?

– Você não sabe?

– Não sei.

– Quer dizer que ele não está com você?

– Não está.

– Merda.

– Qual é a precisão dessas localizações?

– Uns 100 metros.

Alguém estava seguindo Myron. Só havia duas opções: Greg ou Emily.

– Olha, mandamos agentes para o local – informou PT. – Não devem demorar. Fale do telefone.

Myron considerou virar a cabeça sutilmente para ver se estava sendo seguido. Mas e aí? E se fosse Greg? Qual era o plano? Myron chegou ao caminho que levava ao Strawberry Fields. Atrás das árvores mais adiante, ele distinguiu a fachada de fortaleza do Dakota. Quase lá. Isso era bom. Ele podia apertar o passo pela trilha. Podia chegar ao final dela e se esconder atrás de uma árvore. Então poderia esperar e ver quem o estava seguindo.

– Myron? – chamou PT. – E o telefone?

– É uma longa história.

Myron andou rápido pela trilha, olhando de soslaio para trás. Tinha uma família de quatro pessoas. Dois pais e duas meninas que pareciam gêmeas. Atrás deles, um grupo com uns trinta turistas era guiado por uma mulher que segurava uma bandeira da França para ficar mais fácil de segui-la.

Nada de Greg. Nada de Emily.

No banco mais à frente, Myron viu um músico barbudo com um violão, microfone e amplificador, além de QR codes para as pessoas poderem enviar dinheiro. Os artistas de rua também estavam tecnológicos. Ele cantava sobre um banqueiro que nunca usava capa de chuva em tempestades, o que ele achava muito estranho. Ótima letra, se a gente não pensar muito a fundo nela. Myron passou depressa por ele. Havia um grupo grande fazendo fila para tirar foto no mosaico "Imagine". Dave, o vendedor de bótons com quem Win às vezes batia papo e que também cuidava da programação dos músicos de rua do Strawberry Fields, não estava no lugar de sempre. Foi ali que Myron saiu da trilha. Ele achou uma árvore de tronco espesso e se escondeu atrás dela.

Observou com cautela. Nada de Greg. Nada de Emily.

– O telefone está onde agora? – perguntou Myron para PT.

Antes que PT pudesse responder, o celular de Myron vibrou de novo. Era uma mensagem de Esperanza toda em letras maiúsculas. Esperanza nunca usa maiúsculas.

ME LIGA AGORA!!!!

Myron nem se deu ao trabalho de se despedir de PT. Ele só desligou e clicou no número de Esperanza.

– O que foi?

– Cacete, você tinha razão.

– Sobre o quê?

– A conta bancária oculta – disse Esperanza. – A que Greg e Grace usaram para a casa em Pine Bush. Você me pediu para investigar.

– E?

– Eles tinham um cartão de crédito no nome de Parker Stalworth. Alguém usou esse cartão para alugar um carro em Horsham, Pensilvânia, há dois dias.

Horsham, Myron pensou. Não era longe de Doylestown nem da Filadélfia. De repente tudo começou a se encaixar.

– Como a gente faz para rastrear? – perguntou Myron.

– Já está sendo rastreado. Nós dois estamos recebendo uma imagem da câmera de segurança da locadora agora. Dê uma olhada em suas mensagens.

Myron sentiu o telefone vibrar com a foto recebida. Ele olhou de novo pela trilha. Nada de Greg. Nada de Emily. Ninguém que ele conhecesse. Então ele ativou o viva-voz e olhou a tela. A imagem era pequena demais para enxergar. Ele clicou na foto para ampliar a imagem. Levou alguns instantes para carregar.

Como toda imagem de câmera de vigilância, exibia um plano de cima para baixo. Myron viu a parte de trás da cabeça do funcionário da locadora. A pessoa que alugou o carro estava de boné preto e mantinha o rosto abaixado.

Mas Myron sabia quem era. De repente, todas as peças se encaixaram.

Esperanza disse:

– Myron, é...?

Na mesma hora, Myron mais pressentiu do que ouviu ou até percebeu: alguém tinha se esgueirado atrás dele.

Ele não hesitou. Girou o corpo para a direita, levantando o braço, desviando a arma por poucos centímetros de sua nuca. Nessa fração de segundo – menos de um segundo, talvez menos de um décimo de segundo –, Myron avistou o mesmo boné preto.

A arma disparou.

A bala atingiu Myron.

E Myron caiu.

capítulo quarenta

Do seu lugar no meio do túnel de arbustos, você observa Myron apertar o passo pela trilha.

Por que tão rápido?, você se pergunta.

O Strawberry Fields está cheio de gente. Grupos de turistas se aglomeram enquanto guias falam em diversos idiomas. Os bicitáxis – pense numa mistura de bicicleta com riquixá – estão enfileirados na rampa da 72nd Street, que parece sempre proibida para carros. Os condutores exploram o mercado do turismo, bajulando pedestres com sorrisos, mapas e fotografias das maravilhas do parque que eles veriam se contratassem seus serviços. Alguns cavalos e carruagens aguardam passageiros. Você se dá conta de que os cavalos vão se assustar quando ouvirem os tiros.

Isso é bom. Vai aumentar o caos.

Myron Bolitar passa pelo mosaico "Imagine".

Está chegando perto.

Você baixa a aba do boné, mais pelo costume do que por qualquer vaga noção de segurança. Você se escondeu na entrada de um túnel feito de galhos e gravetos. Um monte de gente passa a pé por você. Passeadores de cachorro caminham proporcionando o alívio noturno de seus bichinhos.

Myron Bolitar está com o celular grudado na orelha.

Faz diferença ele estar falando com alguém ao telefone quando você atirar?

Você acha que não.

Seu plano não é complicado. Ele passa. Você encosta o cano da arma na cabeça dele. Aperta o gatilho.

Myron está a menos de 30 metros de distância.

Você agora bota uma máscara cirúrgica. Melhor prevenir do que remediar. Elas são mais raras hoje em dia, mas nem um pouco incomuns, uma ressaca dos tempos de covid.

Você já está de luvas, obviamente.

Menos de 20 metros.

Você saca a Ruger LCR. Mantém a arma preta ao lado do corpo, camuflada junto à sua calça escura.

Menos de 15 metros.

Você encaixa o dedo no gatilho.

Só mais alguns segundos.

Você sente a onda de empolgação começar a percorrer seu corpo. A expectativa. Não, esta parte não é tão satisfatória quanto a morte propriamente dita. A melhor parte é quando os olhos se fecham e a vida deixa o corpo. Mas isto, o preâmbulo do assassinato, também é inebriante.

E aí, sem aviso, Myron sai da trilha.

Mas que...?

Ele vai rápido para trás de uma árvore e se apoia de costas nela.

Você se pergunta: por que ele faria isso?

Ele está... se escondendo?

É o que parece.

Ele sabe que você está aqui esperando?

Não tem como. Você observa Myron virar a cabeça para a esquerda e para a direita. Em seguida, com cuidado, ele se inclina só um pouco para fora, só o bastante para espiar.

Você se abaixa.

Mas ele não está olhando na sua direção.

Está olhando para trás na direção da trilha.

Como se soubesse que você veio atrás dele. Só que, é claro, ele está olhando na direção errada.

Isso faz sentido?

Ele continua ao telefone.

Com quem está falando?

Não importa.

Você não sabe o que está acontecendo nem por que Myron está se escondendo atrás da árvore. Você avalia sua próxima ação. Deve esperar até ele começar a vir de novo na sua direção?

Não.

Você não pode correr esse risco. Precisa agir, e tem que ser agora. E se Myron estiver sendo seguido? E se ele der meia-volta e começar a andar no outro sentido, de volta para o apartamento de Emily? Você vai estar na posição errada. Talvez o perca de vez. Seu plano será prejudicado.

Vai!, você diz a si mesmo.

Então você vai.

Você abandona a segurança da entrada do túnel e anda rápido na direção de Myron. Ele ainda está de costas. Fica olhando na direção do mosaico

"Imagine" enquanto fala ao telefone. Isso é bom. Ele está distraído. Não está olhando na sua direção.

Você está a poucos metros de distância quando Myron afasta de repente o celular da orelha.

Ele examina algo na tela do aparelho.

Várias coisas acontecem ao mesmo tempo agora.

Você ergue a arma para atirar na cabeça dele.

Você também vê o que ele está olhando no telefone. Ao ver, você gela.

É você.

Como é que...?

Você hesita. Mas não por muito tempo. Mal levou um segundo. Você afasta o pânico e volta ao normal. Posiciona o cano da arma atrás do crânio dele.

Começa a apertar o gatilho – e, ao fazer isso, Myron gira e bate no seu braço.

Mas é tarde demais para ele. A arma dispara.

E o sangue dele espirra no seu rosto.

capítulo quarenta e um

MYRON CAIU DE JOELHOS primeiro. Em seguida, ele tombou para a frente com as mãos no chão.

O sangue escorria dele. Myron olhou para baixo e viu a poça se formar no concreto. Ele ouviu berros e gritaria, e parecia que tudo estava se mexendo.

Myron piscou e sentiu frio.

Ele se deu conta de que tinha sido atingido, de que estava entrando em estado de choque.

Mexa-se, disse ele para si mesmo. *Mexa-se ou você vai morrer.*

Não havia nenhum plano, nenhuma contemplação consciente para além da ideia simples de não ficar parado. Ele sabia que tinha sido atingido e que a coisa tinha sido feia. A dor começou com um rugido e se espalhou. A sensação era a de que um animal gigantesco tinha arrancado um pedaço enorme do pescoço dele. De quatro no chão, ele tentou se levantar. Não conseguiu. Então fez força com uma perna, um velocista ferido na linha de largada.

"*Não somos à prova de balas...*"

Win não tinha falado isso outro dia?

Oportuno.

Mesmo assim, ele conseguiu se arrastar para a frente, um pé de cada vez.

capítulo quarenta e dois

Você sente uma tontura, mas também uma alegria delirante.

Ele surpreendeu você, o tal Myron Bolitar, quando rodou o braço e prejudicou sua mira.

Bom para ele.

Ainda assim, a bala acertou o ponto entre o pescoço e a clavícula dele. O sangue jorra e espirra em você. Você se pergunta se atingiu uma artéria.

Será que ele vai morrer de hemorragia?

Você queria caos e conseguiu. Escuta os gritos. Vê as pessoas correrem para a saída do parque no lado oeste. Você segue a correnteza de gente, mais um salmão subindo o rio.

Mas aí você lembra: ele estava com uma foto sua no celular.

De alguma forma, Myron conseguiu juntar os pontos.

Você não pode só deixá-lo ferido. Precisa garantir que ele morra.

Não dá tempo para pensar em todos os detalhes. Se pensasse, se você tivesse mais alguns segundos, provavelmente iria se dar conta de que ele deve ter recebido aquela foto de alguém, de que Myron nunca trabalha sozinho, de que, se Myron juntou os pontos, então outras pessoas, como Win, também devem saber.

No momento, porém, você não tem tempo para nuances.

Precisa matá-lo. Custe o que custar. Se este é o seu fim, se é o seu adeus, também vai ser o dele.

Myron está gravemente ferido. Ele se afasta rastejando feito um caranguejo desequilibrado. O fluxo de pessoas corre no sentido contrário, atravancando seu caminho. Você cogita dar uns tiros, mas sua arma tem capacidade para seis balas. Não há por que desperdiçá-las. Quando você perde Myron de vista por um instante, o pânico se instala. Você se esforça mais, abrindo caminho pela multidão.

E lá está ele, ainda rastejando perto dos bancos. Ele começa a se levantar um pouco.

Você mira e atira. Erra. Mira e atira de novo.

Você o acerta nas costas.

O corpo de Myron estremece. Ele cai com força.

capítulo quarenta e três

QUANDO A PRIMEIRA BALA o atingiu, Myron tentou se levantar, mas a dor provocou vertigem. Ele continuou abaixado, mais rastejando do que fugindo. Tombou para a esquerda. A cabeça protestou aos berros. Ele estava sem equilíbrio, sem estabilidade.

As pessoas passavam correndo por ele, esbarravam nele, jogavam-no de um lado para outro. Todo mundo gritava. Myron tentou continuar se afastando da direção aproximada da pessoa que atirou. Ele ouviu mais um tiro. Piscou com força, sentiu o sangue se esvair do corpo. Continuou avançando tropegamente. Outro disparo ecoou.

Uma dor lancinante penetrou a base de suas costas.

O impacto jogou Myron para a frente, com os braços esparramados. Sua coluna se curvou para trás quando o ar foi expulso dos pulmões. Ele não conseguia respirar. A bochecha bateu com força no canto de um banco.

A boca se encheu de sangue. Não pela queda. Não por ter batido a bochecha no banco.

O sangue estava subindo do peito para a garganta.

Afogando-o.

Myron começou a sentir a visão escurecer nos cantos. Estava perdendo os sentidos.

Aguente firme, disse para si mesmo.

O corpo dele, no entanto, se recusava a escutar. Até seu instinto de sobrevivência primitivo tinha se dissipado, estava distante. Ele rolou pelo chão, para baixo do banco. A escuridão começava agora a se estender diante de seus olhos. Alguma coisa dentro dele estava se desligando.

Ele se perguntou se estava morrendo.

Agora estava de lado, com a bochecha no chão. Não conseguia se mexer de jeito nenhum. Mal conseguia se importar. Ainda via pés correndo por perto, mas não ouvia os gritos. O único som agora era um zumbido agudo dentro da cabeça. Por que isso? Por que será que ele não conseguia ouvir mais?

Era como se alguma força poderosa o estivesse arrastando para dentro do frio, das trevas.

Dois pés apareceram diante dele. Pararam e se abaixaram.

O rosto da imagem da câmera, incluindo o boné preto, apareceu diante de seus olhos e o encarou.

Era Grace Konners.

O celular ainda estava na mão dele. Ela estendeu o braço e o arrancou facilmente dos dedos fracos. Depois de tomá-lo para si, Grace apontou a arma para o meio do rosto de Myron. Ele não conseguia se mexer. Só podia ficar olhando, impotente. Ele viu o brilho no olho dela, o sorriso que seus lábios formavam.

Ele tinha descoberto a assassina. Tarde demais. Mas tinha descoberto.

Myron tentou fazer alguma coisa no segundo de vida que lhe restava. Um último gesto. Um jeito de terminar tudo com resistência, bravura ou algo do tipo. Mas seu corpo se recusava a obedecer. Seus olhos se fixaram na arma, apenas na arma.

O tempo desacelerou.

E aí o resto aconteceu tudo de uma vez só.

Uma voz masculina gritou:

– Não!

Grace apertou o gatilho.

A mão de um homem apareceu no cano da arma, cobrindo a extremidade com a palma.

A voz e a mão pertenciam a Jeremy.

Myron quis afastá-lo, quis falar para o filho que era tarde demais, que ele devia largar a arma e ir para um lugar seguro.

A arma disparou.

Myron ouviu Jeremy gritar de dor.

Não...

Myron teve vontade de berrar, de ajudar, de fazer qualquer coisa.

Ele não conseguia se mexer. Estava com frio, paralisado. O zumbido agudo virou um murmúrio de morte dentro de sua cabeça.

Grace mirou a arma de novo. Mas não para Myron.

Para Jeremy.

Não...

Dois tiros ecoaram. As balas não atingiram Myron. Tampouco atingiram Jeremy.

Atingiram Grace.

Ela rodopiou para a esquerda, continuou de pé por um instante e então desabou como se tivessem cortado as cordas de uma marionete. E, quando ela caiu, Myron viu alguém parado do outro lado do mosaico "Imagine".

Greg Downing.

Ele estava ali com uma expressão atordoada no rosto, ainda apontando a arma para a direção onde Grace estivera.

Myron não aguentou mais. Sentiu as mãos escorregarem por qualquer que fosse a corda interna em que ele estava se segurando. Seus olhos se viraram para dentro da cabeça.

– Myron?

Era Win.

– Estou aqui – disse Win, e Myron escutou o pânico incomum na voz do amigo. – Aguente firme, Myron. Fique acordado.

Mas Myron não conseguia.

– Myron? Myron, fique acordado.

Ele queria escutar. Queria mesmo. Mas já estava mergulhando naquele vazio murmurante, e não havia nada além de escuridão.

capítulo quarenta e quatro

WIN

– Myron? – repito, ouvindo o apelo estranho na minha voz. – Myron, fique acordado.

Ele não consegue. É perceptível. A pele dele está pálida; os lábios, azulados. O sangue borbulha e escorre à vontade do pescoço. Boto a mão no lugar, faço pressão. Viro para um homem que está perto de mim, filmando tudo.

– Ligue para a emergência – digo com meu tom mais autoritário. É isso que se faz. Não se deve dar um grito aleatório para alguém ligar. Muita gente vai ficar sem reação, achando que outra pessoa vai ligar. É preciso delegar a tarefa para alguém específico e confirmar que a pessoa vai obedecer. – Ligue agora.

O homem assente e começa a digitar o número. Não sei se faz diferença porque imagino que alguém já tenha avisado as autoridades. O caos impera. Mantenho a mão no ferimento. O sangue de Myron escorre por entre meus dedos.

Ele está perdendo muito sangue.

– Aguente firme – digo para Myron, com um tom que nos meus próprios ouvidos soa distante e desconhecido.

Ele não está mais consciente. Não está me escutando.

Estou vendo várias coisas acontecendo ao mesmo tempo à minha volta. Grace Konners está no chão. Está morta. Os olhos abertos dela não piscam. O sangue escorre devagar na direção do mosaico "Imagine". Greg Downing, que atirou nela, corre para Jeremy. A pele de Jeremy, assim como a do pai biológico dele, está descorada. Jeremy está tendo a sensatez de manter o que resta da mão ensanguentada erguida acima da cabeça, como uma tocha, olhando para ela como se estivesse surpreso de vê-la ali. Greg tira o próprio casaco e o usa para envolver a ferida.

Não sei quanto tempo nós todos ficamos ali.

A certa altura, uma mulher se ajoelha ao meu lado. Ela tem uns 50 anos e cabelo meio ruivo preso em um rabo de cavalo.

– Sou médica – diz ela para mim. – Continue fazendo pressão.

Depois descubro que o nome dela é Dodi Meyer e que ela trabalha na emergência do New York-Presbyterian. Ela deita Myron de costas. Não me

281

atrevo a tirar a mão do pescoço dele, até que os paramédicos chegam e me substituem.

Subo na ambulância com ele. Fico olhando minhas mãos enquanto a ambulância acelera. Minhas mãos estão encharcadas com o sangue de Myron. Mais tarde, vou me perguntar quando foi que limpei o sangue, porque, por mais que eu repassasse na cabeça os acontecimentos daquela noite, não me lembro de ter limpado.

E, de fato, é uma coisa estranha para ficar pensando.

Myron tem duas paradas cardíacas. Uma na ambulância a caminho do hospital. E de novo na mesa de cirurgia. Sempre escutamos que os seres humanos são resistentes, que fomos talhados para a sobrevivência, mas nunca deixo de me espantar com o tamanho da nossa fragilidade e suscetibilidade aos caprichos do destino no fim das contas. Aqui está Myron Bolitar, um dos melhores espécimes da humanidade em vários aspectos, alguém de fibra com alma compassiva e que foi também agraciado com considerável força física e inteligência. E, no entanto... no entanto, apesar de fazer tudo certo, de agir guiado pelo senso de moralidade, de ter coragem, sabedoria e cautela, basta uma maluca com acesso fácil a uma arma para extinguir essa força.

Gostamos de achar que o universo é justo ou ordenado, mas todo mundo sabe que não é. Ele é cruel e aleatório. Acreditamos que evoluímos como espécie, que é a sobrevivência do mais apto, mas, na verdade, os melhores entre nós, os mais fortes entre nós, os mais inteligentes e corajosos foram enviados para a guerra séculos atrás e morreram, por mais valentes e habilidosos que fossem, tal qual Myron, enquanto os fracos e covardes ficaram em casa e se reproduziram. É isso que nós somos. O subproduto dos fracos e débeis. Os escombros fecais, por assim dizer, da história. Queremos acreditar que existe um núcleo ético em nossa identidade, que nosso mundo é pacífico e bondoso, mas qualquer um que tenha visto cinco minutos de algum documentário sobre vida selvagem lembra que precisamos matar para sobreviver. Todos nós. O mundo é assim, criado por seja qual for a entidade superior em que vocês acreditam – um mundo de matar ou morrer. Ninguém se livra disso, nem mesmo vocês, veganos presunçosos, que aram os campos e, com isso, sacrificam criaturas vivas para também poderem sobreviver.

Essa não é uma constatação agradável, mas vocês querem agrados ou a verdade?

E, agora, enquanto vejo a força vital se esvair do homem que eu mais amo no mundo, eu rogo para uma entidade superior na qual não acredito e que sei que não está ouvindo, enquanto muitos de vocês querem me dizer que isso faz parte de algum plano supremo.

Imagine o tamanho da ingenuidade.

As pessoas querem dormir à noite, então inventam contos de fadas para si mesmas. Como criancinhas.

Mas estou me desviando do assunto.

Myron está no hospital. Ainda tem dificuldade para se comunicar.

É por isso que, se vocês me permitem, vou terminar a história por ele.

Ele vai encarar um processo longo e árduo. Não existem muitas garantias. Uma recuperação plena, qualquer que seja o aspecto dela, parece pouco provável. Um mês após ser baleado, quando não está mais em coma na UTI, Myron é transferido para um quarto particular de esquina no edifício Milstein do New York-Presbyterian. Faço uma doação considerável para providenciar isso. Instalam um catre no canto perto da janela. Terese dorme lá. Ela tirou uma licença. Raramente sai de perto dele.

Não vou entrar em detalhes sobre os ferimentos porque não vejo motivo. Myron passa a maior parte do tempo sob uma névoa de dor, remédios e procedimentos. É difícil saber o que ele consegue compreender e o que não consegue. Tento explicar o possível para ele. Ele tem dificuldade para se concentrar por longos períodos. Eu me repito porque tenho medo de que ele vá esquecer ou que não chegue a assimilar as informações.

Então deixe-me responder as perguntas que eu puder. Já falei estas coisas todas para Myron, mas vou condensar dezenas de conversas que tive com ele neste resumo para vocês:

Em primeiro lugar, a maior preocupação de Myron: Jeremy.

Assim que a primeira bala atingiu Myron, Esperanza percebeu que tinha algo muito errado. Ela me ligou na hora e me inseriu na chamada em conferência. Por incrível que pareça, eu já estava em movimento. Tinha ouvido o tiro e o pandemônio subsequente do meu apartamento do outro lado da rua. Eu não sabia que a vítima era Myron, mas talvez meu instinto tenha percebido que a possibilidade era grande. Eu sabia que Myron estava atravessando o parque mais ou menos naquela hora para encontrar Jeremy, que estava sentado ao meu lado quando Esperanza ligou.

Reagi rápido. Jeremy, talvez tendo herdado alguns dos dotes do pai, reagiu mais rápido.

Foi Jeremy, não eu, quem chegou primeiro ao local. Vantagens da juventude, imagino. Eu corro bem, mas Jeremy passou disparado por mim com facilidade. Com aparentemente nenhuma preocupação com a própria segurança, Jeremy agiu como o herói que obviamente é. Ele pulou direto para a arma de Grace – e pagou por isso quando Grace apertou o gatilho. Jeremy perdeu o dedo anelar e o mindinho da mão direita.

Estão fabricando um tipo de prótese para ele lá no Walter Reed. Não, Jeremy não teve baixa há três anos, e não, ele não trabalhava com TI na Dillard's. Como Myron havia suposto – talvez mais por esperança do que por uma análise objetiva –, a baixa, a mudança de nome e o trabalho em TI eram tudo parte do disfarce complexo de Jeremy. Ele de fato atuava clandestinamente em defesa dos Estados Unidos. Não posso falar mais porque não sei mais.

Nas palavras de Jeremy: é assunto confidencial.

Segundo: a Assassina em Série Incriminadora.

De acordo com os pronunciamentos oficiais do FBI, a investigação permanece em andamento. De acordo com PT, a conclusão "oficial extraoficial" é que Grace Konners era da rara (mas não inédita) espécie conhecida como mulher assassina em série. Até o momento, o FBI já atribuiu seis mortes e armações subsequentes a ela, mas há pelo menos mais três casos que a agência acredita estarem associados a ela.

PT acha – e eu concordo – que deve haver mais, e que a polícia, por mais que se esforce, talvez nunca venha a saber a quantidade de vítimas. É horrível, eu sei. Eu penso nisto também – que há inocentes presos por assassinato que provavelmente vão continuar na cadeia.

O que complica ainda mais essa investigação para o FBI é o fato de que agora dezenas, talvez centenas, de assassinos condenados podem alegar que também foram incriminados por Grace Konners. Ela é a carta de saída da prisão. Estão exigindo a anulação de seus vered" itos. Dá para imaginar a dor de cabeça? Quase todos estão mentindo, sem dúvida, mas o FBI não pode cometer nenhum erro. O trabalho de checar as alegações é um buraco negro de tempo e recursos e desgasta até os investigadores mais tarimbados.

Terceiro: por que o DNA de Greg Downing estava no local do assassinato dos Callisters?

Existem duas linhas de raciocínio aqui. A principal, a que o FBI acredita ser a mais provável, é que, como a maioria dos assassinos em série (ou adictos em geral), Grace Konners começou a precisar de uma dose cada vez maior de dopamina com o passar do tempo. Em suma, ela queria de uma só vez "elevar o nível do jogo", digamos assim, e se livrar da única pessoa no mundo que seria capaz de detê-la.

Greg Downing.

Além disso, Greg controlava os bens deles, e tudo pertenceria exclusivamente a ela se ele fosse parar na cadeia. Ela se safaria do que havia feito e poderia recomeçar do zero. E pense só numa brisa psicótica: ser capaz não só de matar uma ex-supermodelo, mas também de incriminar seu próprio parceiro.

Myron faz uma careta quando eu menciono essa parte para ele. Também não sei se acredito muito nisso, mas parece fazer sentido.

Quarto: como tudo começou?

Acho que parte disso se deve à clareza da visão em retrospecto, mas vou falar o que o FBI acha. Quando investigaram o passado de Grace Konners, encontraram vários sinais perturbadores. Na infância, ela tinha sido abusada por um tio violento. Bichos de estimação e outros animais desapareciam no bairro dela. Tanto Spark quanto Bo, seus filhos, relataram traumas físicos causados por ela e a crença de que o pai deles, que teria morrido de uma queda durante o banho, talvez tenha tido um fim mais suspeito pelas mãos da esposa.

Após a morte do pai deles, Grace se deitava na cama dos filhos à noite. Acho melhor não entrarmos em detalhes.

Em termos de cronologia, a primeira vítima da Assassina em Série Incriminadora foi Jordan Kravat. A princípio, Grace tinha decidido matar Kravat não por ser uma aspirante a assassina em série, e sim pelo motivo mais básico: Kravat estava atormentando e destruindo a vida de seu filho. Porém, em algum momento – talvez antes de ter matado, talvez ao reconhecer uma oportunidade depois –, ela se deu conta de que podia matar dois coelhos com uma cajadada só ao assassinar um inimigo (Jordan Kravat) e incriminar outro (Joey Turant).

Os filhos de Grace confirmam essa hipótese, aliás. Bo Storm admitiu que o promotor de Las Vegas não o pressionou nem ameaçou. Ele tinha ouvido da mãe que matara Jordan Kravat para protegê-lo e que agora precisava que ele apontasse o dedo para Joey Dedinho.

Dedo, dedinho. Fiz uma piada.

Enfim: os especialistas do FBI em análise comportamental acreditam que Jordan Kravat foi o Paciente Zero que levou ao surto conhecido como a Assassina em Série Incriminadora.

Próxima pergunta (perdi a conta – em qual número estamos?): como acabou?

Vocês provavelmente já sabem, mas permitam-me explicar: Greg matou Grace a tiros. Quando Myron saiu da casa de Emily para confrontar Jeremy, seus pais – isto é, Greg e Emily – ficaram com medo de que Myron fosse ter uma crise ética e informar ao FBI sobre o telefone. Por isso, Greg decidiu sair e tentar encontrá-los. Ele estava com o celular descartável no bolso, e foi por isso que PT viu pela geolocalização que ele estava perto de Myron no parque. Greg ouviu os tiros, correu na direção do barulho...

... e, quando viu Grace apontar a arma para o filho dele...

Cabum.

Fico conjecturando, no entanto: se Greg tivesse corrido e visto Grace prestes a dar outro tiro em Myron, ele teria atirado nela?

Humm.

Também fico conjecturando: será que na verdade Greg chegou alguns segundos antes? Será que ele só decidiu atirar quando o próprio filho ficou em perigo?

Respostas: não tenho, daí o uso da expressão "fico conjecturando".

Última pergunta: e quanto a Greg Downing? Ele devia saber a verdade, não?

Também existe mais de uma linha de raciocínio.

A primeira é que Greg não fazia a menor ideia de nada. O casal tinha uma relação estranha, segundo Greg. Ele contou para as autoridades que era comum ele e Grace viajarem sozinhos e passarem meses separados. Foram apenas – e eu sei que o "apenas" desta frase é um termo extraordinariamente inadequado – seis homicídios comprovados ao longo de cinco anos. É pouco mais de um por ano. Qual seria a dificuldade de guardar esse segredo de um parceiro? Existem muitos exemplos de cônjuges de homens assassinos em série que nunca descobriram a sede de sangue de seus parceiros. O caso mais recente foi a esposa de Rex Heuermann, o assassino de Long Island, que alegou desconhecer os crimes horrendos do marido. Muitos de nós acreditam que ela esteja falando a verdade. Será que é sexismo achar que Grace Konners não seria capaz de esconder isso tudo do namorado?

Boa pergunta.

A segunda linha de raciocínio é que Greg desconfiou, sim, do que estava acontecendo, ou talvez Grace tenha ficado com medo de ele estar chegando perto demais da verdade. Isso, naturalmente, contribuiria para sua decisão de plantar o DNA dele no local do assassinato dos Callisters.

Faz sentido, eu acho.

Falei para Myron (e, por extensão, para vocês) que pode ser que haja alguns furos, mas, se houver, acho que são pequenos. Nunca vi um caso de homicídio que não tivesse pelo menos algumas discrepâncias. Se um caso é sólido demais... bom, não acabamos de aprender uma lição preciosa sobre homicídios que parecem ter uma solução fácil demais?

Como falo para Myron, seja como for, acabou. Pode ser que venhamos a descobrir mais algumas coisas, como a forma pela qual as vítimas eram identificadas ou escolhidas, ou se havia motivos adicionais. Mas não sei como isso mudaria o caso de maneira significativa. O FBI parece mais interessado em apagar os incêndios que essa onda de assassinatos provocou do que jogar mais lenha na fogueira. Greg está viajando de novo; comprou uma passagem para Cairns, perto da Grande Barreira de Corais, na Austrália. Correm boatos de que talvez ele seja convencido a atuar novamente como técnico no New York Knicks, mas, por enquanto, ele vai ficar fora do radar.

Então acabou.

Resumi nestas páginas os meses de minhas sessões relatando informações pessoalmente para Myron. Vocês devem ter adivinhado a maior parte. Espero que eu tenha conseguido saciar qualquer resquício de curiosidade que ainda restava.

Também ofereço esse resumo para Myron quando ele está bem o bastante. Ele permanece quieto do começo ao fim, algo com que ainda não me acostumei. Normalmente, Myron é de falar. Ele gosta de intervir, sondar, distrair, interrogar, bajular, agitar. Mas, no momento, falar o deixa exausto. Ele fica só sentado na cama e escuta sem proferir uma palavra sequer.

Quando eu termino, quando digo para ele, assim como disse para vocês, meus caros, que "então acabou", Myron fala pela primeira vez:

– Não acabou, não.

capítulo quarenta e cinco

WIN

Seis semanas se passaram.

Myron está sozinho no escuro no quarto 982 do hotel Royal Mansour em Marrakech. Isso mesmo, no Marrocos. Estou do outro lado da porta, com Terese, em um quarto conjugado. Se Myron precisar de mim, posso chegar até ele em questão de segundos. As câmeras e os microfones estão instalados. A saúde de Myron melhorou um pouco, mas não chega nem perto dos 100%. Nem dos 50%. Podíamos ter adiado um pouco mais – o médico de Myron insistiu bastante nesse sentido –, mas eu sei que Myron estava perdendo o sono com essa questão. Detesto a palavra "fechamento", mas não há dúvida de que, para se curar, Myron vai precisar fazer isso.

Meu homem vigiando o elevador manda uma mensagem de texto com uma só palavra para mim e para Myron:

CHEGOU

Terese lê a mensagem por cima do meu ombro.

– Não gosto disso.

– Ele está em segurança – falo para ela.

Ela não parece satisfeita. Eu entendo.

O quarto 982 está reservado há seis noites em nome de Arthur Caldwell. Não é seu nome verdadeiro. Ele passa a chave eletrônica na fechadura e abre a porta. As luzes estão apagadas. Ele entra e fecha a porta atrás de si. Aperta o interruptor e entra no quarto.

E para de repente quando vê Myron.

– Oi, Greg.

Greg Downing se sobressalta por um instante, mas há de se reconhecer que foi só por um instante.

– Adianta perguntar como você me encontrou?

Não foi tão difícil. Quando o FBI não quis mais nada com ele, Greg começou sua viagem, como já mencionei, em Cairns, na Austrália. Imaginei que Greg fosse querer mudar de identidade o mais rápido possível. Meu pessoal encontrou três fornecedores de documentos falsos atuando em Cairns. Ofereci 250 mil dólares para o primeiro que soubesse me dizer a identidade nova de Greg. Um deles respondeu imediatamente, pegou meu dinheiro e me entregou cópias de toda a papelada sobre Arthur Caldwell.

Não existe honra entre ladrões.

– Você está magro – diz Greg.

Isso é um eufemismo. Myron perdeu quase 15 quilos. O rosto dele está encovado. Às vezes até eu tenho dificuldade de olhar diretamente para ele sem me retrair.

Como Myron não responde, Greg pergunta:

– O que você quer?

– Você sabia que Grace pretendia me matar?

– Você acreditaria se eu dissesse que não?

– Talvez – responde Myron. – Ela pode ter agido por conta própria lá.

– Ela era uma assassina, Myron.

– Você também é.

Greg sorri.

– Não como ela.

– Você vai me contar?

Greg se senta na quina da cama.

– Não tenho opção, tenho? Imagino que Win esteja por perto. Você não teria vindo sem ele.

Myron não responde.

– Não quero passar o resto da vida olhando por cima do ombro – diz Greg, cruzando as pernas –, então vamos resolver isso logo, pode ser? Para começo de conversa, onde foi que eu errei?

– Detalhes – retruca Myron.

– Como o quê?

– Quando Grace matou Ronald Prine, por exemplo. Se foi Grace quem plantou seu DNA no local do assassinato dos Callisters para armar para você, por que ela faria a burrice de matar Prine enquanto você ainda estava atrás das grades e não poderia ter matado? Isso só iria garantir sua liberdade.

– Porque ela era maluca? – tenta Greg.

Myron franze o cenho.

– A gente vai fazer esse jogo?

– É o costume, eu acho. O que mais?

– Sua explicação de como seu DNA foi plantado na cena do crime dos Callisters.

– Você está falando do jogo de basquete de rua? Achei que tivesse sido uma ideia bem inspirada.

– Foi – admite Myron –, mas apenas superficialmente. Um cara qualquer bate no seu nariz durante uma partida. Você sangra. O cara colhe seu sangue e o deixa no local do crime.

– Tirei essa ideia de um livro, na verdade. Ou foi de um conto?

– Seja como for, a gente investigou. Ninguém em Wallkill se lembra de você ou de alguém quebrar o nariz. O nariz quebrado? Isso não me incomodou. Mas ninguém se lembrar de *você*, Greg? Isso chamou minha atenção. Win não percebeu. Ninguém perceberia. Mas você e eu...

Greg assente.

– Tem razão. Alguém ia reparar.

– Greg Downing em um jogo de rua? Por mais que você se disfarçasse ou se contivesse...

– Um fã de basquete teria me descoberto – admitiu Greg. – Burrice minha.

– Mais uma coisa – diz Myron.

Ele sorri.

– Você parece o detetive Columbo do seriado. O que é?

– Eu vi você com Grace na sua casa em Pine Bush. Foi por pouco tempo, admito. E podia ter sido encenação, mas acho que não. Você realmente a amava.

– É. – Ele fecha os olhos por um instante, e sua voz fica mais terna: – Ainda amo.

– Você até me perguntou: "É cafona demais falar que ela é minha alma gêmea?"

– Eu estava sendo sincero.

– Eu acredito. É por isso que aquelas histórias todas de que você não sabia, por vocês viverem afastados ou não terem tanta intimidade...

– Eram mentira, realmente.

Greg olha para Myron. Desta vez, não há nenhuma rememoração dos tempos de juventude deles nas quadras. São só dois adultos cujos corpos já passaram do auge; homens que o destino submeteu a embates demais.

– Você já se apaixonou desse jeito, Myron?

– Gosto de achar que estou apaixonado agora.

– Não, não. Você está apaixonado, está casado, e isso é tudo ótimo. Mas vocês não vivem juntos o tempo todo. Cada um tem sua vida. Provavelmente é mais inteligente. Mais saudável. Foi assim que eu sempre me senti antes de Grace. Mas... é, eu sei que vai parecer cafona, mas eu me lembro de estar deitado com ela na cama uma noite. Eu a estava abraçando por trás. Meu braço estava por cima do quadril dela. Dava para sentir o coração dela batendo, e, de repente, meu coração começou a bater no mesmo ritmo. Involuntariamente. Eles se sincronizaram, e juro que isso nunca mais mudou. Foi como se nossos dois corações tivessem virado um só.

– Uau – diz Myron.

– Juro que é verdade.

– E mesmo assim você a matou.

– Não tive escolha.

– Porque ela ia matar Jeremy.

– Sim. – Ele assente. – Sacrifiquei a mulher que eu amava pelo nosso filho.

– Ah, *nosso* filho – repete Myron. – Você não vai apelar para isso agora, né?

– Vou apelar para tudo o que eu puder – rebate Greg. – Mas, curiosamente, acho que a melhor jogada que eu posso fazer é deixar você saber a verdade.

– Deu tudo errado nos Callisters, não foi?

Greg balança a cabeça.

– Deu tudo errado bem antes disso, quando Grace foi àquela partida do Bucks contra o Suns em Phoenix – revela ele. – É assim que o mundo funciona, né? É tudo uma reação química. Qual é a probabilidade de você e eu nos conhecermos, competirmos, nos apaixonarmos pela mesma garota e acabarmos arruinando a vida um do outro? Nós éramos como dois compostos comuns que, ao se juntarem, viravam uma combinação tóxica. Com Grace era a mesma coisa, só que muito mais explosiva. A vida tem um monte de "E se...?". E se eu não tivesse contratado Spark como auxiliar técnico, por exemplo? Quase não contratei. Eu jamais teria conhecido Grace, e, se acha que você e eu éramos inflamáveis quando a gente colidia...

– O que aconteceu, Greg?

Ele dá de ombros.

– Eu me apaixonei. Foi só isso, a princípio. Como falei para você, eu tive burnout. Quis largar o basquete, fugir com Grace, conhecer o mundo com ela. Mas, antes, o filho dela precisou de ajuda.

– Bo.

– Você já sabe toda a história sórdida. Jordan Kravat o viciou nas drogas, obrigou-o a se prostituir. O cara estava matando Bo um pouco a cada dia.

Grace e eu conversamos. A gente não conseguiu pensar num jeito de resgatar Bo da situação. E aí, de repente, Grace sugeriu a opção óbvia porém proibida.

– Matar Jordan Kravat.

Greg assente.

– E, quando a ideia foi dita em voz alta, quando a gente se acostumou com a palavra "assassinato"... foi como se a gente tivesse ultrapassado uma fronteira e não houvesse mais volta. Comecei a planejar como... bom... como se fosse um jogo importante de eliminatória. Observando. Analisando o adversário. Tentando adivinhar o que a pessoa poderia fazer ou não. Foi aí que tive a ideia de incriminar o chefão mafioso de Jordan.

– Joey Dedinho.

– Isso. A gente ia eliminar nossa maior ameaça e causar uma distração. Kravat, Turant. Eram pessoas ruins, Myron. Pareceu ser nossa única opção.

– Então essa foi a primeira vez que vocês mataram em equipe?

– Foi.

– E aí o que houve? Vocês pegaram gosto?

Ele dá uma risadinha.

– Mais do que isso. Muito mais. Como posso explicar?

– Eu ajudo. Vocês dois são psicopatas. Um psicopata seguindo sozinho pela vida já é ruim. Mas quando vocês dois... qual foi a palavra que você usou?... colidiram...

– Não foi muito diferente disso – diz Greg. – Bom, rolou uma euforia, é claro. Uma onda incomparável. Mas era mais do que isso. Era como se nós dois passássemos por uma transformação completa. A gente sentia uma potencialização em todos os sentidos. A comida tinha um sabor melhor. O sexo era mais intenso. Vivenciamos algo que reles mortais jamais compreenderiam.

– Então, indo direto ao ponto – diz Myron –, vocês continuaram matando.

– Sim.

– E incriminando outras pessoas.

– Sim.

– Em equipe. Vocês dois, atuando juntos.

Ele assente.

– Grace era a mais violenta dos dois. Ela adorava ver a força vital se esvair do rosto da pessoa. Acabar com a vida de outro ser humano... ela descrevia a sensação como a coisa que mais se aproximava de ser deus. Eu entendia, só que era mais ligado no planejamento. Eu adorava orquestrar a armação, o processo gradual de mandar alguém para a cadeia por um crime que a pessoa não cometeu. Mas nós dois fazíamos as duas coisas. Eu matei alguns, ela matou alguns. Eu fazia a maior parte do planejamento, mas ela contribuía muito. A gente era uma equipe em todos os sentidos. A questão é que várias pessoas têm o potencial de se tornarem assassinas, mas, quando Grace e eu experimentamos...

– É, Greg, acho que já entendi. Vocês simplesmente continuaram matando.

– É.

– Quantos, Greg?

– Mais do que eles sabem. É só isso que eu vou falar agora.

Myron percebe que não vai adiantar insistir nessa linha por enquanto.

– Vocês planejavam cuidadosamente.

– Sim.

– Sempre garantiam que alguma outra pessoa levasse a culpa. Não se apressavam. Era praticamente nula a chance de vocês serem pegos, até que fizeram besteira com os Callisters. Eu não entendo. Por que ir atrás de alguém que você conhecia, mesmo que por alto?

– Para aumentar o nível do jogo, eu acho. Também gostei da ideia de destruir Lou Himble, o marido canalha de Cecelia. Ele roubou as economias de muita gente, sabe? Não quero sugerir que éramos como Robin Hood. Na maior parte das vezes, a gente escolhia friamente nossas vítimas... se era fácil matá-las e se havia alguém na vida delas que ia querer que elas morressem.

– Para a armação funcionar?

– É. Nós rodamos bastante. Era comum a gente avaliar mais de uma vítima por vez e, geralmente, cancelava quando percebia que não ia dar para executar tanto a morte quanto a armação.

– Então vocês não tinham conexão nenhuma com as vítimas?

– Nenhuma. Até chegar a Cecelia. Mas, com a história de ela depor contra o marido, a situação era muito propícia. Ah, e eu conhecia o primeiro marido de Cecelia.

– Ben Staples.

– É, eu gostava de Ben. – Greg põe as mãos nos joelhos e espera um instante. Ele baixa a voz porque quer toda a atenção de Myron: – Veja só, Myron, Cecelia sacaneou feio o Ben. Ela engravidou de outro homem. Dá para imaginar coisa pior que uma mulher poderia fazer com o marido?

Greg para e sorri para Myron.

– Sutil – diz Myron.

– Não estou tentando ser sutil.

– E Cecelia não traiu. Ela foi estuprada.

Greg dá de ombros.

– Eu não sabia.

– Então vocês planejaram matá-la e incriminar o marido.

– Isso. Só que Clay, o filho de Cecelia, apareceu. Era para ele estar num cruzeiro de uma semana pelo Caribe, mas o garoto acabou tendo uma intoxicação alimentar, então voltou para casa dois dias antes. – Greg engole em seco e olha para o nada. – Ele chegou na hora em que Grace e eu estávamos matando a mãe dele. Rolou uma briga. Eu matei os dois.

– E deixou seu DNA para trás.

– Não tive escolha – alega ele –, mas não fiquei muito preocupado. Eu estava morto, lembra? Foi parte do motivo para eu ter forjado minha morte. Para ficar fora do radar. Então, se as pessoas achassem que tinham visto alguém parecido com Greg Downing, bom, ele tinha morrido. Não ia dar em nada. Aí eu pensei que, bom, mesmo se conseguissem identificar o DNA de um homem morto, estou escondido vivendo com outra identidade. *Nunca* iriam me encontrar na minha casinha de campo em Pine Bush. – Ele se inclinou para a frente. – Como foi que você me achou?

– A conta bancária na Carolina do Norte.

– Ah.

– Mesmo assim – diz Myron –, você é um planejador.

– Sou.

– Então você bolou um esquema para o caso de ser pego.

Greg sorri de novo.

– Você é bom nisso.

– Não muito. Só consigo sacar um pouco como sua cabeça funciona.

– É por isso que você era um adversário difícil nas quadras.

– Logo depois que achei você em Pine Bush – continua Myron –, você foi preso. Seu DNA estava na cena do crime. Você ia ser condenado. Já sabia disso tudo. Então sua única opção era fazer o que você sempre tinha feito: botar a culpa em outra pessoa. Grace ligou para o FBI fingindo fazer uma denúncia anônima. Ela indicou os outros assassinatos. Disse que era tudo obra de um assassino em série que incriminava pessoas inocentes e que você era a vítima mais recente. Grace chegou ao cúmulo de matar Ronald Prine porque aí o FBI ia saber com certeza que você, trancafiado na cadeia, não teria como ser o assassino.

– Deu certo.

– Só que Grace não era tão boa quanto você em planejamento.

– Não, esse era o meu ponto forte.

– Ela decidiu incriminar Jeremy pela coisa toda. Ela ia fazer com que ele se tornasse o assassino em série.

– Idiotice.

– Ela plantou o celular no quarto dele.

– Grace deve ter achado que eu aprovaria.

Myron faz uma careta.

– Ela achou que você aprovaria a incriminação do seu próprio filho?

– Grace descobriu que Jeremy não era meu filho de sangue, Myron.

Greg dá aquele sorriso de novo e espera Myron morder a isca. Como ele não morde, Greg continua:

– Grace deve ter achado que estava realizando uma justiça poética. Aos olhos dela, Jeremy era o fruto maligno do meu inimigo traidor. Por que não matar esse inimigo e botar a culpa no fruto maligno dele?

Os dois ficam calados por um bom tempo. O silêncio é estranhamente confortável. Ambos sabem que chegaram à reta final, mas nenhum sente necessidade de se apressar.

Greg finalmente bate as duas mãos nas coxas e fala:

– Então agora você sabe.

– Agora eu sei.

– E você me conhece – diz Greg. – Você me conhece como mais ninguém.

– Como assim?

– Você sabe que não sou mais um perigo.

Isso parece fazer sentido para Myron, mas ele pergunta mesmo assim:

– Como é que eu sei?

– Porque nós dois entendemos de amor e perda.

Myron continua calado.

– Sabe qual é o problema quando dois corações se tornam um só? – pergunta Greg.

Myron balança a cabeça. Greg se levanta e atravessa o quarto.

– Quando um dos dois morre, o outro também morre. O que quer que eu tivesse dentro de mim que me fazia matar... acabou. Nós dois sabemos disso.

Ele vai até a janela e olha para fora.

– Então você acha que eu posso simplesmente deixar para lá? – pergunta Myron.

– Você? – Greg se limita a olhar pela janela. Em seguida, ele diz: – Acho que não.

Myron espera. Greg permanece de costas para ele.

– A gente causou muito estrago um ao outro – diz Greg. – Grace achava que o que quer que estivesse quebrado dentro de mim tinha sido quebrado por você naquela noite que passou com Emily.

– Greg?

– Quê?

– Você não tem o direito de botar a culpa disso em mim – declara Myron.

– Vai ver você tem razão.

Greg então se afasta dois passos da janela.

– Greg?

– Está tudo bem.

– O quê?

– Vai acabar agora.

– Greg?

Ele não escuta. Greg Downing dá um último sorriso para Myron antes de se virar de novo para a janela. Ele então corre esses dois passos e se joga contra o vidro. Myron tenta se levantar para impedir, mas seus ossos frágeis protestam aos berros. De qualquer maneira, não há nada que ele possa fazer. Por um instante, parece que a janela não vai ceder. Mas cede. E Greg desaparece para sempre.

capítulo quarenta e seis

WIN

Devo terminar isto com um tom otimista?

Passaram-se três dias. Já respondemos a todas as perguntas das autoridades marroquinas. O embaixador americano no Marrocos é um velho amigo. Ele nos ajuda a lidar com as complicações jurídicas.

Neste momento, nós três estamos andando na pista em direção ao meu avião. Eu estou à esquerda de Myron. Terese à direita. Nós dois, de braço dado com Myron para mantê-lo de pé. Ele anda devagar, mas com equilíbrio. Nossos dias no Marrocos cobraram seu preço. Ele está fraco e cansado, mas, conforme o previsto, o fechamento tirou um peso das costas dele.

Myron faz uma careta e tropeça.

Terese o segura com mais firmeza.

– Está tudo bem?

Myron consegue assentir.

– Tem alguma coisa que eu possa fazer por você? – pergunta ela.

Myron aponta com o queixo para o avião.

– Quer me fazer um agrado a 10 mil pés de altitude?

Dou uma gargalhada.

Eu amo esse homem.

Terese revira os olhos.

– Você não muda nunca.

– Isso é um sim?

– É definitivamente um não.

– Você era mais divertida antes de eu ser baleado.

Nosso voo deixa Marrakech rumo a Fort Lauderdale. Myron dorme a viagem inteira. Mandei um carro nos esperar. Vamos até o condomínio dos pais dele em Boca Raton. Eles não veem o filho desde o tiroteio. Queriam ter ido para Nova York, é claro, mas Terese e eu, com a ajuda dos irmãos de Myron, os convencemos a esperar.

Subimos de elevador até o andar deles. Terese enviou fotos para Ellen e Al, a fim de prepará-los para o aspecto emaciado de Myron. Quando a porta do elevador se abre, seu pai está lá. Ele já está com os olhos cheios de lágrimas.

Myron também. Com a família dele é assim. Muitas lágrimas. Sempre expondo suas emoções. Isso devia irritar um aristocrata cínico como eu, mas, curiosamente, não me incomoda. O pai de Myron não espera a gente sair. Ele entra rápido no elevador e segura o filho. Al Bolitar começa a chorar, um homem que passou quase oitenta anos enfrentando as vicissitudes da vida, e aí o pai acolhe a cabeça do filho com a palma da mão. É esse gesto que quase me derruba. Já vi fotos do bar mitzvah de Myron. Tem uma do Myron de 13 anos com o pai no bema. Myron me explicou que é a parte em que o pai abençoa o filho. Myron diz que não lembra o que exatamente o pai sussurrou em seu ouvido naquele dia – algo sobre amá-lo e rezar pela saúde e felicidade dele –, mas se recorda do cheiro do Old Spice do pai e do jeito como ele segurou a parte de trás de sua cabeça na palma da mão, desse mesmo jeito, do jeito que estou vendo agora, um eco distante que atravessou os anos, um sinal de que um homem ainda é o pai e o outro ainda é seu filho.

Myron fecha os olhos e se apoia em Al.

– Está tudo bem – murmura o pai de Myron no ouvido dele. – Shh, eu estou aqui.

Eu mantenho o botão do elevador apertado para que a porta não se feche neles.

Cada um com sua função.

Depois de um tempo, Al solta o filho. Ele se vira e abraça Terese. Em seguida, se vira e me abraça. Acolho o abraço enquanto mantenho o dedo no botão do elevador. Multitarefa.

Quando Myron enfim sai do elevador, escuto Ellen Bolitar dar um grito. Ela está no meio do corredor, à direita. A irmã de Myron está atrás dela. O irmão dele também. Terese e eu damos espaço a eles. E então vêm os abraços, as lágrimas e as queixas de que Myron precisa comer mais. De repente, Terese e eu somos sugados para a massa familiar como que pela atração gravitacional de uma fonte muito mais potente.

Todo mundo derrama lágrimas. Todo mundo levanta as mãos e enxuga os olhos.

Todo mundo, menos eu.

Eu continuo, como de hábito, de olhos secos.

Ellen cochicha para Myron:

– A gente tem uma surpresa para você.

Eu me preparo mentalmente porque sei o que vai acontecer.

A mãe de Myron se vira devagar e olha para o corredor. Todas as cabeças se viram junto, exceto a minha. Mantenho meus olhos em Myron. Quero ver a reação dele. Myron parece confuso por um instante. Mas então ele acompanha o olhar da mãe até a porta do apartamento. Continuo olhando para ele, e um pequeno sorriso se insinua nos meus lábios.

Jeremy aparece.

– Oi, Myron.

Vejo os olhos de Myron se arregalarem ao mesmo tempo que seu rosto se desmancha. Jeremy corre até ele.

E eu? Eu enxugo meus olhos.

agradecimentos

Já faz um tempo que eu não escrevo uma seção de agradecimentos completa, então peço paciência.

O autor (adoro usar a terceira pessoa aqui) gostaria de agradecer às seguintes pessoas:

Todo mundo envolvido no processo editorial, incluindo a equipe dos Estados Unidos: Ben Sevier, Michael Pietsch, Lyssa Keusch, Lauren Bello, Beth deGuzman, Karen Kosztolnyik, Jonathan Valuckas, Matthew Ballast, Staci Burt, Andrew Duncan, Taylor Parker-Means, Alexis Gilbert, Janine Perez, Tiffany Porcelli, Joseph Benincase, Albert Tang, Liz Connor, Rena Kornbluh, Rebecca Holland, Mari Okuda, Jennifer Tordy, Ana Maria Allessi, Nita Basu, Michele McGonigle e Rick Ball. Como sempre, agradeço a Diane Discepolo e Lisa Erbach Vance.

A equipe britânica: Selina Walker, Venetia Butterfield, Rachel Imrie, Charlotte Bush, Claire Bush, Glenn O'Neill, Alice Gomer e Anna Curvis. A equipe francesa: Diane Du Périer, Valérie Maréchal, Caroline Ast e, claro, Eliane Benisti.

Letícia Rodrigues e Flávia Silva: seu apoio e suas habilidades nas pesquisas são fundamentais. Obrigado por tudo que vocês fazem.

Todos os erros são responsabilidade dessas pessoas. Elas são as especialistas, não eu.

Também queria mandar um salve para Judy Becker, Allen Castner, Grace Conte, Carol DeChant, Kelly Gallagher, Mike Grenley, Rick Legrand, Ellen Nakhnikian, Ed Newton, Edward Pascoe, Ben Staples e Stan Ulanoff. Essas pessoas (ou seus entes queridos) fizeram generosas contribuições para instituições de caridade escolhidas por mim em troca da inclusão de seus nomes neste livro. Se você quiser participar, mande um e-mail para giving@harlancoben.com.

CONHEÇA OUTROS LIVROS DO AUTOR

Sem deixar rastros

Myron Bolitar parecia destinado a uma carreira de sucesso na NBA quando uma lesão no joelho o afastou definitivamente das quadras.

Agora, 10 anos depois, o agente esportivo, que também atua como detetive nas horas vagas, está de volta ao jogo – não para cumprir seu destino como astro do basquete, mas para desvendar mais um mistério.

O ídolo Greg Downing, principal adversário de Myron na época da faculdade, desapareceu sem deixar rastros pouco antes das finais do campeonato nacional. Com a ajuda de seus fiéis escudeiros, o excêntrico Win e a ex-lutadora profissional Esperanza, Myron trabalhará infiltrado entre os jogadores para tentar descobrir o paradeiro do antigo rival.

O que a princípio parece um típico desaparecimento vai ganhando contornos inesperados à medida que a investigação avança, reacendendo em Myron lembranças que ele nunca imaginou ter que reviver. Em meio ao glamour da NBA e a criminosos da pior espécie, ele vai descobrir coisas sobre si mesmo que mudarão sua vida para sempre.

O medo mais profundo

Na época da faculdade, Myron Bolitar teve um relacionamento sério que terminou de forma dolorosa quando a namorada o trocou por seu maior adversário no basquete. Por isso, a última pessoa no mundo que Myron deseja rever é Emily Downing.

Assim, ele tem uma grande surpresa quando, anos depois, ela aparece suplicando ajuda. Seu filho de 13 anos, Jeremy, está morrendo e precisa de um transplante de medula óssea – de um doador que sumiu sem deixar vestígios. E a revelação seguinte é ainda mais impactante: Myron é o pai do garoto.

Aturdido, ele dá início a uma busca pelo doador. Encontrá-lo, contudo, significa desvendar um mistério que envolve uma família inescrupulosa, uma série de sequestros e um jornalista em desgraça.

Nesse jogo de verdades dolorosas, Myron terá que descobrir uma forma de não perder o filho com quem sequer teve a chance de conviver.

CONHEÇA OS LIVROS DE HARLAN COBEN

Até o fim
A grande ilusão
Não fale com estranhos
Que falta você me faz
O inocente
Fique comigo
Desaparecido para sempre
Cilada
Confie em mim
Seis anos depois
Não conte a ninguém
Apenas um olhar
Não há segunda chance
Custe o que custar
O menino do bosque
Win
Silêncio na floresta
Identidades cruzadas
Eu vou te encontrar

COLEÇÃO MYRON BOLITAR

Quebra de confiança
Jogada mortal
Sem deixar rastros
O preço da vitória
Um passo em falso
Detalhe final
O medo mais profundo
A promessa
Quando ela se foi
Alta tensão
Volta para casa
Pense duas vezes

Para saber mais sobre os títulos e autores da Editora Arqueiro,
visite o nosso site. Além de informações sobre os
próximos lançamentos, você terá acesso a conteúdos exclusivos
e poderá participar de promoções e sorteios.

editoraarqueiro.com.br